點子出版
IDEA PUBLICATION

木犸紫柃 ——

著

　　一個出色嘅故事未必取決於詞藻有幾華麗、題材有幾花巧。有時候寫得純粹反而更引人入勝」。《流星少女》對我而言，就係一個將感情描寫得純粹嘅故事。

　　人物描寫向來係木鎢紫枂嘅強項。因為代入感高，讀者從來唔會覺得「出戲」。詳略得宜嘅劇情鋪排，令當年嘅我一口氣就睇晒成個故事，甚至受到啟發去為《流星少女》填咗一首主題曲 ——《星夜之瑤》。

　　木鎢紫枂用呢個故事提醒咗大家，未必所有情侶都有機會望到細水長流，但至少可以將對方擺喺心入面歷久常新；有時候愛情就係欠缺咗幾分義無反顧，遺撼嘅始作俑者好多時候都係自己。

　　IG shop未必買到少女，但書局就一定買到呢本書，如果唔係你都睇唔到呢個序啦，所以，我高度推介呢本書界各位單身狗細閱！

挽歌之聲

METEORLASS CONTENTS

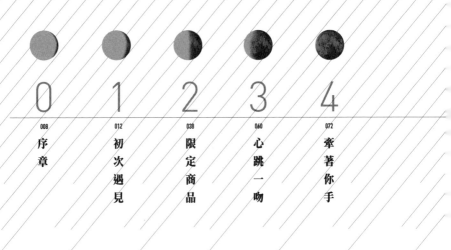

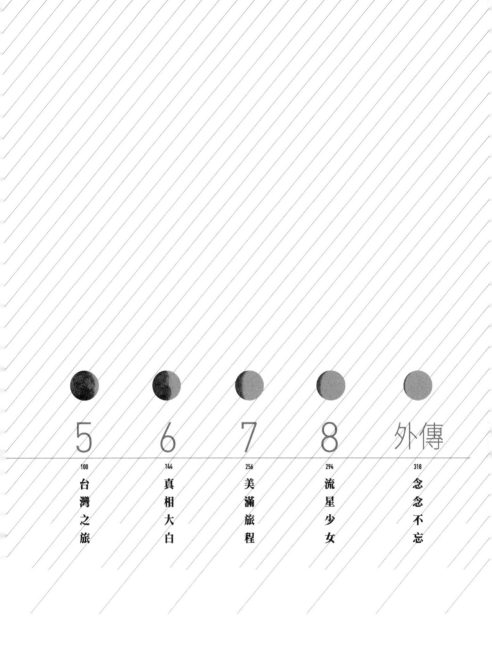

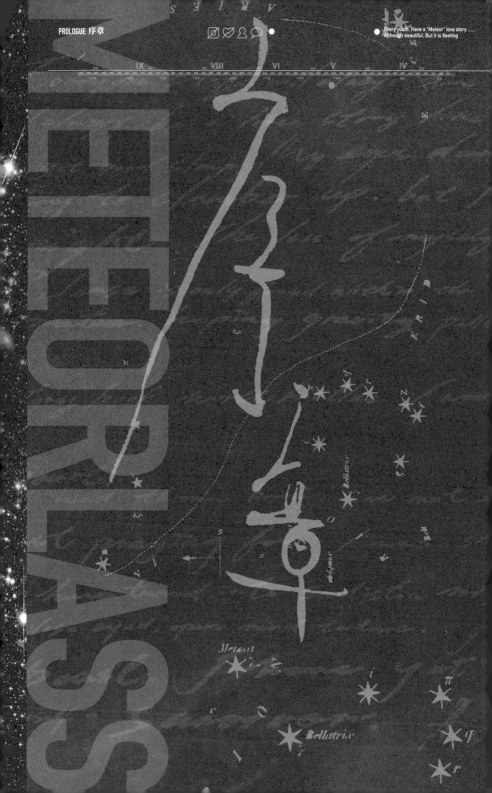

喺每一個人嘅人生入面，總會有一段年少無知嘅日子，叫做「青春」。而喺每一段青春裡面，亦總會存在過一個「流星」般嘅愛情故事——雖然燦爛美麗，卻一閃即逝。

　　屬於我嘅青春，「流星少女」大概就係當中嘅女主角。

　　呢一切，就要由中五升中六嘅暑假開始講起。嗰年暑假，嗰一晚，嗰段回憶，嗰個……妳。

　　「既然係咁，好啦！我哋之間嘅協議成交！」少女望住我笑咗一笑。「多謝你惠顧Meteorlass，買咗我呢個流星少女！」

　　「我諗應該叫做『收留』啱啩？」我故作平淡咁講，但其實內心早就已經俾眼前嘅佢牽起咗一波又一波的漣漪。

　　「又係喎可？嘻嘻~」少女伸一伸脷。
　　「點都好啦，好多謝你同你細妹肯收留我！」

　　「當識個朋友啫！」我客氣咁講。

　　少女伸咗隻手出嚟諗住同我握手，但突然之間又縮返入去：「係呢，其實我都仲未知你叫咩名添。」

　　「我？我叫馬家樹。」我微笑。
　　「哈哈，你個名又幾好聽喎！」少女呢句說話都唔知係真心定派膠。

　　「你好呀家樹。」少女同我對望住，莞爾一笑。
　　「我叫劉星瑤，多多指教！」

　　『妳係咪來自星星㗎？』
　　『你睇得太多電視劇？』

　　『不過，其實我就係一粒星星。』
　　『一粒……流星。』

　　「唔好走呀！」望住紫鈴嘅背影，我一個箭步從後而至捉實佢左手。深呼吸，語口頓塞咁講：「唔好離開我……好冇？」

　　「Cut！」就喺紫鈴準備回頭嘅時候，台下嘅導演阿溢突然大嗌。

　　呃……冇錯，我依家喺學校禮堂排練緊開學禮個Drama表演。

　　「咁多位排咗咁耐戲都劫㗎喇，休息下先啦！」阿溢一路對住班演員講，一路向住我行埋嚟。唉，又要俾阿溢鬧喇……

　　「加油啊家樹！」紫鈴望住我，甜笑咗一下。

　　何紫鈴，同我一樣都係準中六生，高中開始參加劇社，係我哋嘅御用女主角。一直以嚟都冇啲女性緣嘅我，之前雖然唔識得佢，不過就久仰大名。

　　點解？因為佢就係我哋級數一數二嘅女神！

　　想當初由佢第一步踏入嚟劇社開始，我就已經對呢個女仔超有好感：一米六嘅身高，肌膚雪白透嫩，雙眼清澈動人……加上佢性格溫柔，聰明伶俐又愛護小動物，簡直就係一個毫無破綻嘅女神！

　　可惜正正因為紫鈴太完美，追佢嘅人由觀塘排到尖沙咀，試問我呢啲毒L，又點會俾佢睇得上眼……不過唔緊要！我決定咗要成為喺背後默默支持紫鈴嘅男人，咁就已經好足夠！

　　呀，講返依家先。

　　「嗯！」我望住紫鈴，自信咁點咗一下頭。

　　紫鈴向我點頭回禮，然後就行咗去休息，得返我一個人企喺台上面等待阿溢嘅行刑。

　　阿溢，係一個身材中挺，梳All Back頭，戴住黑色圓框眼鏡嘅男

仔。佢除咗係劇社嘅編導之外，亦係呢個青春故事中嘅男配角，即係每套小說都要有嘅嗰個「好兄弟」。

當初中一入學嘅時候，我同阿溢咁啱被編排坐喺隔籬位，自自然然就傾起上嚟，最後仲做埋好朋友。

嗰陣我學校有一條On九嘅規矩，就係硬性規定學生點都要參加一樣課外活動。

「一齊參加劇社啦！一嚟唔使錢，二嚟可以當做一樣課外活動！」某一日小息，阿溢突然走埋嚟捉住我隻手勁熱血咁講。

「吓？」我仲消化緊阿溢講嘅嘢。

「咁我當你應承㗎喇！」阿溢雙眼發光咁望住我，完全冇畀空間我講嘢：「果然係我嘅好兄弟！」

就係咁，當時連「史坦尼斯拉夫斯基」都唔知係邊個嘅我，就俾阿溢夾硬拉咗入劇社。

好快就過咗幾年，因為有共同話題、興趣嘅關係，我哋成為咗稱兄道弟嘅好基友。

到咗今年，身為劇社老臣子嘅我哋，自然被分配去做男主角同編導呢兩個重要職位。本來聽到呢個消息，我第一個反應就係「Easy piece lemon squeezy」，話晒都有幾年經驗，點會難到我？

點知今次呢套「愛情劇」認真令我老貓燒鬚，事關……

「家樹，」阿溢嚟到我面前，一手搭住我膊頭：「做兄弟嘅我都費事好似高高在上咁關你，但你啱先啲戲真係好唔掂囉，你有冇嘗試入戲㗎？」

「梗係有啦，不過你都知啦……我都冇拍過拖嘅，所以做起上嚟咪『L戲』（格硬做一啲嘅情感出嚟，極端例子可參考「阿輝」。）……」我冇嚟

好氣咁講。

「咁你咪試下當紫鈴真係要離開你，你要極力挽留佢囉！」阿溢一路講就一路笑：「反正如果你再冇啲咩行動嘅話，過多半年畢咗業之後佢就真係要離開你㗎喇。咪當預習下囉，哈哈！」

「我呢啲叫做遠距離守候，你有女嘅識條鐵咩。」我串阿溢咁講：「真係唔明點解你呢個七頭都可以有詠琳呢個咁好嘅女朋友！」

「你唔恨得咁多㗎喇，哈哈！」阿溢講：「見你遲遲唔肯行動，怕你後悔所以畀啲推動力你啫。」

我嘆咗一口氣：「一陣我唔小心收咗張『好朋友卡』，就真係要提早去IFC攞籌喇！」

「嘩你咪呀，你走咗嘅話邊個幫我做埋套劇！」阿溢講。

「嗱，認真嘅。」阿溢望住我繼續講：「雖然紫鈴真係高質嘅，但天外有天，得閒咪放膽出去認識下世界囉！」

「認識下呢個世界？」我有啲唔明。

「係呀！出去識下人、試下啲未做過嘅事，擴闊下眼界，唔好淨係局限喺學校呢度！」阿溢勁有大志咁講：「話唔定仲可以令你學識做好呢套愛情劇㖭！」

「認識呢個世界呀……」個腦不停諗住阿溢嘅說話。

「家樹！」阿溢將我拉返出嚟：「你遲下先再諗啦，依家要排戲㗎喇，唔好再L戲畀我睇！」

「盡力啦Diu！」

　　學校喺觀塘市中心附近，我同阿溢都係住喺觀塘山頂區，所以平時我哋會一齊返屋企，不過撞啱佢約咗詠琳嘅話，我就會自己走。

　　排完戲執晒嘢之後，我對住阿溢講：「喂，走得未？」

　　阿溢聽完先係驚訝，然後帶住歉意咁同我講：「Sorry呀，我一陣約咗詠琳去睇戲，同唔到你走⋯⋯」

　　「你條友不嬲都冇異性有人性㗎啦！」我扮晒嘢咁串佢。
　　「Sorry，下次Lunch我嘅！」阿溢搭住我膊頭講。
　　「食咩先？」
　　「M記！」

　　就係咁，我聽住陳奕迅的Playlist，獨自返屋企。上到巴士，我拎部手機出嚟隨意撳咗入IG，點知就俾我見到紫鈴喺幾分鐘前Upload咗一張相！

　　張相係佢同一個男仔自拍，Caption：「*見有人山長水遠由大西北出嚟搵我下午茶，好啦，Post下你啦！*」唔L係咈，就連住屯元天嘅人都媾紫鈴，而且仲要幾靚仔㗎！今次冇喇冇喇⋯⋯

　　「嘉琪，我返嚟喇！」終於返到屋企之後，我對住阿妹間房講。

突然間，佢喺間房度扮晒可愛咁衝埋嚟，蹺住我隻手：「馬家樹！」冇錯，同我最Close嘅女仔應該就係細我一年，同我讀同一間中學嘅阿妹——馬嘉琪。

● CHAPTER ONE 初次遇見

Every youth. Have a "Meteor" love story ......
Although beautiful. But it is fleeting

　　嘉琪係一個勁男仔頭嘅女仔嚟，求其紮個All Back頭就算，即使係咁，都無阻佢散發出一種靚女氣息。有時我都覺得幾唔公平㗎，明明都係同一個阿媽生，個妹就係級花，我就只係一個大眾樣。

　　唔知係咪因為阿妹生得靚嘅關係呢？由細到大，我都希望成為一個錫妹妹嘅好哥哥，將最好嘅嘢都畀晒佢，亦都係因為咁，我同阿妹嘅感情非常好，平時有咩得意嘢麻煩嘢，我哋都會一齊分享。就連我暗戀紫鈴呢件事，佢都知得一清二楚。好笑嘅係，每次同佢呻自己同紫鈴點樣嘅時候，佢都會話：「其實我唔明，做咩淨係Focus喺一個女仔身上，出面大把世界啦！」妖，我又有你咁好條件，邊有得揀啫！

　　「搞咩呀你？」鞋都未除好就俾佢撞咗落梳化：「你唔係想話我知你用晒阿爸阿媽去旅行擺低嗰嚿錢下話？」

　　「傻啦！啲錢係我哋成個暑假用㗎，我點會第一日就使晒！」
　　「咁都好啲，幾驚成個暑假都要捱杯麵呀⋯⋯你扮晒可愛咁係想做咩？」我稍為冷靜返。

　　「我本身就可愛啦！」嘉琪清一清喉嚨，繼續講：「其實⋯⋯我係有啲事想拜託你！」

　　「都估到你啦齊宣王，有事鍾無艷，無事夏迎春！」我講。
　　「你咁錫我，一定會幫我嘅係咪先？」嘉琪又再次發動哆功。
　　「你真係呢⋯⋯點呀，想我做啲咩？」我投晒降咁講。
　　「好嘢！」嘉琪聽到之後勁開心：「我過兩日要去參加一個時裝比賽，成套衫基本上就搞掂晒，只係差一條頸鏈做點綴，我去過好多地方搵，都係冇乜心水，所以搞到我勁煩。」

　　「好彩皇天不負有心人，噚日終於畀我喺IG Shop搵到條好靚嘅星星頸鏈，所以我立即約咗個店主今晚交收！點知啱先男朋友突然約我今晚去食嘢，所以⋯⋯唔知道你可唔可以代我去攞條鏈呢⋯⋯？」即係我要去做跑腿啦？！

「係你就快啲畀店主個電話號碼我啦。」對住阿妹向來心軟嘅我遞咗部手機畀佢。

「錫晒你呀馬家樹！」嘉琪一路講，一路搵店主個電話號碼。

Save好咗個電話之後嘉琪就出咗去拍拖，而我就俾紫鈴IG單嘢搞到冇咩心情，頹頹地咁返咗房打LOL。

不過老實講，打LOL都係同朋友玩會開心啲，冇阿溢陪我打硬係差緊啲嘢咁！打咗一兩場，我已經冇晒心情再玩。

望一望鐘，原來已經五點幾：「係喎！快快手搵個店主WhatsApp約交收時間先！」

打開WhatsApp個聯絡列表，見到一個用好大粒黃色星星配幾條流星尾巴做Icon嘅聯絡人，Status寫住「Meteorlass」。

「Hello，請問係咪IG Shop？」
「係呀！呢度係Meteorlass！」

「喔，原來Meteorlass係佢間舖名。」我心諗。

「我係約咗今晚交收星星頸鏈嘅買家！想同你約返個交收時間。」
「咁……不如七點鐘喺長洲碼頭等啦好冇」

「咩、咩話？長洲碼頭？」

「我住喺觀塘嘅，去到咁遠就有啲唔方便……唔知可唔可以改另一個交收地點呢？」

「唔好意思呀，其實我IG嗰度寫咗只有逢星期六先可以市區面交！如果唔怕等七個工作天嘅話，不妨用郵寄方式交收！」

我開始後悔當初冇問清楚就應承咗幫嘉琪:「唔怪得頭先死妹釘咁嗲啦,原來係苦工嚟嘅!最衰佢又趕住要!」

諗咗一陣,我最後都係決定幫佢,長洲就長洲啦!

「咁就長洲碼頭啦!不過我去長洲都要啲時間,八點鐘好嗎?」
「好!一陣見!」

我換咗套衫就直接狂奔去觀塘地鐵站。馬嘉琪,今晚你就知死!

經過兩個鐘嘅車程船程,我總算趕得切喺八點鐘嚟到長洲。行出碼頭之後我去咗附近一個白色帳篷,WhatsApp店主:*「我到咗喇,依家喺白色帳篷下面!」*

「好!我依家出嚟!」 店主好快就覆咗我。

就喺我望住個海發呆之際,一個匆忙嘅身影跑向我。

「唔好意思呀,等咗好耐?」一把聲音伴隨腳步聲越嚟越近。

喺呢一刻,我覺得自己應該要考慮下阿溢同嘉琪嘅說話。原來世界上靚嘅女仔,真係大有人在。就好似……眼前呢個星眸皓齒嘅美少女。

佢擁有一把棕啡色嘅及肩短髮,賦有輪廓嘅臉上配有一個半月彎嘅嘴巴,再加上一對水汪汪眼睛,倍添動人氣質。

「都、都唔係等咗好耐啫!」我回魂過嚟只可以慌忙回應:「你又會一行埋嚟就估到我係嗰個買家嘅?」

「你WhatsApp有Icon㗎嘛！」少女笑咗一笑。

「又係喎可，哈哈……」我尷尬咁講。

「嗱，呢個係你要嘅星星頸鏈！」少女向我遞上一個小紙袋。

我打開個紙袋，見到入面有一條精緻嘅頸鏈。條頸鏈由金屬同水晶交疊而成，中間有一粒夜光嘅小星星點綴。

「好靚呀！我喺出面好似冇見過呢啲款！」我不禁讚嘆起上嚟。

「梗係啦，我賣嘅所有鏈都係自己D.I.Y.㗎！你唔係覺得條鏈靚先買㗎咩？」少女問。

「其實我只係幫細妹交收，所以冇睇過你IG……」我有啲唔好意思。

「咁你返到去一定要Follow返喇！同埋記得Check清楚條鏈，走咗就冇得退貨㗎喇！」少女把聲真係好好聽。

「嗯，條冇問題。」我仔細望過之後就放返入袋。

「咁就好喇！多謝你一百蚊！」少女望住我微笑。

「……」咩話？原來嘉琪仲未畀錢㗎！？

「OK……」我有啲無奈咁拎咗一百蚊畀少女。

「多謝晒！如果再有嘢想買嘅話，記得同我講喇！會做返個優惠畀你！」少女說道。

講完佢就同我揮揮手：「我走先喇，掰掰！」未反應得切，少女已經急急腳走咗。

「掰掰。」望住少女嘅背影，我立即打開IG search「Meteorlass」，個用戶Status寫住：「*出售D.I.Y.星形飾物*」。

「*除星期六可在市區面交外，其餘時間均只可在長洲碼頭面交！*

如有任何問題，請WhatsApp+852 68558xx聯絡流星少女！」

「流星少女？」我會心笑咗一笑，撳咗個Follow鍵。

『在有生的瞬間能遇到你。』

一路搭車，個腦一直都喺度諗返少女嘅笑容，一句講晒，真係好甜！

照我估計，佢應該係長洲居民嚟嘅！不過如果真係有個咁靚嘅少女住喺長洲，啲網民應該一早就起晒佢底，甚至會改佢個名做「長洲本土女神」之類先啱㗎喎！既然係咁，點解我上網又搵唔到佢啲資料？唔通……佢係近排先搬入去？

「你返嚟喇～」打開大門，坐喺梳化睇電視嘅嘉琪即刻望住我。

「嗯。」我已經攰到直接坐咗落梳化。

嘉琪哄咗個頭埋嚟，好親切咁講：「你……交收咗喇可？」唔講由自可，一講就把鬼火！

「我親愛的妹妹～」我用一把勁奸險嘅聲同嘉琪講：「真係好多謝你畀呢個機會我入長洲，令到我用咗幾廿蚊車錢之餘，仲要幫你嘔埋咽一百蚊～」

嘉琪聽到之後心知不妙，驚到成個人即刻坐直咗。我眼見有優勢，決定打蛇隨棍上：「為咗要好好咁報答你，我決定喺呢個暑假每晚都為你親自下廚，煮啲佳餚畀你食，例如係『豆豉鯪魚炒麵』、『六成熟豬扒』、『肉鬆炒生菜』……」

「等等！不如呢幾日就等我煮飯啦！」嘉琪嚇到眼都突埋，再補充：「你今晚用咗幾錢？我畀返你吖。」哈哈，我宣佈抗爭勝利！

「算啦，唔使畀返錢我喇，玩下你咋！」我笑笑口遞上小紙袋：「不過飯呢就一定要煮！」

「係嘅！」嘉琪用雙手接實。

「仲有！」突如其來嘅呢句令嘉琪瞪大咗對眼，我做出一個加油手勢：「一定要贏嗰個時裝比賽！」

「好！」嘉琪聽完之後笑道。

之後嗰幾日，我嘅生活不外乎朝早排戲，下晝返屋企打機，夜晚溫下書、食飯瞓覺。呢種重覆單調嘅生活其實都幾乏味。更慘嘅係依家我都仲係搵唔到嗰種「愛情」嘅感覺，搞到日日都喺紫鈴面前出醜，仲拖累晒所有進度，唉！

不過呢幾日多咗樣習慣，就係Stalk流星少女個IG！雖則佢個IG平時主要都係用嚟宣傳，不過每日佢都會用IG Story講下自己嘅生活。噚日佢就影咗張「鳳爪排骨飯」Post上IG Story，再加多咗一句：*「鳳爪排骨好好味呀～😋#長洲大排檔。」*

雖然啲相冇構圖可言，內容又冇營養，不過令人感覺特別親切，好似我可以認識佢多啲咁。

●　　●　　●　　●　　●　　●

話咁快就去到星期六，亦係阿妹去比賽嘅日子，所以佢一早就出咗門口；至於我……當然係瞓到自然醒啦。

「嗚啊～」我伸咗個大懶腰，跟住喺IG發現流星少女喺一個鐘頭

前Post咗張新相。

比較有趣嘅係，佢今次竟然唔宣傳，反而Upload咗張全白色正方形嘅圖片，寫住：「*讓我有個美滿旅程！*」

不過我唔係好明佢想講咩，所以都係冇理到，起身刷牙打機，咁又過咗成個下晝。

「喂我唔玩喇，嘉琪就返，今日比完賽應該都边，我去煮飯。」我用Skype同阿溢傾計。

「你呢個廿四孝阿哥真係呢……」阿溢回應：「記得呢幾日要練熟啲個感覺，遲下排戲嗰陣落力啲呀！」

唉，做到先得㗎……我嘆咗一口氣：「嗯，我會㗎喇。」

「咪咁頹啦，加油！星期一見！」阿溢笑住回應。

收咗線後，我就準備煮飯，就喺呢個時候，出面傳嚟開門聲。

「嘉琪你返嚟喇？你今日比賽……」我都未講完，嘉琪就突然一個箭步走埋嚟攬住我！

「哥！我贏咗呀！！」嘉琪超興奮。
「你贏咗冠軍？」我一方面勁驚訝，一方面打從心底替嘉琪開心：「咁咪即係有大獎，一人法國來回機票連住宿囉！？」

「我！贏咗季軍。」嘉琪抬起頭嚟望住我。
「嘩！仲以為你咁勁喺，原來季軍咋！」我不自覺笑起上嚟。
「咩喎！你知唔知要喺幾廿個參賽者裡面突圍而出係一件幾難嘅事？」嘉琪一手推開我。

「而且……季軍都有成八千蚊獎金㗎！」

「咁多？！」我雙眼瞪大。

「本來見你幫我去交收條頸鏈咁大功勞，我就諗住今晚請你食飯嘅，可能係韓燒或者係自助餐之如此類咁啦！」嘉琪見我嚇到咁，好得戚咁講：「不過你啱先串我吖嘛！所以依家呢……我就要諗諗先！」

唔L係啩？唔制呀，我要食自助餐！！！

「馬嘉琪！你知唔知如果世界上有時光機嘅話，我會用嚟做咩？」我將隻右手搭喺嘉琪膊頭上。

「唔知喎，用嚟做咩？」嘉琪伸伸脷。

「哼。我肯L定會搭返去半分鐘前一拳打九嗰個笑自己細妹嘅人！」我用堅定嘅眼神望住嘉琪。

嘉琪聽完之後笑咗出嚟，同我講：「馬家樹，一餐飯啫，使唔使連時光機都出埋呀？」

「咁你依家請定唔請先？」我一手撳落嘉琪個頭度。嘉琪扮晒沉思咁，然後笑住同我講：「係就快啲換衫啦！」

● ● ● ● ● ●

就係咁，我同嘉琪去咗附近一間韓燒餐廳。

「我想食生蠔呀……」我幻想住酒店嘅自助餐。

「難得我請你食嘢就唔好咁多要求啦，韓燒都好貴！」嘉琪將一塊牛肉放入口。

「點都好啦，恭喜你贏咗冠軍……吓唔係，係季軍！」我攞起杯酸梅湯。

「妖，食屎啦馬家樹！」嘉琪扮晒嬲咁笑住講。

「要講到最大嘅功臣，一定係賣頸鏈畀我嗰間IG Shop！」嘉琪飲咗一啖酸梅湯之後講：「啲評審都係因為呢條頸鏈先畀咁高分我咋！」

「咁堅？講嚟聽下！」我好奇道。

「今次嘅題目係『晚空』，而條就有粒夜光嘅星星，啲評審見到咪勁Buy囉！」嘉琪解釋道。

「哈，咁你真係要Inbox個店主多謝佢喇！」我笑說：「仲有！要多謝你面前呢個幫你山長水遠去交收嘅哥哥！」

「所以咪請你食飯囉！」嘉琪一路講，一路拎個手機出嚟同我自拍：「影相Send畀個店主多謝佢先！」影完之後嘉琪就Inbox流星少女。

「……咦？」
「做咩？」我專注緊喺眼前嘅燒牛肉。
「店主佢……好似無家可歸！」
「吓？！」
「點解你會咁講嘅？」我非常詫異咁望住嘉琪。
「店主啱先Upload咗幅喺中環碼頭嘅自拍，跟住……」
「借你個電話嚟望望！」嘉琪未講完，我已經伸手拎佢部手機過嚟睇。

正如嘉琪所講，幅相的確喺中環碼頭影，不過流星少女竟然坐咗喺一個行李箱上面：

救救無家可歸的山區小女孩！

出售『流星少女』一名，使用期限為現在至八月三十一日！
價錢：免費，係免費呀！！！

需符合以下條件，方可購買！
一. 需曾經購買過本店飾物，並且是以面交方式交收。
二. 需待人友善，並且希望結識新朋友。
三. 需提供住宿！
最後一項：需要帶我重新去認識這個世界。

如有任何疑問，請立即聯絡+852 68558xx流星少女！

睇完之後，腦海即時浮現出兩樣嘢：第一樣仲使問嘅，梗係即刻救佢啦！另一樣嘢，反而令我有啲唔明白，「重新去認識這個世界」？

唉算喇唔好理咁多，一於救咗先算！我諗我成世人都未試過咁認真叫阿妹個名：「馬嘉琪！想唔想報答店主？」

「吓？！真心？」嘉琪明顯知我想點。

「仲有假？店主身為一個靚……咳咳！身為一個女仔，夜媽媽喺條街度係一件好危險嘅事！」我雙眼嘅眼神簡直堅過石堅。

「況且貓都識報恩啦，依家人哋好歹都叫做幫過我哋，我哋唔係諗住見死不救下話！？」

「咁……阿爸阿媽又唔喺屋企，應該都得嘅……店主個樣都幾友善，應該唔難相處嘅……我間房又應該夠位鋪多張床褥……」嘉琪開始認真諗緊呢個方案！

「不過！」嘉琪用一個奇怪嘅眼神望住我：「你唔怕俾紫鈴知道咩？有個女仔同居喎！」

「呃，我都係聽你講，想認識下個世界啫！」我窒咗一窒。

「嗱！唔好賴落我度呀！係你想接店主返嚟㗎咋，唔係我！」嘉琪立即反駁。

「OKOK！咁……即係議案通過？」我講。

「係就食快啲啦，食完出發！」嘉琪一邊食一邊講：「你仲唔快啲WhatsApp店主？你都識講店主咁靚女啦，一陣俾人捷足先登呀！」

「知道！」我立即拎出手機。

「*Hello！中環碼頭？*」
「*係呀！唔通……你肯買？！*」
「*係呀，我同細妹過緊嚟！*」
「*OK！*」

望住呢幾句WhatsApp，我不禁喺度諗：呢個究竟係咪日劇情節
㗎？

　　●　　　　●　　　　●　　　　●　　　　●　　　　●

　　經歷完食嘢食得太快而差啲唒死嘅生死關頭之後，我同嘉琪就出
發去中環碼頭。

　　「老老實實，你係咪想追店主？」搭緊地鐵嗰陣嘉琪用一個奸險
嘅表情問我。

　　「呃……」咁直接！一時之間我都唔知點答！
　　「哈哈！得啦，以後我識做㗎喇～」嘉琪見到我呢個反應都知咩
事。

　　「嗱，咪亂咁講嘢呀！」我扮晒恐嚇嘉琪。
　　「得啦得啦！我個A0哥哥要拍拖喇～」嘉琪一路講一路笑。

　　就係咁，我哋終於到咗碼頭！

　　「喺邊呢？」我周圍望緊少女嘅蹤影。
　　「你傻㗎咩，佢喺長洲㗎，咁梗係喺五號碼頭附近啦！」嘉琪一
言驚醒洛克人：「去嗰邊搵下啦！」

　　於是我哋沿住海旁一直向前行，終於見到一個著住淺黃色T-shirt
黑色短裙嘅少女。就係佢喇，流星少女！

　　喺遠距離望住佢，我個心就已經開始不自覺亂跳。呢種感覺我唔
識形容，但令我諗起陳奕迅《天下無雙》嘅一句歌詞：「若問世界誰無
雙，會令昨天明天更閃亮。」

「哥！我去買嘢飲先，你自己執生喇！」嘉琪將我喚醒。

「吓？！」當我反應過嚟嘅時候，嘉琪已經行開咗兩步，再回頭望住我用口形咁講：「加油～」

……馬嘉琪你個死妹釘！唉，頂硬上啦！我望住前面嘅流星少女，深呼吸後就行過去。就喺我行到去流星少女嘅身邊，突然間一陣風吹埋嚟，飄咗一陣唔知道係佢嘅髮香味定係體香味。

呢陣味……就好似白蘭花嘅味道，好清新，好香。

我鼓起勇氣向少女打招呼：「Hello?」

原本坐喺行李上面，望住天空嘅少女立即擰轉頭過嚟。再一次近距離望住佢，先發現原來佢啲眼睫毛都幾長，而且皮膚睇落白裡透紅。

「Hello，又見面喇！」少女向我打招呼，再望下周圍：「咦，你妹妹呢？」

「佢去咗買嘢飲，哈哈。」我搲搲頭：「放心啦，你睇落同佢年紀差唔多，你哋應該大把嘢傾。」

「咁就太好喇！」少女聽到有個年紀相近嘅同性陪伴佢之後都稍為放鬆咗。

「係呢，其實點解你會無家可歸嘅？」我好奇咁講。
「我諗係因為……青春？」少女諗咗一陣。

我取笑佢：「咁你個青春都幾叛逆㗎喎。」

「哈哈，係㗎！但唔理喇，難得我竄咗出嚟，呢個暑假我打死都唔會返屋企！」少女傻笑起嚟。

「但你屋企人唔會打鑼咁搵你咩?」我問。

「唔會啦,我同屋企人約定好咗,所以唔會有事!」星瑤自信滿滿咁講。

「你咁講我都放心啲,如果警察走上門話我拐帶未成年少女嘅話我都唔知點解釋。」我搞咗下Gag之後再講:「不過講起上嚟你都幾勇敢喎,連住宿都冇準備過就走咗出嚟。」

「本身我係諗住去一個朋友屋企度暫住㗎!點知道臨出發嗰陣我同佢鬧咗交,而我又淨係得幾千蚊,搵間賓館一直住落去都唔係辦法,所以咪唯有開Post求助囉⋯⋯」少女有啲嬲又有啲唔開心。

「原來係咁⋯⋯」我消化緊少女嘅說話:「但你唔驚會遇到啲別有用心嘅人咩?」

「呢層我又有諗過呀,因為我嘅Target都係啲曾經見過面交收嘅人,話晒傾過下計,應該冇事嘅!」少女一臉天真咁講。

流星少女,究竟你其實係咪真係來自星星㗎?地球好危險㗎,你咁做法分分鐘俾人拐咗都唔知呀(利申拐子佬)!

我苦笑:「但我同你淨係有過一面之緣咋喎!」

「但你個樣睇落夠晒簡單,一啲都唔危險!」星瑤眼仔碌碌。

⋯⋯咩叫我個樣睇落好簡單??我知我係平凡咗啲嘅,但都唔使講到出口吖?嗚嗚⋯⋯

「而且,」就喺我哀號緊嘅時候,少女突然間繼續講:「而且我覺得,世界上有好多嘢都係解釋唔到嘅,與其做每一樣嘢都要思前想後搞到自己頭都爆,倒不如痛痛快快經歷自己嘅快樂時代仲好啦!」

我的快樂時代?咪即係佢IG個Post囉!

「乜你好鍾意陳奕迅㗎咩？」我好奇咁反問：「見你IG好似都有Post過佢啲歌做Caption！」

「我直頭係佢忠實Fans㗎啦！！！」少女一臉崇拜咁講。

「喂，我都係喎！」我好似搵到個知音咁講，依家鍾意Eason而且仲要係女仔嘅人真係少之有少！

「真係㗎？！咁就好喇，第時可以搵你陪我聽歌！」少女聽到之後勁興奮。

「哈哈，好呀！」我笑說。

「既然係咁，好啦！我哋之間嘅協議成交！」少女望住我笑咗一笑：「多謝你惠顧Meteorlass，買咗我呢個流星少女！」

「我諗應該叫做『收留』啱啲？」我故作平淡咁講，但其實內心早就已經俾眼前嘅佢牽起咗一波又一波的漣漪。

「又係喎可？嘻嘻～」少女伸一伸脷。

「點都好啦，好多謝你同你細妹肯收留我！」

「當識個朋友啫！」我客氣咁講。

少女伸咗隻手出嚟諗住同我握手，但突然之間又縮返入去：「係呢，其實我仲都未知你叫咩名喋。」

「我？我叫馬家樹。」我微笑。

「哈哈，你個名又幾好聽喎！」少女呢句說話都唔知係真心定派膠。

「你好呀家樹。」少女同我對望住，莞爾一笑。

「我叫劉星瑤，多多指教！」嗚哇，佢個名好好聽呀！！！

「嗯！咁以後就多多指教喇，星瑤！」我伸出手同星瑤打招呼，難掩心頭嘅激動。

IX 40　　20 VIII　40　VI　　20 V　40 IV 20
140　　138　　130　　125　　120　　115　　110　　105　　95　　90　　85

　　就喺呢個時候，嘉琪唔遲唔早咁走咗過嚟：「阿哥！」，嘉琪行到去我身邊，遞上一枝水畀我之後一直上下打量住星瑤：「嘩，睇IG幅相都已經覺得夠靚㗎啦，估唔到真人仲要靚多十倍！絕對夠資格做我大嫂⋯⋯」

　　「嘩阿妹你行咗咁耐路都口乾㗎喇，飲啖水先！」我立即截住嘉琪嘅說話。

　　「哈哈！」星瑤笑得不亦樂乎，順便自我介紹道：「我叫劉星瑤，你叫我做星瑤得喇，多多指教！」

　　「我叫馬嘉琪，你叫我做嘉琪啦！唔好意思呀，阿哥份人有啲怪，佢有嚇親你呀嘛？」嘉琪推開我之後講。

　　「冇呀，我哋傾得幾開心！」嗚哇！！星瑤話佢幾開心呀！！

　　星瑤望返住嘉琪：「不過有你喺度應該仲開心！」

　　「咕嚕。」我默默吞咗啖清水。
　　「哈哈哈！」嘉琪笑到見牙唔見眼：「星瑤，睇嚟我哋應該會好夾！嗱，我買多咗枝水畀你！」

　　「多謝！」星瑤禮貌咁接過水樽。

　　呢一刻我望住眼前呢兩個靚女，再幻想下嚟緊即將要同佢哋兩個一齊住嘅情景，我相信無論係靚仔定毒L都應該會即刻打晒飛機咁；好可惜喺呢一刻，我淨係感受到一種不安嘅感覺。

　　一種，即將會俾兩個企喺同一陣線嘅女人玩弄喺掌心之中嘅感覺。

　　「都夜喇！不如我哋一路返屋企一路傾？」我提議。
　　「好呀！」星瑤聽到「返屋企」呢三個字嘅時候簡直開心過中六合彩。

　　「哥，幫星瑤攞行李啦！」嘉琪早就蹺住星瑤隻手向前行。究竟係女人嘅熟絡速度快啲吖，定係光粒子前進嘅速度快啲呢？我猜唔透。

　　喺返屋企嘅途中，嘉琪一直同星瑤傾計，而我就好開心咁同行李篋一齊行，嘉琪不斷將我哋屋企嘅情況解釋畀星瑤聽，而星瑤就一直好有耐心咁聽。

　　喺觀塘地鐵站落車之後，我哋就去咗小巴站等車。

　　「老實講觀塘呢邊我真係冇乜點嚟過！」星瑤到處張望。
　　「梗係啦你住長洲咁遠，嚟呢邊真係貪車錢貴咩！」嘉琪回應。
　　「除咗觀塘之外我仲有好多地方未去過喫！我屋企人管得我好嚴，所以除咗星期六之外，其餘時間佢哋都唔畀我離開長洲嘅。」

　　「咁唔會好悶咩？」我為星瑤而覺得苦悶。
　　「會㗎！所以……我咪要出去見識一下呢個世界囉！」星瑤微笑咗一下。

　　「哈，咁你真係放心都得喇！」嘉琪用一個狡猾嘅表情望一望我再同星瑤講：「放心啦，阿哥佢一定會陪你去認識世界！」

　　「真係嘅？」星瑤一臉期待咁同我對視……得！我認輸！
　　「梗係啦！放心交畀我！」我伸出大姆指。
　　「冇錯喇！放心交自己畀我阿哥啦！」嘉琪即刻加把口。

　　唔L係咘？！一陣嚇親星瑤嘅話我就真係交埋自己畀你喇！

　　「好呀！拜託晒你哋喇！」星瑤雙眼發光咁捉著嘉琪隻手。

　　……OK，我諗多咗。

　　「咕～」星瑤身上突然發出啲聲。

　　「嘻嘻，我仲未食晚飯……」星瑤唔好意思咁講。

Yes，等咗咁耐，終於到我攞分嘅時候喇！我立即請纓話：「得！我返去煮畀你食！」

「不如我同你去買外賣？」嘉琪打斷咗我嘅說話。
「好！」

……馬嘉琪你個死妹釘！！！

一返到屋企，嘉琪就拉住星瑤周圍參觀，我就幫星瑤執好張床，同埋準備下啲日用品，等佢可以住得舒服少少。

「點講好呢……其實我覺得自己真係好好彩，世界咁大，居然都可以畀我遇到你哋呢對咁好人嘅兄妹！」星瑤食緊外賣嘅時候突然開口。

「傻啦，舉手之勞啫！何況嘉琪話你幫佢贏咗個比賽，所以當係報答你囉！」嘉琪立即轉過嚟望住我，然後用眼神表達：頂你哋馬家樹，你係咪姓賴㗎？明明呢個係你嘅意思！

吓？我咩都唔知㗎喎，哈哈哈！

「希望我哋嚟緊可以好好相處啦！」星瑤笑得非常甜蜜。
「一定可以！」我同嘉琪異口同聲咁答。

星瑤食飽之後就同嘉琪一齊返房執嘢，正當我瞓喺自己張床諗返今晚發生嘅一切之際，突然後有人敲門。

「入嚟啦！」我講。

　　原來係星瑤！弊！慣咗平時淨係得我同嘉琪喺屋企，一時三刻唔記得咗要禮貌咄㗎㖭！我嚇到好似做咗虧心事咁彈咗起身：「哇！星瑤？搵我做咩？」

　　「冇呀，想問下你用唔用廁所啫。因為我準備去沖涼呀，嘻嘻。」星瑤笑笑口咁講。

　　啊！點解我會唔記得呢回事㗎！！星瑤佢住喺度嘅話，就會沖涼、瞓覺、著睡衣……嗚哇！！唔得，我係正人君子㗎！

　　「咳咳！我唔用喇，你用啦！」我試圖隱藏住內心嘅興奮。
　　「嗯！」星瑤講完之後，仍然企喺門口。
　　「仲有事？」我好奇咁問。
　　「嗯！」星瑤突然吸咗一大啖氣，然後好溫柔咁講：「我想同你講呢……」

　　唔通……星瑤係想同我表白！？

　　「我想同你講！」星瑤鼓起勇氣道。
　　「未沖涼就瞓上床度好污糟㗎，不如落返嚟？」

　　就係咁，我就坐喺客廳張梳化度等廁所用。

　　「阿哥，想唔想要情報？」星瑤入咗廁所一陣之後嘉琪即刻坐埋嚟。

　　「請匯報！」
　　「咁就唔該畀線人費吖～」
　　「……」我喺銀包攞出一百蚊。
　　「多謝馬家樹！我代『嘉琪BB入大學基金』感謝施主嘅慷慨解囊！」

　　「咁請問你肯講情報未呢？」我冇好氣咁講。
　　「呃……暫時未有。」嘉琪眨眨眼。

「……Diu你。」
「好啦好啦，今晚開始幫你收集！」
「OK!Deal!」

坐多咗一陣，星瑤終於出嚟喇：「我用完喇，到你！」

眼前嘅星瑤頭髮濕濕，渾身散發住比頭先更濃烈嘅白蘭花香，佢著住一件白色T-shirt，隱約可以見到裡面有件底衫，望落都有返咁上下身材；而下身著住一條短褲，完美咁露出佢嗰對白滑嘅美腿……嗚哇！！！

「哦，好呀唔該！」我費事好似個咸濕佬咁望住星瑤，只好打側少少個頭避免直視。

今次仆街喇，要我嚟緊日日都對住咁大誘惑，點頂呀！

「星瑤，我間房有風筒呀，不如入嚟吹一吹，然後瞓覺？」嘉琪提議。

「好呀唔該晒！既然係咁，晚安喇家樹！」星瑤回應。
「晚安！」我不知所措咁揮揮手。

「咔嚓。」嘉琪嘅房門閂埋咗。

沖完涼之後，我都返咗入房瞓。望住個天花板，我嘅心情終於稍為沉澱咗落嚟：「真係好唔真實呀。」我舉起右手做返頭先同星瑤揮手嘅動作，然後輕輕握起拳頭。

「究竟……我係咪發緊夢呢。」

『諗返起呢段回憶，就好似發咗一個好長嘅夢。』
『一場，名叫青春嘅夢。』

METEORLASS

VIII VII VI VII VIII North

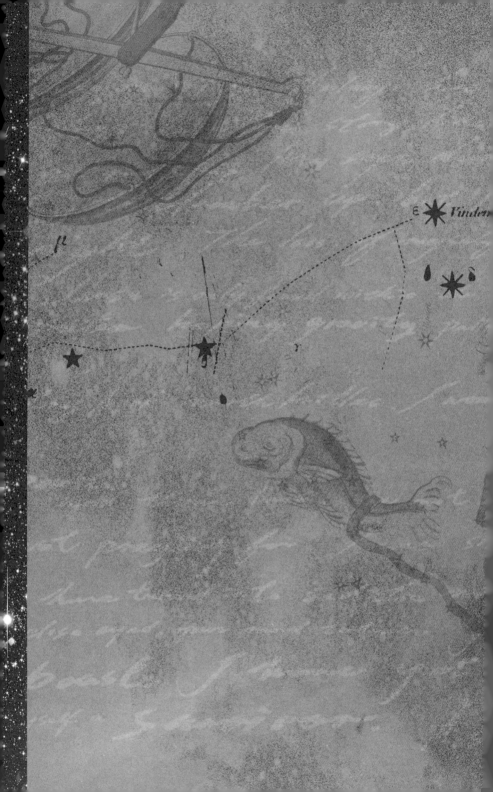

「起身喇……」我喺睡夢之中隱約聽到星瑤把聲。
「哎！?」擘大眼打側身一望，突然發現星瑤坐咗喺我床邊！
「你起身喇？」星瑤望住我，莞爾一笑：「早晨呀，家樹。」

嗚哇！真係一個完美嘅朝早呀！

*「呯！」*突然間，一下清脆嘅拍門聲喺附近傳嚟，令到本來熟睡緊嘅我一下子彈咗起身。

「中共殺到嚟喇，新界九龍#@!$#%#%#@%……」我語無論次咁望向門口，然後就發現阿妹企咗喺度。

「做乜啫你。快啲起身啦，晨早流流喺度嗌生嗌死！」嘉琪冇耐性咁講。

「早晨……？」我搲搲頭，先發覺星瑤嘅Morning Call只係南柯一夢。咪住先！會唔會其實連噚晚嘅事都只係發夢？

「星瑤呢？」我驚惶失措咁問嘉琪。

就喺呢個時候，一個身影突然喺嘉琪背後彈咗出嚟。

「家樹早晨呀！」星瑤哄前咗個身埋嚟。
「嗯……你係真㗎可？唔係我發夢呀可？」我由上而下打量緊星瑤。

「妖！」嘉琪行埋嚟一拳打落我個肚度。
「痛！做乜打我喎！」我痛到成隻彎弓蝦米咁喺床上面抰下抰下。

「痛即係唔係發緊夢啦！」嘉琪真係睬我都晒氣，望住星瑤講：「阿哥佢成日都係咁㗎，一見到靚女就變到勁驚青！」

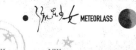

謝天謝地！好彩唔係發夢！！

「我先唔係成日都係咁！」我望一望佢哋兩個，發現佢哋已經換好晒衫：「咦，你哋準備去邊？」

「唔係我哋準備去邊，而係你諗住帶星瑤去邊？」嘉琪奸笑。
「吓？」我完全唔明。
「我約咗男朋友去街，所以全日都係得你哋兩個喺屋企。星瑤唔熟呢邊，點都要有人帶佢行下嘅，如果唔係呢兩個月叫佢點生存！」嘉琪繼續講：「咁所以喇喎，靠晒你喇阿哥！」

「哦……」我點頭：「OK呀，換埋件衫就行得！」
「咁我出門口喇！」嘉琪拍一拍我膊頭，喺我耳邊細細聲咁講：「好好照顧人呀！」

呢個妹真係呢……我輕輕推開嘉琪：「你係就快啲走啦！」

「咁好啦，我走先喇，掰掰阿哥，掰掰星瑤！」嘉琪行出門口。

Oh My God！依家咪就係「孤男寡女，共處一室」？諗到呢度，心跳極速咁跳。

「喂！」星瑤喺我前面揮手。
「嗯？」我嚇一嚇。
「你唔係換衫咩？我好肚餓呀，快啲換完衫落去食嘢啦！」星瑤嘅笑容甜到令人陶醉。

老老豆豆，我哋依家就係「同居生活」？如果係嘅話，我真係想成世都同佢同居呀！

「得！等我五分鐘！」我一路講一路衝入去廁所梳洗。

換好晒衫之後，我哋嚟到今日嘅第一站——茶餐廳。

「你食咩？」我問星瑤。

「火腿通粉配多士！」星瑤九秒九答我。

等緊嘢食嘅時候，我決定把握時間了解多啲眼前呢個女仔：「係呢，其實住喺長洲嘅生活係點㗎？」

「一句講晒——單調！」星瑤笑說：「唔計老麥嘅話，我哋通常會食附近嘅茶餐廳或者大排檔，如果口痕想食KFD或者Pizzahurt呢，就要搭船出返市區；我哋冇得行街冇得唱K，所以平時只可以靠做下運動，行下山踩下單車咁消磨時間；交通呢，除咗警察消防啲嘅有車之外，絕大部分人都會行路、踩單車，或者搭艇仔；雖然係有啲唔方便，不過住喺長洲都有樣好，就係空氣比市區清新好多，住喺嗰到好有渡假嘅感覺，令到成個人都輕鬆咗好多！」

「聽落都幾好吖！返學呢？你喺長洲返學㗎？」

「我讀長洲官中嘅，距離屋企好近，行十分鐘就到，加上屋企人要我放咗學快啲返屋企，所以平日我基本上都唔會離開長洲！」

「咁唔怪得你平日淨係可以喺長洲碼頭交收啦！」我站喺星瑤嘅角度諗：「照咁講你屋企人都管得你幾嚴㗎喎！」

「係呀！有時連出去交收都唔可以搞咁耐，要盡快返屋企！」聽到呢度，我總算明白點解上次星瑤會走得咁匆忙。

「不過佢哋嚴得嚟都算係咁啦！起碼佢哋每個星期六都畀你出去玩，今個暑假仲畀你兩個月唔返屋企喎！」星瑤聽完當堂窒咗一窒。

「都係嘅，哈哈……」星瑤吞吞吐吐咁講。

「靚仔靚女你哋嘅早餐！」樓面阿姨咁啱過嚟放低咗啲食物。

「哇！」星瑤雙眼發晒光咁，直接將頭先嘅話題拋諸腦後：「好似好好味咁！」

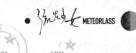

「梗係啦，我同嘉琪成日嚟呢間㗎，信心保證！」我自豪咁講。

「咁就唔好等喇，快啲食嘢啦！」星瑤未講完就已經攞起匙羹開始食。

望住星瑤食嘢嗰個幸福樣，真係搞到我都幸福埋一份呀！

星瑤食食下Feel到我望住佢，於是抬起頭望住我：「做乜望住我食嘢？」

我笑咗一笑：「因為好吸引囉⋯⋯你碟通粉。」

之後我帶住星瑤簡單咁行咗觀塘一圈，等佢認識下屋企附近嘅交通同食肆。

「第時想食宵夜就搵我啦，我再帶你去行下夜晚嘅觀塘！」炎炎夏日行咗咁多路，搞到我都出晒汗。

「辛苦晒喇！我哋依家去邊好？」星瑤向我遞上一張紙巾。

「你想呢？話晒第一日出到嚟玩，應該大把地方想去？」

「冇諗呀！反正我淨係想咩都去下，咩都試下！」星瑤傻笑。

「咁啊⋯⋯我哋一於去做啲你平時喺長洲做唔到嘅嘢！」我靈機一觸。

「唱K？」，「唔係！」

「睇戲？」，「唔係！」

「咁我哋到底係去做咩呀？」星瑤唔明。

我不禁奸笑起嚟：「嘻嘻嘻⋯⋯」

「咕嚕。」星瑤吞咗一啖口水。

● ● ● ● ● ●

「嘩哇哇！救命呀！」星瑤緊緊捉住欄杆，驚一放手就會跌到變成豬頭。

「成個Magabox都聽到你把聲喇！」我笑到腰都彎埋。
「嗚，喺度笑我！人哋第一次溜冰咋！」星瑤鼓埋泡腮。
「唔笑你喇，等我慢慢教你啦。」我望住佢講。

星瑤莞爾一笑：「嗯！」

我同星瑤沿住欄杆嚟到一個比較少人啲嘅位置。

「溜冰嘅第一步，就係要學識跌低之後點樣企起身！」我指導佢：「我哋一齊坐喺冰面上面先啦！」我瘟低身，右手壓住冰面再輕輕坐咗落去，星瑤都有樣學樣坐低咗。

「哈哈，好凍！」星瑤笑到成個細路仔咁。
「跟住我哋唔好攤開手掌，要收起啲手指咁用雙手壓住冰面將自己由坐喺度變成跪喺度。」我一邊講一邊將姿勢變成雙腳跪低：「最後就係將一隻腳踩穩冰面作為支撐，然後用運動員起跑嘅動作咁一氣呵成撐返自己起身！」

唔使一秒，我做咗個體操運動員展開雙臂嘅動作企返起身：「登凳，就係咁喇！」

「好簡單啫！」星瑤自滿咁講，立即將姿勢變成半跪，一隻腳踩落冰面準備撐起自己，點知仲未控制好對溜冰鞋嘅佢唔覺意跣咗一下軚，成個人失平衡「噗」一聲向後跌咗落地。

「哇！！」星瑤痛到大叫，搞到全場嘅人靜咗一秒望晒過嚟，我哋互相對望。

「嗚哇好醜怪呀！！！」星瑤尷尬到紅都面晒，直接用雙手遮住塊面，淨係露出一對晶瑩剔透嘅眼睛：「你咩都睇唔到咩都聽唔到㗎可？」

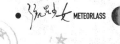

「……嗯嗯。」我撳撳頭。
「……唔信你！」星瑤鼓起腮。

「我真係咩都睇唔到喎！」，「咁即係聽到啦！」
「我真係咩都聽唔到喎！」，「咁即係睇到啦！」
「我真係咩都睇唔到聽唔到喎！」，「唔信你！」

雖然經歷完特訓之後，星瑤仲係對溜冰一竅不通，不過都總算有啲收穫。正確啲嚟講，係我同佢有身體接觸嘅收穫！

「好攰呀！」離開溜冰場之後星瑤伸咗個大懶腰。
「又跌又企起身咗咁多次梗係攰啦。」我笑佢。
「我就唔信學唔識！」星瑤唔甘心咁講：「遲下一定要再嚟！叫埋嘉琪一齊嚟！」

「好！」放心啦，到時我一定會叫嘉琪搵藉口唔去㗎喇！

●　　●　　●　　●　　●　　●

拖住成身散晒嘅身體打開屋企大門，一陣飯香味撲鼻而嚟。

「時間啱啱好，炒埋個菜就食得喇！」嘉琪喺廚房行出嚟。
「嘩，好香呀！」星瑤衝咗入廚房：「你好犀利呀，入得廚房出得廳堂！」

話我爭住認叻都係咁話㗎喇，嘉琪嘅廚藝其實係我教出嚟㗎！

「你又會咁早返到嘅？」我喺一邊除鞋一邊問。
「乜你冇睇WhatsApp咩？我咪同你講咗話男朋友今晚有嘢做，所以我會返嚟煮定飯等你哋囉。」死！啱先淨係掛住同星瑤傾計，完全冇睇過手機㗎！

● CHAPTER TWO 限定商品

Every youth. Have a "Meteor" love story ......
Although beautiful. But it is fleeting

「係咩！？可能係我手機冇電所以睇唔到啦！」我驚驚青青咁講。

「呢個人相當有可疑！今日發生咗啲咩事！」嘉琪走咗埋嚟用奸險嘅眼神望住我。

「一陣再講啦！」我莫名其妙怕醜起上嚟，轉頭對住廚房大嗌：「星瑤，我哋幫手開飯啦！」

「好呀！」星瑤喺廚房彈出嚟微微側彎住腰面露笑容。

「死人馬家樹！喺度賣關子！」嘉琪踩咗我隻腳一下，然後慢慢行返去廚房炒菜。

　●　　●　　●　　●　　●　　●

「嘉琪你啲手勢好揦呀！」星瑤將啲餸大大啖放入口。

「普通啦，阿哥煮嘢食好味啲！」嘉琪好識做咁講。

「真係㗎？咁一定要試下你啲手勢！」星瑤一臉驚奇咁望住我。

「你開到聲，整九大籮畀你食都得啦！」做埋你御用廚神日日煮飯畀你食又點話！！

「咁我就唔客氣喇！」星瑤嫣然一笑。

食完飯唞咗一陣星瑤就去咗沖涼，得返我同嘉琪坐喺梳化睇電視。

「噚晚有冇幫我收下料先？」我忽然諗起嘉琪係我線人。

「一手交一手，你講完今日發生咗咩事之後我話你聽！」嘉琪要脅我。

於是我將今日嘅事講晒畀嘉琪聽。

「嘩，你個死鹹濕佬先識得星瑤嗰一日就抽佢水！？」嘉琪毫不留

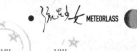

情咁窒我:「唔得,我要保護好我嘅好姊妹,下次我要跟埋一齊去!」

識得嗰一晚,咁快做咗好姊妹!?不過睇佢哋兩個講嘢嘅語氣動靜都似係同一類人嚟㗎喇,唔怪得有共鳴啦!

「黐線,我正人君子嚟㗎!」我反駁。
「正淫君子就有你份!」嘉琪駁上駁。
「OKOK!點都好啦,佢應該對我冇咩反感,只要維持呢個節奏嘅話,就可以同佢拉近距離,甚至⋯⋯」

「噓!咁大聲,不如直接入去同佢講吖笨?」嘉琪打咗我大髀一下。

「咦,都好喎!」
「⋯⋯Diu。」
「到你喇!噚晚流流長,你唔好同我講你咩都問唔到呀!」我拉返去正題。

「乜我似係啲咁失敗嘅線人咩?」嘉琪Chok起咗個得戚樣。
「即係有料爆?」我洗耳恭聽。

嘉琪從頭開始講:「嗱,噚晚佢好早瞓,所以我哋淨係傾咗一陣Ladies Talk咋!」

「話說我問咗星瑤喺長洲嘅校園生活,佢話佢喺學校都有啲幾Friend嘅朋友,不過因為佢成日唔出得街同埋唔太鍾意用WhatsApp傾計,所以冇稱得上交心嘅知己。亦都因為咁,就算學校有人想追星瑤,過咗一排佢哋都會因為無從入手而放棄。」

「咁佢喺出面有冇人追?」我勁緊張咁問:「最緊要係,佢依家有冇男朋友或者對象呀?」

「嗱,我講喇,要有定心理準備呀!」聽到嘉琪咁樣賣關子,

我都打定輸數準備接受殘酷嘅事實。

「星瑤依家呢……」嘉琪停頓咗一下：「係冇男朋友嘅！」

「Osh！阿媽，我得咗喇！！」我感動到流咗滴眼淚。
「你冷靜啲聽我講埋先！！！」嘉琪打斷咗我嘅喝采。

「雖然星瑤依家冇男朋友，不過佢喺出面一直有個紅顏知己，當初星瑤離家出走之後諗住去投靠嘅，就係佢。」聽到嘉琪呢句，我個腦立即電路大癱瘓。

「What？你有冇問到多啲關於嗰個男仔嘅事？佢哋點識㗎？嗰個男仔係咪鍾意星瑤？最重要嘅係，星瑤係咪鍾意佢？？」我崩潰咁講。

「你真係當我呢個線人一晚就問得晒所有嘢咩！」嘉琪表示無奈：「雖然我真係有追問落去，不過佢就話『唔好提佢喇，不如講下你吖』然後扯開咗個話題，傾多陣之後我哋就瞓咗喇。」

天呀，點解你要咁對我？點解你要喺我認為自己有機會嘅時候，一盤冷水潑落嚟淋熄我嘅熱情？呢個男仔係何方神聖？我真係好想會一會佢！！我大喝咗一聲：「我同你講呀，我係唔會輸㗎，我一定會將星瑤……」

「咔嚓。」廁所門突然開咗，星瑤伸咗個頭出嚟問：「有人叫我？」

……

「哈哈，冇人叫你呀，哈哈哈……」我扯開話題：「你沖完涼喇可？咁到我沖喇！」

「等我刷埋個牙就得！」星瑤笑住咁講，然後閂返埋道廁所門。
「哈哈！」嘉琪喺隔籬忍唔住恥笑我：「點呀，你話想將星瑤點

話？」

「仲笑。記得幫我問多啲嗰個男仔嘅事呀！」我紅都面晒咁講。

「得喇煩帝！還揪你依家意氣高漲，不如諗下聽日帶星瑤去邊度仲好啦！」嘉琪回答。

「係喎！」我突然醒起自己聽日唔得閒：「唔記得咗同你講，我聽日要返學校綵排Drama，陪唔到星瑤㗎！」

「原來係夠鐘揾大婆！如果俾紫鈴知道星瑤住咗喺我哋屋企嘅話，佢會有啲咩反應呢？」嘉琪挖苦我講。

「紫鈴會有咩反應我就唔知喇，但我會即場吐血先囉！」我唔敢想像呢個畫面。

等到星瑤出嚟之後，我都同佢交待咗聽日嘅事：「咁你同嘉琪聽日自己揾節目喇喎！」

「冇問題！」星瑤點點頭。

臨瞓前我打開IG，一嚓就見到「Meteorlass」啱啱Post咗張喺溜冰場影嘅風景相，寫住：

點解我一二一二隻腳都仲係唔識溜嘅 :(？
多謝教練今日對住我呢個小兒麻痺嘅徒弟仔都仲咁有耐性 <3

🐎 🌲 🏠

「幕後有一個最大原因，因為你！」

望住呢段字，一股暖流喺我心裡面油然而生，令我不自覺傻笑起上嚟。

明明喺一個星期之前，我同星瑤只係有過一面之緣嘅過路人；明明喺幾日之前，我都只係一個瀏覽佢IG嘅陌生人；點會估到，今日

● CHAPTER TWO 限定商品

Every youth. Have a "Meteor" love story ......
Although beautiful. But it is fleeting

我居然已經確確實實走咗入佢嘅生活之中。

呢種感覺真係好窩心，就好似我同星瑤嘅距離一下子拉近咗好多咁。我會心微笑，喺星瑤嘅Post上留言：

「*It's okay~it's okay!*」

●　　　●　　　●　　　●　　　●

我一早起咗身梳洗換衫準備返學校排戲，見嘉琪同星瑤都仲係瞓到成隻豬咁就費事嘈醒佢哋，所以寫咗張紙仔同一條鎖匙放咗喺枱面，然後就行出門口。

> 我返學後排戲喇·星瑤你·想出街既話
> 就用呢條後備匙開門啦！
> 　　　　　　　　　　　　　奇·樹

就喺我打開禮堂道門嘅瞬間，阿溢突然衝埋嚟捉住我！

「今次仆街喇！」阿溢非常焦急咁講：「啱啱收到風，管弦樂團嗰班仆街恃住自己幫學校攞過幾個大獎，噚日居然走咗去問校長借個禮堂畀佢哋練習嚟緊嗰個公開比賽呀！」

阿溢越講越嬲：「最慘係校長竟然應承咗佢哋，仲要每個星期畀四日佢哋練習呀！」

「咁即係點？」晨早流流我個腦仲未開始運作。

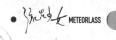

「咁咪即係話我哋之後每個星期只可以排一次戲囉！」阿溢嘆息。

唔L係啩！咁我咪可以有多啲時間陪星瑤囉！天助我也！

阿溢見我聽完之後居然仲笑笑口，覺得奇怪咁講：「喂，你以後淨係可以一星期見得紫鈴一次咋喎，點解你仲可以咁開心？」的確，冇得成日見到紫鈴我真係有啲唔開心，不過調返轉講，即係我可以成日見到星瑤喎！！！

呢邊減咗嗰邊多返，冇事！等等，我咁講法咪即係同啲一腳搭兩船嘅仆街冇分別？！不過一個係我鍾意咗兩年嘅紫鈴，一個係同我一齊住嘅星瑤，我真係唔識揀呀！！

「咪住！」阿溢用懷疑嘅語氣講：「唔通……你識咗新女？！」
「哎？！」有冇咁聰明呀？

同唔同佢講星瑤件事好呢……算啦，牽一髮動全身，都係保密好啲！

「冇啦傻嘅！」我笑一笑：「純粹覺得自己係時候要放低紫鈴，見識下出面個世界啫！」

「嘩，馬生，你撞親個腦？」阿溢真心驚訝：「你前排仲當正世界上得返紫鈴一個女仔咁㗎喎！」

「咁……人會變㗎嘛！」我反駁：「或者你哋講得啱，我應該要試下接觸多啲人，見識多啲新事物！」

「你終於大個仔喇！」阿溢熱淚盈眶咁搭住我膊頭：「紫鈴呢啲咁靚又多人媾嘅女仔，你追唔嚟㗎喇！等哥哥我介紹下啲豬扒你識！」

「……Diu！」

● CHAPTER TWO 限定商品

● Every youth. Have a "Meteor" love story .....
Although beautiful, But it is fleeting

等齊人之後，我哋就開始排練。

紫鈴緊緊咁攬住我：「我唔會走㗎喇，我愛你！」嘩！呢場戲真係好正，不如我哋都係爭取返日日排練算啦！

「好呀！今次唔錯！」阿溢做出個Good嘅手勢。

紫鈴一聽到停咗戲就立即鬆開雙手，非常唔好意思咁講：「Sorry呀家樹，我係咪攬得大力咗少少？」梗係唔係啦，我覺得未夠喺呀，請你狠狠咁攬實我！

「哦，唔會呀，做戲吖嘛，係咁㗎啦！」我微笑。
「咁就好喇，哈哈！」紫鈴都笑咗一笑。又係呢招必殺技，叫我點頂呀！

「咔嚓。」禮堂嘅門口突然打開咗。有兩個靚女行緊入嚟，不過對我嚟講，重點已經唔喺呢度。

「點、點解你哋會喺度㗎？」

● ● ● ● ● ●

「咦，門口嗰兩個女仔係邊個嚟？」
「嗰個咪係家樹個細妹馬嘉琪囉，另一個呢？好似幾靚女！」
「睇個樣佢哋都係嚟搵家樹㗎喇，點解！點解同人唔同命！！！」
企喺隔籬嘅花生友討論起上嚟。

「嘉琪、星瑤！點解你哋會喺度嘅？！」我走到去佢哋面前，然後用一個「Diu，靠害咩」嘅眼神望住嘉琪。

星瑤好天真咁答：「有呀，啱先我哋諗住落街食晏，問起先知原來

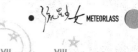

你都係差唔多時間放學，所以咪諗住嚟等埋你先一齊去食囉！」

「哦，原來係咁……」我依家嘅感覺就好似俾人當面踢爆咗包二奶咁，個心驚到就快跳出嚟：「不過我仲差一節先完喎，一係你哋出去行下先？」

「我有叫㗎，不過星瑤一聽到你做男主角，就話點都要上嚟睇下喎！」嘉琪加把嘴講，順便回敬返我一個「嗱，關我L事」嘅眼神。

「我係咪阻住你？」星瑤對眼水汪汪咁望住我。嘩，星瑤小姐你用到呢招，我點忍心唔界你留低呀？

「點會呢，傻嘅！」我靈機一觸，決定求其搵個藉口使開眼前兩位美少女：「你哋口唔口渴？我有啲口渴呀，你哋可唔可以幫我買枝嘢飲呢？」

嘉琪Get到我嘅意思，蹺住星瑤手臂：「得！我哋兩個落去Canteen買，你哋慢慢休息！」然後行咗出去樓梯口，再消失喺轉彎處。

「呼，總算可以唞返啖氣。」我放鬆咗落嚟。

咦，唔係喎，做咩我唔跟埋去！依家咁樣我實會俾人公審啦！

果然不出我所料，突然Feel到背後傳嚟咗一大堆充滿敵意嘅目光。就喺呢一刻，阿溢突然走上前將我拉埋咗一邊，然後向班花生友講：「大家都乸㗎喇，休息一陣先啦！」

眼見阿溢為我奮身解圍，其他人都暫時放低手上面嘅手榴彈火箭炮，乖乖地去休息。

「好兄弟！請受小弟一拜！」我滾動到流晒馬尿。
「你就唔方當我兄弟啦，竟然夠膽死呃我！」阿溢好似真係嬲咁：「啱先問你又話冇識新女，點知轉頭就走個『星瑤』出嚟！」

唉,事到如今,我唯有將自己同星瑤同居呢件事講畀阿溢知,包括埋我對星瑤嘅感覺。

「係真唔係呀?世界上真係會有呢啲電視劇情節發生㗎咩!?」阿溢消化緊我嘅說話。

「哈哈,我都覺得好似發緊夢咁!」我有啲唔好意思咁講:「所以我先唔敢同你講呢件事,因為真係好難解釋!」

「依家即係話,你嘅目標係星瑤?」阿溢搭住我膊頭問。
「我都未知呀……」我真心咁講:「我對紫鈴同星瑤都有Feel……」

「其實你使咩咁煩啫,兩邊都做住朋友先咪得!」阿溢冇好氣咁講:「反正你同紫鈴已經係朋友啦,依家咪試下認識下星瑤,之後再決定追邊個囉!」呀Diu,佢又幾中Point喎!

「果然係我嘅好兄弟!一個我諗到頭都爆嘅問題,居然俾你咁輕易就拆解到!」我由皺眉變成笑顏。

「咁又唔使多謝我嘅!」阿溢扮晒謙虛:「係你On九啫!」

呢個時候禮堂又開始嘈吵,我同阿溢轉身望過去,原來係星瑤佢哋返咗嚟。

「嗱!」星瑤走埋嚟遞枝水畀我,嘉琪就企喺佢後面。
「唔該!」我伸手接住,身邊隨即傳嚟花生友嘅歡呼聲。
「WOW!」佢哋睇到津津樂道:「馬哥收埋個靚女都唔講聲?快啲介紹下畀我哋識啦!」

死啦!佢哋咁搞法星瑤會唔會覺得尷尬㗎?!處理得唔好嘅話,可能仲會俾星瑤覺得我份人好隨便,到時候我嘅印象分一定會跌穿恆生指數新低!!!唔好呀!!!

「哈哈！你劇社啲人都幾風趣㗎喎！」星瑤笑得好燦爛。

……唔係啩，你係咪真係天然呆㗎嘅？班花生友以為你係我女朋友呀！星瑤見我冇咩反應，居然自我介紹起上嚟：「大家好呀，我叫劉星瑤，大家叫我做星瑤就得㗎喇！」

「哇掂呀！」、「陽光女神！」、「Come on baby！」CLS Company，成班花生友使唔使即刻打晒飛機……

「好喇，休息完就開始排戲喇！」阿溢又幫我打圓場。
「咁我哋坐去後面先喇！」星瑤望住我笑咗一笑，然後轉身拉嘉琪走。

「星瑤真係唔錯咁喎！」阿溢喺我後面冒出嚟，搭住我膊頭講。
「嘑你小心啲講嘢呀，如果唔係我將你呢句說話覆述返畀我阿妹聽，你就知死！」我威脅阿溢講。

阿溢個女朋友詠琳其實係嘉琪個好朋友！所以只要我向嘉琪放料，嘉琪再同詠琳告密，咁阿溢就九死一生喇。

「嘑，唔好亂嚟呀大佬！」阿溢立即勁驚咁講：「最多就幫你收晒班花生友皮啦得未？」

「Deal!」

阿溢即刻大喝一句：「全部人同我即刻埋晒位，一分鐘後開始！」

● CHAPTER TWO 限定商品

Every youth. Have a "Meteor" love story ......
Although beautiful. But it is fleeting

幾經辛苦，終於都排完。

轉眼間我哋已經坐喺大排檔度食緊飯，望住星瑤喺我面前食嘢食到津津有味嘅可愛樣，我簡直睇到入晒神，甚至唔小心咁嘴角向上揚。

「搞咩呀你？食食下嘢都可以笑到咁樣衰嘅！」星瑤突然望咗過嚟，搞到我嚇咗一嚇。

「冇呀，我覺得個飯好好味，所以咪開心囉！」我求其作個藉口。
「但係你食緊嗰個係車仔麵……」嘉琪講。
「係呢星瑤，距離放完暑假仲有六個星期，你諗住點樣用？」我立即轉移話題。

「嗯……我又冇好確實咁諗過呀，哈哈！」星瑤輕鬆一笑：「我嘅目的其實只有一個，就係趁住呢兩個月好好去享受生活！所以去邊度同做啲咩唔係咁重要，最重要嘅係我可以有一個屬於自己嘅快樂時代！」

「點解你會專登揀喺呢個暑假先嚟做呢樣嘢嘅？」嘉琪問：「照計你屋企人平時管得你咁嚴，應該唔會畀你呢個得十七歲嘅少女闖蕩世界先啱㗎？」

「呃……」星瑤突然變得吞吞吐吐：「咁係因為我同父母之間有個約定……」

「我記得你之前都同我講過！」我加把口：「不過究竟係咩約定嚟，居然會有咁大效力嘅？」

星瑤聽到我同嘉琪嘅說話之後逐漸變得惆悵，就好似篤中咗佢嘅死穴咁。嘉琪見勢色唔對路，即刻補鑊：「其實我哋都係好奇下嚟啫！所以……阿哥！不如都係快啲食飯仲好啦！哈、哈哈……」

「嘩，碗飯真係好好味！」我將碗麵當飯咁食，一嘢辣親個嘴：

「好熱！」

「哈哈！」星瑤俾我哋搞到笑返，然後平靜返落嚟：「我諗……都可以講少少畀你哋聽嘅。」於是我同嘉琪放低筷子，專心聽星瑤講故事。

「我父母並唔係由細到大都管得我咁嚴㗎。」星瑤開始講。

「細細個嘅時候我住喺天水圍，嗰陣阿爸阿媽好鍾意帶我周圍去玩，南生圍野餐啦，海洋公園啦，總之就去過好多好多地方，就算係返學嘅日子，佢哋都會畀我做完功課之後落去樓下公園度同其他小朋友玩，到食飯時間先返屋企。」

「本來呢一切都好開心好美滿，直至一次小插曲，就導致我父母變成依家咁，凡事對我都好著緊……甚至乎，係過份著緊。」

「由嗰陣開始，我嘅生活就好似坐監咁，每日都係返學放學返屋企食飯做功課瞓覺，冇得出去玩，冇得識朋友。」

「直到我升中學嘅時候，佢哋仲決定搬去長洲，於是乎我名正言順變成咗一個『喺孤島坐監嘅少女』。」

「當然佢哋都知道唔可以永遠監視住我嘅，所以喺我升咗高中之後佢哋決定放寬返個規例，畀我逢星期六自由活動，但係就要成日打電話畀佢哋匯報位置，而且唔准夜返屋企。」

「不過老實講吖，我朋友本身就唔多，而且仲要住到長洲咁遠，又有咩地方好去先得㗎？唔通真係一個人走去南生圍野餐，或者單機去海洋公園咩！」

「所以喺無聊之下，就開始整D.I.Y.飾物，仲開埋自己嘅IG Shop㗎！」

「的確，自從開始整飾物之後，我嘅生活好似冇以前咁苦悶，不過，我始終都係覺得爭緊啲嘢咁。」

「呢種感覺成日會無啦啦喺我個腦到閃過，可能係沖緊涼，可能係上緊堂，亦都可能係臨瞓前⋯⋯嗯，我好想真真正正過一次屬於自己嘅生活。」

「終於喺今個暑假，我等到呢個機會。」

「由於我父母好想我做某件事，所以我就用呢樣嘢同佢哋做咗個談判——只要可以畀我自己選擇點樣過呢兩個月，咁返到去之後，我就會應承佢哋去做嗰件事。」

聽完星瑤嘅說話，我個腦開始喺度諗。首先，究竟佢細個嘅時候屋企發生咗啲咩事？點解會令到佢父母轉變咁大？

第二，究竟佢父母想佢今年做啲咩呢？唔通件事係好重要嘅？如果唔係佢父母點會肯因為呢件事而放低晒以前嗰啲嚴苛規矩？

最後一樣就係⋯⋯明明佢由細到大都承受住咁大壓力，但點解佢嘅性格都仲可以咁陽光？究竟佢係真係咁樂觀吖，定係扮出嚟？

當然啦，呢啲問題我全部都冇問到出口。星瑤唔想講自然有佢嘅原因，強迫都係無謂，最後只會令自己吃力不討好。更重要嘅係，我知道只要我能夠喺呢兩個月打動到星瑤嘅心，佢一定會願意向我坦白！

到時候我一定會為佢分擔壓力，令佢成為真正嘅「陽光流星少女」！所以依家最重要嘅係⋯⋯

「星瑤。」我凝望住星瑤：「雖然我唔知道你之前經歷咗啲咩，亦都未必真係完全感受到你嗰種對自由嘅渴望，不過唔緊要㗎，未來仲有大把時間，就算唔計開咗學之後吖，我哋依家都仲有六個禮拜呀係

咪先？而且講樣嘢畀你知吖，其實我同你一樣，都好想重新去認識呢個世界！」

「所以……」我微微一笑，然後堅定咁望住星瑤，講出心入面嘅說話：「**不如未來就等我陪喺你身邊，同你一齊去探索、感受、經歷，一齊去過一次屬於自己嘅美滿旅程吖，好冇？**」

星瑤聽完之後先係呆咗一呆，跟住一笑：「既然係咁，跟住落嚟呢六個禮拜就勞煩晒你喇。」

「多謝你呀，家樹。」望住星瑤清澈嘅眼珠，白裡透紅嘅臉，我個心又泛起一波又一波嘅漣漪。

「咳咳！」嘉琪嘅咳聲，令我哋兩個抽離返出嚟。
「仲要多謝你呀，嘉琪！」星瑤轉過頭嚟捉住嘉琪隻手。

「幾驚你唔記得我！」嘉琪冇好氣咁笑：「好啦快啲食嘢喇！食完我哋就計劃下嚟緊嘅行程！」

「嗯！」我同星瑤不約而同咁講，我哋望住對方，互相又笑咗一笑。

『難堪的不想　只想痛快事情』
『時間尚早　別張開眼睛』

El Rischa

一星期話咁快就過咗去。我哋三個每一日都好似糖黐豆咁,一齊出去玩、搵好嘢食、做家務、翻煲啲電影,睇到笑、睇到喊。

好記得有一晚我哋睇緊《阿甘正傳》嘅時候,星瑤由頭到尾都喊緊,望住佢濕潤嘅眼眶,我知道自己已經徹底鍾意咗呢個女仔,因為喺嗰一刻,我差啲就想攬住佢。

不過自從上一次喺大排檔嘅對話之後,我同星瑤嘅關係好似起咗一種微妙嘅變化。雖然嘉琪同星瑤幾乎每日都會一齊孖手行街,但係我同星瑤總係會有意冇意咁並肩而行,而且我哋兩個嘅眼神總係會無啦啦同對方接上,仲會對望好一陣先至斷開!

呢種感覺好特別,每次都令我個心跳得勁快,但同時又有一種壓抑嘅興奮。

不過我又覺得呢啲唔算係曖昧,因為我發覺星瑤對我硬係好似點到即止咁,既唔會話有咩曖昧說話,亦唔會話有咩曖昧動作。

講係咁講,但每日都可以喺星瑤嘅IG Story裡面見到自己,真係有種講不出嘅溫暖。

或者好似《阿甘正傳》嘅名言所講:「If there is anything you need, I will not be far away」,只要星瑤需要,我一定會守候喺佢身邊!

● ● ● ● ●

「唔好意思呀,因為我上個星期冇乜點陪過男朋友,佢好似有啲唔開心,所以我嚟緊呢個Weekend諗住陪下佢,應該同唔到你哋去玩喇!Sorry!」星期五晚,嘉琪聽完個電話之後望住我同星瑤雙手合十咁講。

「傻啦，你之前陪我咁耐，多謝你都嚟唔切！」星瑤好甜咁講。

「嗚，你真係明白事理喇喂！」嘉琪一路講一路衝去攬住星瑤。

「你哋使唔使咁快就Friend到攬頭攬頸呀……」我無奈咁講。

「呢層你唔恨得咁多喇喂！」嘉琪同星瑤異口同聲咁講。

「齊到……」我苦笑。

　　就係咁，我同星瑤久違嘅獨處時間就喺星期六朝早嘉琪出咗門口之後開始。

「我走喇，今晚唔知幾點返嚟㗎，你哋自己搞掂啦！」

「呼！」清脆嘅關門聲，星瑤未起身嘅情況下得返我喺喺廳。

　　Diu！成個星期都冇打過LOL，依家終於有時間打喇！我帶上耳機，沉醉喺遊戲世界之中。

「歡迎來到召喚峽谷！」望住呢幾隻字，我就知道又係時候去拯救嗰班冇腦嘅細路喇！

「首殺！你被殺了！」

「……」快活不知時日過，一打就打咗三個幾鐘，牆上面嘅長短針已經行到去十二點幾。

「妖，暑假真係特別多小學雞！」我一路鬧班垃圾隊友，手指一路喺鍵盤戰鬥。

「咔嚓。」房門俾人打開咗，不過我仲好專心咁打緊機。

「家樹……」甚至聽唔到有人叫我。

　　突然之間，有兩隻手搭住咗我膊頭，一個帶有白蘭花香嘅身影喺我右眼眼角冒出！我立即九十度轉頭一望，發現星瑤企咗喺我後面搭住我，哄個頭埋嚟睇住個螢幕！

　　喺呢一刻，我個嘴同星瑤塊面只有唔夠兩枝牙籤嘅距離。星瑤嘅體味不斷衝擊我嘅嗅覺，令我神魂顛倒。由側面望向星瑤，我先發現原來佢嘅皮膚比我想像中更加細嫩、白滑。

　　唔知道係咪我望得太耐嘅關係，佢終於Feel到我嘅視線，然後就望返住我。喺呢個Moment，我哋嘴唇之間嘅距離只有唔夠十厘米。星瑤嘅嘴唇，望落好吸引。

　　我哋對望咗一下，跟住星瑤塊臉就開始紅起上嚟，而我都Feel到自己塊臉越嚟越熱⋯⋯

　　「哇！」我就好似個女人咁叫咗出嚟，順勢成個人彈開咗。冇錯，我滑L咗底。

　　「全隊滅亡！」電腦螢幕顯示緊我輸咗嘅信息。
　　「搞、搞咩入嚟唔出聲呀？」我除低耳機，驚慌失措咁對住星瑤講。

　　「咩、咩喎！」星瑤突然變到吞吞吐吐：「我一早就叫咗你個名喺喇，係你戴住耳機聽唔到咋嘛！」

　　佢繼續補充：「跟住我見你唔知玩咩玩到勁投入咁，咪哄個頭埋嚟諗住望下囉，跟住——」

　　講到呢度，星瑤同我唔知做乜勁有默契咁對望咗一下。佢塊臉紅到好似雞蛋咁：「⋯⋯呀！！唔理你呀，我去沖涼！」

　　之後星瑤就好瀟灑咁行咗出去，得返我一個人坐喺張凳度，諗返啱先嘅畫面，我勁大力拍咗自己塊面一下：「Diu！做乜唔食住上呀！」

　　不過星瑤塊面紅成咁，即係代表⋯⋯我有機會？媽呀！你個仔好似就得米喇！！

過咗有幾耐，星瑤終於沖完涼出嚟。為咗補償返頭先嘅失誤，所以喺星瑤沖緊涼嘅時候，我已經走咗去煮飯。

「星瑤，擺定枱啦，好快有嘢食！」我一邊炒緊個菜心牛肉，一邊叫出客廳。

「嘩，好香！」星瑤揭開咗廚房門塊掛布走咗入嚟，勁似一個等緊食大餐嘅細路！

「做咩望住我？」星瑤感覺到我望住佢之後有啲疑惑咁講。
「冇呀。」我扮晒專心炒餸：「想睇下……你仲有冇面紅啫！」
「吓你個死人馬家樹！」星瑤鼓起泡腮。
「唔好嬲啦！」我向星瑤遞上呢碟香噴噴嘅餸：「最多我以後煮多啲好嘢畀你食啦好冇？」

星瑤好似已經無視咗眼前碟餸咁，淨係掛住望我，然後佢突然好尷尬咁打側咗塊面：「哼！」

冇錯喇，我要趁住呢啲時間，把握機會拉近同星瑤之間嘅距離！呼……去啦馬家樹！！！

我單手拎住碟餸，舉起右手伸向星瑤，輕輕用食指篤住佢塊臉。唔知星瑤對呢種曖昧嘅身體接觸會有咩反應呢……就喺我篤咗落去之後，星瑤嘅身體先係震咗一下，然後非常驚訝咁擰轉頭嚟望住我。

死喇！佢唔鍾意呀！！

「呃……」我即刻縮開手，唔係好敢再望向星瑤。

星瑤一粒聲都冇出，直接向我踏前咗一步。唉，仆街喇。

「我嬲緊你都仲搞我，你都幾大膽㗎喎！」星瑤望住我，塊臉微微泛紅。

● CHAPTER THREE 心跳一吻

Every youth. Have a "Meteor" love story ......
Although beautiful. But it is fleeting

20　　IX　40　　　　20　VIII　　　40　VI　　20　　V　40　　IV　20
140　　　135　　　130　　　125　　　120　　　115　　　110　　　105　　　95　　　90　　　85

「Sor, Sorry!」我抱歉咁講。

　　就喺呢個時候，星瑤伸出右手嚟到我塊臉前面，然後……輕輕彈咗我額頭一下。我完全反應唔切，只可以呆咗咁望住星瑤。

　　「依家咁就『打和』啦！」星瑤望住我笑咗一笑：「好肚餓呀，快啲開飯！」

　　「哎？」我仍然係一頭霧水。
　　「唉。」星瑤冇好氣咁攞起碟餸。
　　「死蠢！」

●　　　　●　　　　●　　　　●　　　　●　　　　●

　　食完飯，我執晒啲碗入廚房洗，出返嚟就見到星瑤攤咗喺梳化睇電視。

　　「乜你平時喺屋企都係咁㗎？」我笑咗一笑：「食完飯就瞓因住變肥豬呀！」

　　「你就肥豬！我呢啲叫真性情！！」星瑤反駁。
　　「好、好。咁我返房打機先喇，你慢慢攤！」我無奈咁講。

　　就喺我準備返房嗰一刹那，星瑤無啦啦喺梳化度彈咗起身，衝咗入我間房。

　　「吓？」到我行返入房，發現佢已經坐咗喺我張床上面。

　　嗚哇！星瑤坐咗落我張床度呀！今晚要嗼返夠本先得！

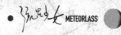

「咳咳！」我清一清喉嚨：「劉小姐，也你唔係攤喺梳化㗎咩，依家入嚟我間房想做咩？」

「我想？」星瑤攤咗喺我張床上面，雙手托頭望住我：「我想……嘻嘻！」

「你……」我驚訝到面青口唇白：「唔通你想……」
「冇錯……」星瑤笑咗一笑。
「我想……睇你打機！」
「吓？」
「嗯！睇你打機！」
「你真係想睇？」俾男仔睇住打機就試過啫，俾女仔睇都係第一次，硬係覺得有啲奇怪咁。

「係呀！」星瑤雀躍咁講：「啱先見你打得咁入神，好想知你玩緊咩！」

「咁……好啦。」我撳咗一下「遊戲開始」。我一路打機，星瑤就一直問我問題：

「隻Game點玩㗎？」
「嘩，啲插圖好靚！」
「點解啲人係咁講粗口嘅？」
「點解個畫面黑白色嘅？」

身為Gentleman嘅我梗係一一解答晒佢嘅問題，但越花心機答佢，我就越覺得自己好毒，所以打完一場之後，我已經冇心情再打落去。

「唔打喇！」我閂咗隻Game。
「吓，唔玩喇？」星瑤冇諗過我會咁做
「係呀，費事悶親你啦！不如搵其他嘢睇？」我笑咗一笑。
「咁睇咩？」星瑤問。
「唔知呀！不如……你嚟一齊搵下？」我未諗到。

「好呀！」星瑤眨一眨眼。

星瑤搵咗張凳坐喺我隔籬。呢個情景就好似一對情侶唔想出街，然後一齊留喺屋企䆘足成日咁！

「有冇睇開咩劇呀？可以一齊睇㗎。」我問星瑤。
「冇啊，我平時都唔追劇嘅。」星瑤答。
「吓，咁你平時又冇街出，留喺屋企做咩？」我好奇咁講。
「D.I.Y.飾物囉！」星瑤笑咗一笑：「同埋彈琴唱歌！」
「原來你識彈琴㗎？之前冇聽你講過嘅！？」我一臉驚訝。
「嘻嘻，其實都唔係啲咩勁嘢㗎，你哋冇問我咪費事講囉！」星瑤伸一伸脷：「況且我彈得麻麻地㗎咋！」

「幾多級？」
「演奏二。」
「……」

經過一番討論之後，我同星瑤一致同意上YouTube睇陳奕迅演唱會。

「坐定定咁邊度好睇㗎？」星瑤喺開場冇耐忽然同我講：「梗係當正自己喺現場咁先正㗎嘛！」

「咁即係點？」我不解咁講。
「哼！睇嘢喇！」星瑤奸笑咁講，之後佢就走去閂門熄燈落窗簾，搞到成間房嘅光源都集中喺螢幕上面。

「咁都得？」我笑咗出聲。
「梗係得！」星瑤勁大聲咁講：「Eason～<3！」

望住星瑤，我真係哭笑不得。

「搞咩呀你都唔High嘅！」星瑤將條片播到勁大聲，然後推開晒

啲凳：「快啲同我High啲！」

星瑤諗嘅嘢真係完全令人猜唔透！

「咳咳！」我做咗個擴音手勢，然後大叫：「Eason～！」
「唔得！」星瑤扮晒不滿咁講：「係『Eason～<3！』！」
「Eason～<3！」

我哋兩個就好似傻仔咁，喺間房裡面對住個螢幕亂跳亂唱。跳咗幾首快歌之後，我同星瑤已經边到仆街。

「啊，我唔得喇，中場休息！」我边到攤咗喺床度。
「啊，我都唔得喇，借個位嚟瞓下！」星瑤竟然一嘢就瞓咗落我隔籬！

星瑤身上嘅白蘭花不斷飄出嚟，令我嘅心跳都加速起上嚟。漆黑嘅房間裡面，嚟自電腦螢幕嘅柔弱燈光，照亮緊成個環境。

星瑤塊臉白裡透紅，嘴唇微微抖動，顯得格外性感。我哋兩個嘴唇之間嘅距離，再次剩低唔夠十幾厘米。

「全神貫注望真你，然而喜不喜歡我忘記問你……」陳奕迅嘅歌聲仲喺度播放緊，但對我嚟講，呢一刻真係好靜、好靜。

剩低嘅，就只有我同星瑤嘅呼吸聲。

我哋對視嘅時候，眼神已經說明咗一切。我緩緩將個頭哄前，去到同星瑤鼻貼鼻嘅距離，星瑤冇抗拒到我嘅舉動，反而怕醜咁合埋雙眼。

我再將頭向前一伸，然後，我同星瑤嘅嘴唇輕輕接上咗。由細到大，除咗阿媽同嘉琪之外，星瑤就係我第一個錫嘅女仔。

● CHAPTER THREE 心跳一吻

Every youth. Have a "Meteor" love story ....
Although beautiful, But it is fleeting

接吻嘅一刹那，全個世界都靜止咗咁。就好似係上天想畀多啲時間我，希望我可以好好記住呢個感覺咁。

過程大概維持咗幾秒，之後我同星瑤就有共識咁分返開。呢一刻我哋再次對望，但彼此都已經心如鹿撞，唔知講啲咩好。

就喺我鼓起勇氣，準備向星瑤講「我鍾意你」嘅一瞬間，星瑤突然坐直咗個人，然後用一種內疚嘅眼神望住我。

「星瑤？冇事吖嘛？」我都坐咗起身。

唔知道係咪我講錯嘢，佢聽完之後先係整個人震咗一下，然後就低頭飲泣起上嚟！

「做、做咩無啦啦喊呀傻妹！」唔知邊度嚟嘅勇氣令我攬住咗星瑤。

好啦，我諗我真係講多錯多。星瑤聽完之後緊緊咁攬實我，一發不可收拾咁喊起上嚟。我只好做一個人肉攬枕，等星瑤收乾眼淚。

終於喺陳奕迅演唱會播到最後幾首歌嘅時候，星瑤嘅聲線都慢慢平伏咗。

「究竟發生咩事？不如同我講啦，好冇？」我摸住星瑤嘅頭髮，溫柔咁問佢：「我應承過你，會陪你經歷一切㗎嘛！」星瑤雙眼通紅咁抬起頭望住我，雙手仍然緊緊攬住我。

「家樹……」星瑤好似有千言萬語想同我講，但又吞返晒落肚：「對唔住……但我唔講得。」

「點解？」我唔明咁問：「唔通你唔信我咩？」

「我信你呀，而且仲……」星瑤又攬實咗：「總之我唔講得啦，唔好

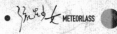

迫我，好冇？」

　見到星瑤呢個樣，我真係好心痛。

　「嗯，我應承你，我唔會再問。」我發誓。
　「多謝你。不過仲有一件事，我想你應承我……」星瑤再次抬起頭望住我。

　「係咩？」
　「你應承咗我先。」
　「……嗯。」

　星瑤輕輕推開我，眼睛帶淚笑咗一下：「我想你應承我……」

　「將今日呢件事當做冇發生過啦，好嘛？」

　陳奕迅歌聲，再次喺我耳邊緩緩響起。

　『誰都只得那雙手　靠擁抱亦難任你擁有』
　『要擁有必先懂失去怎接受』

El Rischa

唔知語言係咪真係有魔力㗎呢，星瑤講完嗰句說話之後，就好似真係唔記得晒成件事咁。

「我哋睇埋其他演唱會吖好冇！邊套好呢？2006年好好聽，但《Moving On Stage》又好好睇！」星瑤衝咗過去電腦前面揀片睇。

至於之後發生咗啲咩事，其實我都唔係好記得。大概，就係我同星瑤好有默契咁一個坐床一個坐凳，靜靜咁聽住陳奕迅嘅歌聲，喺唔俾對方發現嘅情況下偷偷抹眼淚。

我哋一直聽到去六點幾，之後我就去咗煮晚飯，胡亂搵話題捱過咗成餐飯，我就搵藉口返咗入房。

「點解會咁㗎……」我暗自嘆氣。

諗下諗下，眼前嘅畫面就越來越朦朧，最後眼前一黑，徐徐瞓著。

● ● ● ● ● ●

「對唔住呀家樹，但我要走喇。」星瑤講完呢句之後就轉身離我而去。

「唔好走呀！」我不斷向前跑，但發現自己根本就冇辦法追得到星瑤嘅步伐。

星瑤嘅背影變得越來越細，最後化成一粒流星，消失喺視線之中。

● ● ● ● ● ●

「唔好呀！」我大聲一叫，嚇到彈咗起身。

環顧四周，然後望望窗外啱啱冒出嘅陽光。

「原來係發夢……」我捽一捽眼，突然諗起噚日同星瑤一齊嘅畫面。

咦，咪住先！星瑤會唔會因為噚日嘅事而走咗去㗎！？一諗到呢度，我即刻驚到奪門而出，去到嘉琪嘅房門前面。

「唔好走呀……」我求神拜佛咁扭開房門。

一打開，就發現星瑤瞓咗喺地鋪度。係喎！如果星瑤真係走咗嘅話，嘉琪一定會叫醒我啦！

「哈哈……過份緊張�……」我一邊笑自己，一邊行到星瑤身邊坐低。

星瑤瞓到成個睡公主咁，好吸引。我輕輕篤咗一下星瑤塊臉，佢條眉即刻皺咗一皺。哈哈，好可愛。

「無論點都好，我都唔會放棄㗎。」我用氣聲講。
「我馬家樹，一定會追到你。」

就喺呢一刻，唔知道係咪我錯覺，星瑤嘅嘴唇好似微微彎起上嚟。

嗯，我一定會追到你。

● ● ● ● ● ●

再次起返身，就已經係下畫一點幾，「咔嚓。」房門突然俾人打開咗，原來係嘉琪。

「噚日我走咗之後有冇啲咩突破性發展？」嘉琪行埋嚟笑住咁講：「噚晚我返到嚟你哋都已經瞓晒，搞到我冇得問。」

同唔同嘉琪講好呢⋯⋯不過我啲表情已經出賣咗我。

「睇你個樣，好似好大鑊咁喎！你唔係搞人下話？!」嘉琪問。
「痴線梗係冇⋯⋯」我當堂窒咗一窒：「呢⋯⋯咀同攬⋯⋯算唔算搞？」

「！！！」嘉琪驚訝嘅表情就好似同緊我講「唔L係啩」。

於是我將成件事嘅來龍去脈同晒嘉琪講。

「嗯⋯⋯」嘉琪消化完之後講：「綜合以往所有資料，我覺得佢對你係有好感嘅，但因為一啲原因，所以唔可以接受你嘅心意！」

「妖，我夠知啦！依家係唔知佢有咩苦衷吖嘛！」我冇好氣咁講。

嘉琪推敲：「我諗⋯⋯個苦衷會唔會同佢之前話自己應承咗父母一件事有關？所以佢怕就算同咗你一齊之後，最終都只會因為佢父母嘅諸多阻礙而被迫分手？」

我諗咗一陣：「既然咁，即係話我只要證明到畀佢睇我係真心鍾意佢，唔會因為佢父母嘅阻礙就咁易放棄，咁樣就得？」

「我諗都係啩，哈哈！」嘉琪拍一拍我膊頭：「總之你要畀佢知道你唔係玩玩下，會用心去維持呢段愛情就得啦！」

「嗯！」我立定決心。

我同嘉琪行出客廳就見到星瑤坐咗喺梳化。

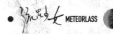

「早晨！」星瑤望咗過嚟我呢邊，笑住咁講：「不如煮嘢食？我就嚟餓死喇，嘻嘻～」

雖然星瑤表面上好似已經變返平時咁，不過佢嘅眼神有啲閃縮，唔敢直視我。

所謂君子不強人所難，既然佢想當噚日嘅事冇發生過嘅話，我都無謂處處相迫。反正我已經決定咗要回歸基本步，透過相處重新獲得星瑤嘅好感，然後再勇敢向佢表達自己嘅心意！

「得！蛋炒飯啱唔啱？」我笑一笑。

可能星瑤估唔到我會零尷尬咁溫柔回應，所以當堂窒咗一窒。

「唔啱食？」我叫一叫星瑤。
「……唔係呀，啱食呀，唔該晒你呀！」星瑤喺呆滯中醒返。

總算有返個唔錯嘅開始。

食完飯之後，我無聊咁坐喺梳化到玩手機，突然靈機一觸：「係喎！唔知星瑤噚日喺IG到Post咗啲咩呢？」

我撳咗入星瑤IG，見到佢噚晚Post咗一張 😊 嘅相，寫住：「遺憾夠　還要去張開笑口」

就喺呢個時候，星瑤無啦啦喺我身邊彈出咗嚟！我反應唔切，結果就俾佢望到我睇緊佢IG！

「馬家樹！做咩睇我IG！」星瑤紅都面晒。
「咁、咁啱撳咗入去啫，哈哈……」我口都窒埋咁講。
「哼！馬家樹，正衰人！」星瑤睥咗我一眼，然後嬲爆爆咁走咗入房。

「你Post得相，都係想畀人睇啫……」我嘆咗啖氣。

「哈哈，抵死！」嘉琪一直坐喺飯廳度食花生。

「我做錯咗啲咩？」我一臉無奈。

「所有嘢囉，仲要大錯特錯添！不過你做得最錯嘅，就係令星瑤鍾意咗你囉！」嘉琪恥笑我。

「吓……」我一頭霧水。

●　　●　　●　　●　　●　　●

嚟到第二朝，由於嘉琪費事我同星瑤獨處會好尷尬，所以佢同男朋友傾好咗，由聽日開始呢個星期會陪返我哋。

換言之今日，都係得我同星瑤兩個人。

「呀！！！」我企咗喺星瑤房門前面起碼五分鐘：「叫唔叫埋星瑤去睇我排戲好呢？」

我之前講過會陪住星瑤，唔可以扰低佢㗎嘛！但係我哋依家嘅關係咁撲朔迷離，嘉琪又唔喺度，我怕獨處嗰陣會好尷尬！正當我喺度猶疑緊嘅時候，房門突然打開咗！

星瑤一開門見到我企咗喺門口，即時嚇咗一嚇。

「搵我有事？」星瑤望一望我，跟住又縮開眼神。

「有呀……」我腼腆一笑：「想問下你會唔會陪我去排戲啫……不過如果你唔想去嘅話都可以唔去㗎！」Diu！我又喺度講緊咩！

「邊個話我唔去㗎，衰人！」星瑤塊臉又開始紅起上嚟：「你等我一陣啦！」

講完之後星瑤就行咗去廁所。

「哎？」我一臉唔明咁摵摵頭。

喺行緊返學校嘅路上，星瑤一直都係嬲爆爆咁，完全唔知搞咩。

「你做咩好似好嬲咁嘅？」我問。

星瑤聽到之後先係望住我，然後用一種都唔知係嬲定唔嬲嘅語氣同我講：「係呀，我嬲呀，我嬲你呀衰人！」

「吓！？點解嬲我？」我驚訝咁問。
「我、我都唔知呀！」星瑤鼓起泡腮。我哋嘅對話，亦喺呢句說話之後完結。

一返到禮堂，全世界嘅人又望晒過嚟。

阿溢一邊行過嚟一邊講：「嘩！做乜又帶埋阿嫂……」突然間，阿溢變得臉容扭曲！

我放返低鋤咗落佢個肚嘅膝頭哥，揸住佢把口講：「嘩，阿溢，你冇嘢呀嘛？睇你個樣好似好唔舒服咁喎，不如我帶你去休息下啦！」

我拎轉頭同星瑤講：「咁你自己坐住先喇喎！」

「咳咳，使唔使咁大力呀！」阿溢俾我帶到去後台。
「Sor，緊張得滯，就唔到力，哈哈！」我都知自己大力咗，所以有啲唔好意思咁講。

「唉，得啦，識你咁耐，仲唔知你籠嘢咩！」阿溢拍一拍我膊頭：「點呀，表白衰咗？」

「唔係咁簡單㗎……」我又講咗一次件事畀阿溢聽。

「嘩，你條友使唔使咁猴擒呀，個幾星期咋喎！你之前鍾意紫鈴咁耐又唔見你咁主動？」阿溢好明顯嚇親。

「點同呢？一個就唔多傾計，一個就日對夜對！」我反駁。

「咁你依家諗住點？」阿溢問。

「我依家諗住重新同星瑤打好關係，然後再向佢表明自己嘅心意囉！不過呢幾日我哋嘅關係時好時壞咁，真係好難揣摩！」我苦惱咁講。

「既然係咁，不如試下展現你嘅魅力畀星瑤睇啦！」阿溢奸笑咗一下，呢一刻，我有種即將要俾人賣豬仔嘅預感。

「你、你想我做啲咩先？」我用懷疑嘅眼神望住阿溢。

「放心啦，做兄弟嘅點會賣你豬仔！」阿溢喺背後拎咗張紙畀我。

我打開一睇，雙眼即刻瞪大。

夏日炎炎，青年協會愛心關懷社區大行動！

唔知道各位青少年今個暑假有啲咩做呢？
如果有啲咩做但又想過返個有意義嘅暑假嘅話，
不妨參加以下落嚟嘅義工活動！

日期：七月二十八日(二)
時間：早上九時至晚上五時
地點：觀塘區
活動：探訪獨居老人，與託管所小朋友玩遊戲，社區會堂大掃除

其他：包午膳

希望各位青少年能夠踴躍出席！

「吓？做義工！？」我O晒嘴咁望住阿溢。

「冇錯！」阿溢用一副得戚嘅聲線講：「想當初我都係靠做義工先追到詠琳㗎咋！」

「但係做義工對我嚟講又有咩用呢？」我不解咁問。

「Diu，咁都唔明？」阿溢冇好氣咁講：「做義工，咪就係表現你愛心爆棚嘅機會囉！」

阿溢繼續補充：「女人天生就有一種母愛性格，所以只要你喺星瑤面前表現到非常有愛心嘅話，佢就會俾你吸引住，最後一定會大大加分！」

「係咪㗎？」我半信半疑。

「妖，呃你托咩！」阿溢講：「總之呢聽日我同詠琳就一定會去嘅，而你就問下星瑤同嘉琪去唔去啦！」

我哋兩個行返出台前嘅時候，界我見到啲好驚嚇嘅畫面……星瑤同紫鈴……喺度傾緊計！？

「咩、咩話！？乜大婆同二奶識㗎咩？」阿溢同樣見到呢個十級荒謬嘅情景。

「我鬼知咩！」我擘大個口得個窿。

為咗可以偷聽下星瑤同紫鈴之間嘅對話，我兜咗個大圈去到佢哋後面。一行到埋去，就聽到紫鈴把聲：「你哋鬧咗交？」

「係阿彥同你講嘅？」星瑤問。

阿彥？邊L個阿彥呀？喔，我知喇，一定係同星瑤鬧咗交嘅嗰個知己！不過點解紫鈴又會識得佢嘅？

「唔係啦！」紫鈴苦笑咗一下：「純粹係我見阿彥近排好似有啲心

事咁，而你呢個青梅竹馬又兜個大圈嚟問我佢近排點，我先至估下喺咋。」

青梅竹馬！？也原來嗰個阿彥同星瑤唔單只係知己，仲係青梅竹馬！？點解我冇聽星瑤講過喫？

「係呢，唔知道可唔可以麻煩你幫我轉達畀阿彥聽，代我同佢講聲唔好意思，同埋叫佢唔使擔心我？」星瑤唔好意思咁講。

「嗯，可以呀。」紫鈴禮貌回答。

呢個時侯，我個身體突然有一股衝動由深處爆發緊出嚟：「乞嚏！」

星瑤同紫鈴幾乎同一時間望咗過嚟：「家樹？！」

「哈哈……」我喺牆邊慢慢行咗出嚟。「我本身諗住嚟搵星瑤傾下做義工嘅事，點知你哋咁啱又喺度傾緊計喎，所以我咪企埋一邊等，費事阻住你哋囉！」呢一刻我都幾佩服自己嘅腦轉數，呵呵。

「我哋傾完喫喇！你哋慢慢啦！」紫鈴望住我笑一笑。

望住紫鈴逐漸離去嘅背影，我突然發覺依家呢個獨處環境好尷尬！

「死人馬家樹，你擺明有心偷聽啦！」星瑤好似仲嬲緊我：「點呀？搵我做咩？咩做義工？」

雖然呢一刻我真係好想將頭先所有疑問一次過問晒出嚟，但諗深一層，依家咁嘅風頭火勢，萬一令到星瑤再嬲多我二錢重嘅話，我咪死火！？關於阿彥嘅事都係遲下先再理啦！

「喔，係呀！」我立即遞上宣傳單張。

星瑤好專心咁望咗一次張紙：「點解無啦啦想去做義工嘅？」

「嗯……」我諗咗一諗:「一嚟係因為我覺得做義工呢件事好有意義!」

「二嚟係因為……我好想同你一齊經歷多啲嘢,儲低多啲唔同嘅回憶。」我望住星瑤,微微一笑。

星瑤咬咗一下嘴唇:「我諗我都有興趣去嘅……但唔係因為想同你儲回憶囉!衰人!」

望住星瑤呢個動作,我好似俾人點咗穴咁,郁都唔識郁。佢……真係好可愛!

「喂!你依家唔係要去排戲㗎咩?」星瑤叫醒我。
「喔!」我回一回魂:「係,即去!」

就喺我轉身跑去舞台嘅時候,我隱約聽到星瑤喺後面傳嚟嘅聲音。佢,好似講咗句:「傻瓜。」

第二日朝早,我約咗阿溢去M記等埋一齊先再去社區會堂集合。

「咁我去接男朋友先喇,一陣間M記見啦!」嘉琪笑住與我同星瑤分道揚鑣。

「咁我哋行啦!」星瑤望住我眨一眨眼。
「嗯,一陣就會見到嘉琪個男朋友喇……」我點一點頭。

呃……話說噚日排完戲,我同星瑤返咗屋企之後……

「做義工？！又會咁突然嘅？！」嘉琪驚訝咁問。

「係呀，見阿溢介紹到，咪去做下囉！我、星瑤、阿溢同詠琳都會去，你有冇興趣？」我笑住講。

嘉琪聽完之後諗咗一諗，然後靈機一觸咁望住我奸笑。

「即係點？」我問。

「唔好喇，你哋兩隊情侶去做義工，如果我去嘅話咪盞做電燈膽！」嘉琪答。

「咁即係唔去？」

「咁又唔係喎！」嘉琪得戚咁講：「如果有人陪我去咁咪得囉！」

「哥，你好似冇見過我男朋友㗎可？」

「不如……聽日我帶佢嚟畀你見下？」

「見下細妹個男朋友咋喎，使唔使咁緊張呀！」星瑤取笑我。

「說話就唔係咁講喇！」我反駁：「我由細到大都好錫嘉琪㗎，當正佢係女朋友咁，所以佢每一次有男朋友，我都會盡量不聞不問，費事見到佢哋親熱嗰陣會呷醋！」

我緊握拳頭：「可恨嘅係，今日終於都要破戒喇……」

「明明就係一件好普通嘅事，喺你口中就變到咁誇張！」星瑤笑得好開心：「不過我都幾欣賞呢種咁錫阿妹嘅哥哥嘅！」

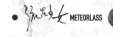

「你講真㗎？你真係欣賞我？」我勁開心咁望住星瑤。

「咩、咩喎！」星瑤意識到自己講多咗，即刻Hang晒機。

望住星瑤呢個反應，我不禁會心微笑。

「笑咩笑，唔準笑呀！」星瑤見到我笑之後塊臉紅晒。

一路打打鬧鬧之下，我同星瑤嚟到M記。

「喂！呢邊呀！」坐喺M記一個角落嘅阿溢向我揮手。

「星瑤你好！」阿溢打招呼：「我係家樹嘅好兄弟，你叫我做阿溢得㗎喇！」

「你好呀！」星瑤微笑回應，視線順勢掃咗落去阿溢隔籬嘅女仔身上：「咁呢位一定係詠琳喇，你好！」

詠琳係一個典型嘅可愛女仔，性格溫柔體貼，一句講晒就係人見人愛，車見車載。如果要講詠琳嘅唔好，我諗就係眼光差，竟然揀咗阿溢，哈哈！

「你好呀星瑤、家樹！」詠琳笑住講：「嘉琪呢？佢噚日WhatsApp我又話嚟嘅？」

「佢去咗接男友，一陣過嚟！」我回應。

傾多陣計之後，嘉琪終於嚟到我哋面前。

「Sorry呀遲咗少少！」嘉琪唔好意思咁講，然後向我哋介紹佢身後嘅男仔：「呢位就係我男朋友！」

「Hello咁多位！」男仔一臉笑瞇瞇：「大家叫我做阿明就得㗎喇！」

就咁望落，呢個阿明係典型嘅運動健將，望落個樣仲幾有安全感。不過對於我嚟講，無論佢幾大隻幾靚仔都好，佢都只係一個搶走我個妹嘅仆街！

「咳咳！阿明下話？我係嘉琪『親愛』嘅哥哥，馬家樹，你好。」我決定宣示主權。

「喔！你就係琪琪嘅哥哥！」阿明笑說：「我成日聽琪琪佢講起你㗎！」

Diu你老味，琪琪？琪你老母呀琪！佢叫馬嘉琪呀！唔L係琪琪呀仆街！不過算，我大人有大量，先唔會同啲仆街嘈。

「喔，係咩？但係我從來都冇聽過你個名喎，哈哈。」我睥一睥阿明。

「……」阿明苦笑咁望住我。

哼，想同我鬥，返屋企飲多兩年奶先啦！

「你──」就喺我準備食住上嘅時候，星瑤突然搯住我個嘴！
「嘩！原來都夠鐘去會堂㗎喇！」星瑤大叫。
「係喎！行快步啦，就遲到喇！」阿溢附和。

於是「阿溢同詠琳」、「嘉琪同阿明」就成雙成對咁行出M記，得返我同星瑤跟尾。星瑤見我冇再講嘢，終於放返開隻手。

「呼哧！」我深呼吸返一啖新鮮空氣，望住星瑤講：「做咩擋住我喎！」

「啱先你咁大火藥味，唔阻止你容乜易會爆炸㗎！」星瑤冇好氣咁講：「你都唔想你心愛嘅細妹左右做人難㗎係咪先？」

諗深一層，我哋先又真係針鋒相對咗少少嘅。

「今日你就放過阿明一馬啦！最多做義工之後我請你食雪糕！」星瑤望住我露出笑容。

畀星瑤咁樣氹法，真係咩火都冇晒。

「唉好啦！」我扮晒被迫妥協：「見係你杯雪糕份上，我今日就唔殺阿明住啦！」

「咁咪乖囉！嘻嘻！」星瑤拍一拍我個頭。

我同星瑤趕返上大隊嚟到社區會堂。原來除咗我哋六個之外，仲有八至十個嘅青少年參與。

「噗噗！」主持拍一拍咪，用一把懶開心嘅聲線講：「在座咁多位年青人，我代表青協歡迎大家嚟到參加今日嘅義工活動！早晨呀！」

「咦？點解冇人應我嘅？係咪未瞓醒呀？」主持再講：「早晨呀！」

阿溢玩嘢勁大聲嗌：「早晨呀！！！」我哋聽到都笑咗出嚟。

「冇錯喇，年青人就係要有活力先得㗎嘛！所以跟住落嚟嘅義工服務，我都好希望你哋可以將呢份活力帶畀一班獨居長者，等佢哋能夠感受到關懷，積極面對晚年生活！」

「人家話好唔好呀！」
「好！」

主辦單位將我哋分成兩人一隊，每隊分派一個福袋，再各自去一個指定地點進行探訪。呢個情況之下，當然就係情侶分隊啦！

「得米啦阿哥，可以同星瑤一隊！」嘉琪笑我。

● CHAPTER FOUR 牽著你手

Every youth. Have a "Meteor" love story
Although beautiful, But it is fleeting

20   IX 40   VIII   VI   V   IV   20
140   135   130   125   120   115   110   105   90   86

　　就係咁，我同星瑤被分派咗去探訪一個住喺唐樓嘅葉婆婆。

　　「我哋行先喇，一陣見啦！」我向其餘四人道別之後就同星瑤一齊起行。

　　「其實一陣間係要做啲咩㗎？」星瑤喺行行下問我。
　　「呃……我諗都係同婆婆傾下計咁啩！」我苦笑道：「其實我都未試過做呢啲，哈哈！」

　　傾傾下計，終於嚟到目的地。

　　「十樓……」我望住張地址，真係標晒冷汗。
　　「嚟啦！我哋要行快啲！」星瑤喺後面推住我：「唔可以要婆婆等㗎！」

　　唉……死就死啦！

　　於是我哋一鼓作氣就行上去。

　　「黐線……」我匇到就嚟斷氣：「唔得喇，畀我唞唞先……」
　　「都上到嚟啦，不如入埋去先唞啦！」星瑤雖然都有啲倦容，但仍然愛心爆棚。

　　「好啦，怕咗你！」我哋根據地址行咗去一道鐵閘前面。
　　「係呢度喇。」我撳一撳門鐘。
　　「邊L個呀？」門後傳嚟一把老人家嘅聲音。

　　……冇錯，佢真係講粗口。

　　正當我同星瑤仲為緊頭先嗰下粗口而驚訝嘅時候，門突然「咔嚓」一聲打開咗。迎面走出嚟嘅，係一個握住拐杖嘅婆婆。

　　「我問你哋呀，你哋係邊L個？」婆婆又重複一次。

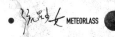

「你一定係葉婆婆喇,你好!」我即刻打醒十二分精神,遞上義工證件畀婆婆睇:「我哋係義工嚟㗎,想同婆婆你傾下計!」

婆婆隨便望咗一望之後向我大喝一聲:「我唔L想同你傾計喎,係咁!」

「嘭!」佢一嘢呼埋咗道門。
「……」我一臉無奈咁望住道鐵閘。
「乜家下啲老人家咁㗎咩?好心去探佢仲要鬧我!」我抱怨。
「算啦!」星瑤喺後面拍拍我膊頭:「老人家就好似一個大細路咁,要氹㗎!」

「咁大個都仲要人氹?!」我講。
「唔知啱先又係邊個要我氹呢?」星瑤望住我,溫柔咁笑咗一下。

嗚哇!星瑤你好衰㗎,又電我!

「咁……依家點?」我放返軟個態度。
「等我嚟啦!」星瑤自動請纓咁去撳多次門鐘。

「咔嚓。」道門又再次打開咗。

「做乜L嘢呀,我都話咗唔想傾!」婆婆一臉唔耐煩。
「婆婆,我帶咗個福袋畀你呀,裡面有好多嘢㗎!」婆婆對眼即刻好似發光咁望住我手上個袋。

「咁仲唔快啲畀我?」婆婆講。
「畀你都得,但係要畀我哋入嚟同你傾計㗎!」嘩,星瑤咁樣咪即係威脅?邊忽氹呀!

「入嚟啦!」婆婆諗都冇諗就開咗鐵閘。

……又真係得㗎喎。就係咁,我同星瑤一齊入咗葉婆婆屋企。

「攞嚟啦！」婆婆一手搶咗我個福袋，然後行咗去飯枱度拆開。

婆婆嘅屋企簡單嚟講就係一個長方形，一入門口左邊係床，右邊係飯枱，再向前行就係騎樓，廚房同廁所都喺裡面。

不過呢度就真係……幾污糟。唔係話地方唔整齊，而係好似好耐都冇打掃過咁。

我好奇咁問：「婆婆，呢度咁多塵，唔會住得好辛苦咩？」

「得我一個老人家住咋嘛，邊有力做清潔呀醒目仔！」婆婆把口就答緊我，但對眼從來都冇離開過個福袋。

「婆婆！反正我哋上到嚟，不如幫你做埋清潔？」星瑤開口。
「吓?!」我O晒嘴咁望住星瑤。喂大佬，啲塵成寸厚㗎！
「有免費工人我又唔拘呀！抹布喺廚房，自己攞！」婆婆毫不留情咁講。

「嗯，咁我哋開始啦！」星瑤非常有活力咁望住我。

我同星瑤一人一塊布，開始地氈式清潔起上嚟。人呢就真係好犯賤嘅，本來我完全唔想抹，點知見到啲嘢越抹越乾淨嗰陣，竟然覺得好爽！

「星瑤你負責換床單！我抹窗！」
「啲碗我洗！」
「風扇太重，一齊洗啦！」

結果我越抹越落力，個零鐘就已經搞掂晒成間屋！

「嘩……你哋兩個好犀利喎！」婆婆全程都喺度睇電視，當佢望到成果嗰陣都嚇親。

「哈哈，我哋先唔係港孩㗎！」我大汗疊細汗咁講。

「婆婆你滿意就好！」星瑤講完之後望咗過嚟：「你使唔使流咁多汗呀？」然後佢竟然徒手為我抹去臉上面一滴流緊落嚟嘅汗。

喺呢一刻，我個心跳得好快，紅都臉晒咁望住星瑤。星瑤知道自己又做多咗，即刻勁怕醜咁講：「……我洗手！」講完之後佢就衝咗入廁所。

「後生仔就真係後生仔，愛都愛得青澀過人嘅！」婆婆喺隔籬食晒花生。

「咩、咩呀婆婆，我哋朋友嚟㗎咋！」我慌忙反駁。
「Diu你老母，朋友你老母呀！」婆婆突然殺出一連串老母。
「男人老狗好心就主動啲，唔好諗住妹下妹下咁人哋就會搭糖，依家咩年代呀，連阿婆都唔會妹下妹下啦！」

等到星瑤出返嚟之後，我哋就坐咗喺梳化度同婆婆傾計。

「婆婆你住得咁高，出街會唔會好麻煩？」星瑤問。
「會㗎，所以我平時都唔會點出街，係買餸先落下去！」婆婆已經對我哋放低咗戒心。

「但自己一個喺屋企咪好悶囉？」我問。
「哎，好似我呢啲老人家，冇人冇物，都慣晒㗎喇！」婆婆嘆咗一口氣。

「你點會冇人冇物呢，最起碼依家有我哋陪你！」星瑤安慰咁講。

「妹妹仔你真係唔話得，我啱先對你咁惡你都仲肯幫我執屋，依家又肯氹我！」婆婆輕輕咁拍一拍星瑤嘅手背，對住我一本正經講：「喂，呢啲好女仔依家買少見少㗎喇，你再唔捉實啲，因住蘇州過後冇艇搭！」聽到呢度，我同星瑤好有默契咁對望咗一眼，心動嘅感覺瞬間充斥喺彼此嘅雙眼裡面。

「哈哈哈!如果死鬼老公依家仲喺度嘅話,我諗佢一定會好鍾意你哋兩個。」婆婆確認過我哋嘅眼神之後開懷大笑。

「爺爺佢走咗好耐㗎喇?」星瑤禮貌咁問。
「好耐囉,都成十年!」婆婆輕描談寫嘅語氣顯得更滄桑。
「咁你咪好掛住佢?」星瑤表示同情。
「掛就一定㗎喇,但聚散有時,人就緊係會有悲歡離合,最緊要係適當嘅時候做適當嘅嘢,趁對方仲喺度嘅時候好好珍惜每一分每一秒,想講就講,想做就做,唔好畀大家有後悔嘅機會。」婆婆微笑。

「死鬼老公雖然唔係一個浪漫嘅人,但佢從來都唔會吝嗇去表達自己嘅感受,無論係甜言蜜語定係落手落腳,只要係佢諗到嘅嘢佢都會去做。所以我都好多謝佢,如果唔係因為有佢嘅直率,可能我哋就會錯過咗好多同對方相處嘅美好時光。」

「或者今次係佢偷步走先過我,但唔緊要呀,下次,咪一於換我起跑先囉!」

唔知道係咪我錯覺,我喺葉婆婆身上見到一個正值花樣年華嘅少女,佢嘅笑容係如此燦爛,未幾又同婆婆嘅臉容互相重疊,再消失不見。

坐多咗一陣之後,我哋都差唔多夠鐘返去社區會堂。

「我哋走喇葉婆婆,你保重呀!」星瑤臨走前攬住咗婆婆。
「得啦Diu,得閒就嚟探下我啦!」婆婆笑到合唔埋口。然後婆婆望住我講:「後生仔,識點做㗎啦?」

「嗯,我知道㗎喇。」我一邊微笑一邊望向星瑤,只見佢再次同我對望,眼神雖然有啲不知所措,但盛載住滿滿嘅窩心。

道別過婆婆,我哋重新走喺街上。

「係呢家樹。」星瑤若有所思。

「嗯？」我回答。

「假如世界上所有嘢都有佢嘅限期，就好似一個罐頭咁，當你發現原來佢聽日就過期，你仲會唔會想買佢？」

「又會無啦啦問啲咁嘅問題嘅？」我一頭霧水。
「你答咗我先啦！」星瑤似係認真咁問。

我諗咗陣先答：「我諗呢層就要睇下我有幾鍾意食嗰樣嘢？如果係好鍾意嘅話，即刻買即刻食咗佢又點話。」

星瑤聽完我嘅答案之後呆咗一呆，跟住就展露咗一個令我不解嘅笑容。

「搞咩笑到咁樣衰呀！係咪我答得太白痴？」我忍唔住笑埋一份。

星瑤望住我，莞爾一笑：「唔知呢，傻瓜。」

唔經唔覺我哋已經返到去社區會堂，點知道凳都未坐暖，阿溢就一枝箭咁衝咗埋嚟！

「頂！啱先我哋去探一個伯伯啦，點知佢一見到我就攬住我係咁喊，然後係咁叫我阿仔！」阿溢向我盡訴心中情。

「唔係啩！」我笑咗出嚟。
「你仲笑得出！好彩詠琳幫手安撫伯伯，佢先肯放手咋！」阿溢都冇我咁好氣。

呢個時候阿明同嘉琪都走咗埋嚟，阿明首先開聲：「其實都唔怪得佢哋嘅，又冇人冇物，見到有人關懷佢嘅時候自然會激動啲！」

「阿明就講得啱喇，係你太大反應啫！」就喺我講完呢句之後，全世界都O晒嘴咁望住我。

「做，做咩？」我以為自己講錯嘢。

阿溢一臉驚訝：「你居然認同阿明！？」

咦，係喎，乜我唔係唔鍾意佢㗎咩！？不過算啦，聽完葉婆婆講嘅嘢，我衷心希望天下間所有情侶都可以長長久久！

「我從來都冇唔認同阿明喎！可？」我望住阿明。

阿明都唔知可以點答我，只好默默苦笑。

Hea多咗一陣，終於都嚟到午飯時間。雖然話就話係精美午餐，其實都只係飯盒一個，我哋六個人就喺禮堂圍咗個圈，一邊食飯一邊傾計。

唔講唔知，當我放低咗對阿明嘅敵意之後，我先發覺佢份人原來都幾健談，講嘢有Point得嚟又好笑，果然嘉琪揀得嘅都有返咁上下！

差唔多食飽，主持又開咪講嘢：「咁多位食得飽唔飽呀？」

「飽！」
「飽嘅話即係話大家都要消化下啦！」主持笑一笑：「既然係咁，不如就一齊嚟做啲唔劇烈嘅運動啦！」

「吓！？」我有種不祥預感。
「我哋一齊嚟打掃會堂！」

就係咁，我又重複返今朝做過嘅嘢，拖地，抹窗@!%$^%……搞咗一大輪，終於都做晒喇！

「唉Diu，濕L晒！」阿溢已經熱到除咗件衫。
「唔L驚啦！」阿明同樣除咗衫，露咗大大嚿胸肌出。

嗱，唔使喺度幻想喇，我係唔會除衫㗎！

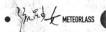

「咁多位青少年，你哋真係好落力喎！唔知道大家仲有冇體力呢？」主持又嚟發噏風。

「有！」眾人嘅心情喺不知不覺間已經變得高昂起嚟。

「既然係咁，我哋一於就開始最後一樣任務——去託管中心同班小朋友玩啦，大家話好冇？」主持道。

「好！」我哋一齊大叫。

臨出發之前，我見到主持拎住一大個紅白藍膠袋，唔知道係咩嚟㗎呢？

喔，我知啦！一定係同小朋友玩嘅道具嚟！

「拜託晒你喇！一陣我會返嚟攞返，掰掰！」到咗託管中心之後個主持同我講。

「……」我望住主持遞畀我嘅紅白藍膠袋，一粒聲都出唔到。
「加油阿哥，我知你得㗎！」嘉琪忍住笑。
「咪就係，呢啲嘢你做得㗎啦！」阿溢直頭笑咗出嚟。

星瑤拍一拍我膊頭，忍唔住笑咁講：「我會幫你搞氣氛㗎喇……噗嗤！」

我緩緩打開咗個袋，喺入面拎咗個熊啤啤頭套同熊啤啤衫出嚟。我深呼吸咗一下：「點解會係由我嚟扮熊仔㗎！！」

不過冇計啦，為咗氹班小朋友，死就死啦！

成班人笨手笨腳咁幫我著好件衫之後，我哋就行咗出去禮堂嘅大門口。一出到去，就已經見到成班細路坐晒喺地下。

就咁睇，佢哋大部分都應該係讀緊小學低年班，仲有啲再細個啲。不過最令我在意嘅，唔係佢哋嘅年齡，而係⋯⋯佢哋望住我嗰種虎視眈眈嘅眼神。

媽呀！我好驚呀！！可唔可以走呀！！！

「喂，班細路好似想食咗我咁喎！」我驚到想打退堂鼓。
「放心啦，人哋得嗰幾歲，慌佢打死你咩！」阿溢窒我。

Diu，一個打十個就話啫，依家簡直係趙子龍百萬軍中藏阿斗喎！而且我唔係趙雲，我係阿斗呀！

講就咁講，我始終都係要上台。

「我哋接下落嚟有請今日嘅嘉賓熊寶寶嚟同大家講幾句嘢！」主持講。

「啪啪啪」一陣如雷貫耳嘅拍手聲好似幫我打開緊死亡之路。

我接過咪之後深呼吸咗一下，用畢生最可愛嘅聲線大叫：「大家好<3！」

「⋯⋯」全場鴉雀無聲。

冇理由嘅！再嚟！

「大～家～好～！」
「⋯⋯」靜到好似連風聲都聽到，哈哈。

就喺呢個時候，星瑤走過嚟搶咗我枝咪。

「咁多位小朋友，熊寶寶今日嚟探你哋喎，開唔開心先！」星瑤笑得好燦爛。

「開心……」只有小部分人喺度講嘢。

「我聽唔到喎，再大聲啲講畀姐姐聽，你哋開唔開心先？」星瑤做出一個順風耳手勢。

「開心～！」小朋友終於都有反應。
「再大聲啲！」
「開心<3！」小朋友興高采烈咁講。
「好喇，依家熊寶寶會行落嚟同大家玩遊戲，大家記得落力啲去玩呀！」星瑤笑得就好似個小朋友咁，非常可愛。

「好！！」小朋友回應。

星瑤轉過頭嚟畀返枝咪我。我萬分感謝：「唔該晒！」只見佢向我伸一伸脷，跟住就跳下彈下咁行開咗。

就係咁，我哋成班義工開始同小朋友玩起團體遊戲，以訛傳訛、糖痴豆、大風吹，基本上樣樣都玩齊晒咁滯！

雖然喺大熱天時下著住呢套衫玩遊戲搞到我身水身汗，不過望到小朋友笑得好燦爛嘅時候，啲辛酸都一秒間冇晒。

喺短暫嘅小休過後，我哋就玩返一啲靜態活動，摺紙鶴、講故事之類，唔經唔覺，今日嘅節目都嚟到尾聲喇。

「熊寶寶，你要走喇？」有個小女孩捉住我隻手。
「係呀，我要走喇！約定你哋下次再嚟吖，好冇？」我輕輕痞低個身。

「嗯！」小女孩點點頭。

呢個時候主持人上咗台:「好多謝咁多位小朋友同埋哥哥姐姐今日出席呢個活動,希望大家今日都玩得開心又盡興,帶走一個愉快嘅回憶!」

「阿哥,星瑤呢?」嘉琪行咗去我身邊。

我聽到阿妹嘅說話之後立即環顧全場,發現星瑤真係唔見咗!

「咦,係喎,星瑤呢?我去搵下佢!」

就喺呢個時候,台上突然傳嚟主持人嘅一句:「喺最後呢段時間,我哋一於請星瑤姐姐出嚟為大家彈奏一曲!大家畀啲掌聲!」

「吓!?」我一臉驚訝咁將目光望向台上面。

禮堂嘅燈光逐漸變暗,留底一束鎂光燈照射住舞台左側嘅鋼琴,同埋坐喺鋼琴側邊嘅星瑤。

鋼琴響起耳熟能詳嘅旋律,正正係陳奕迅嘅《今天只做一件事》。

星瑤嘅每一個眼神、每一鍵每一踏都係咁優雅、咁令我著迷。大概,我真係冇可否認咁鍾意咗佢。

同一眾小朋友道別之後,我哋六個就企咗喺門口。

「星瑤你彈得好好聽呀!」嘉琪搖身一變成為咗星瑤嘅粉絲:「不過點解你會無啦啦畀人叫咗上去表演嘅?」

「啱先同一個小朋友傾計嘅時候講起自己識彈琴,跟住佢就係咁話想聽我表演,咁啱主持人喺隔籬聽到,所以咪叫我幫手彈返首歌做收尾囉!」星瑤伸伸脷。

「原來係咁!但點解你會揀呢首歌嘅?」嘉琪繼續問。

　　星瑤突然望咗我一眼，嫣然一笑：「我諗鍾意陳奕迅嘅人，應該會明白嘅。」

　　「哦～明晒！」嘉琪撞一撞我手臂，然後拉住阿明：「好啦，我哋走喇！」

　　「喔，咁多位掰掰！」阿明一邊行一邊向我哋揮手。

　　阿溢見到呢個情況之後都好識做咁講：「咁我同詠琳都走先喇！」

　　「今日多謝晒大家，See you！」轉眼間大家都走晒，得返我同星瑤。

　　「啱先首歌，你係彈畀我聽嘅？」我有啲挑逗咁講。
　　「你覺得呢？」星瑤扮晒唔在意。
　　「我諗……係咩？」心跳逐漸加速。
　　「點會有人咁樣答喫！」星瑤身體微微哄前，奸笑咗一下：「唔怪得……葉婆婆會話你份人妹下妹下啦！」

　　「乜原來你聽到喫？」我先係驚訝，後係苦笑。
　　「婆婆間屋咁細，好難聽唔到啫！」星瑤嘴角上揚，調皮咁講：「嚟，畀個機會你答多次喇！」

　　「咁……唔知呢個答案啱唔啱啱呢？」我伸出右手，緊緊拖住星瑤隻左手。

　　星瑤同我十指緊扣，傻傻咁望住我甜笑咗一下：「正一大傻瓜。」

　　『慢慢地邁向聽朝　靜靜地懷念昨日　再決定今天只要相信愛』
　　『叫皺紋散開　喚青春歸來　因此我喜歡花一天跟你一切是愛』

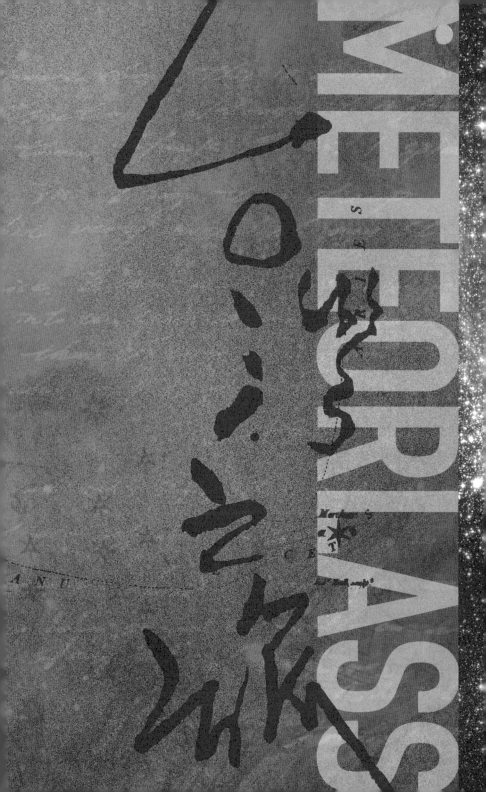

　　同星瑤拖住手喙到APM漫無目的咁四圍兜圈，見到啲咩都會攞起喙玩。呢段咁美好嘅時光，係我咁大個仔以喙都未試過嘅甜蜜經歷。

　　「哇！呢罐可樂係車厘子味！」星瑤攞起一罐紫色嘅可樂。
　　「呢度啲嘢飲出晒名伏喫喎！」我微笑：「不過你係咪想飲？」

　　星瑤望住我，甜甜咁笑咗一下：「係！」

　　「咔嚓。」星瑤打開咗罐可樂飲咗一啖，跟住佢個樣立即變晒。

　　「好難飲……」星瑤完全唔想講嘢，係咁揞住個口。
　　「有冇咁誇張？」我攞起罐可樂飲咗勁大啖。

　　……Diu。呢一陣味，邊忽係車厘子！擺明係杏仁加奶，仲要壞咗嘅！

　　「……」我掩住個口，差啲連胃都反埋出喙。
　　「哈哈，都話咗難飲喫啦，仲咁大啖！」星瑤取笑我。
　　「黐線，都唔知設計呢罐嘢出喙嗰個人自己有冇飲過！」我提議：「不如扰咗佢？」

　　「咁又唔好！我諗到啲好好玩嘅嘢……嘻嘻……」星瑤奸笑咗一下。

　　「！?」我真心凚咗一凚。

　　原來星瑤係諗住玩包剪揼，輸咗嗰個要飲一啖。

　　「好！」我扯高衫袖：「我出晒名『觀塘區猜王帝』，使怕你！」

　　「咁就喙啦！」星瑤舉起手。輸咗嘅一啖，輸咗嘅又一啖，飲到我哋兩個滿肚氣，終於都飲晒杯嘢。

「終於飲完喇!」最後一下係星瑤。

「哈哈,叫咗你扰㗎啦!」我笑一笑。

「使唔使飲到咁污糟呀你!」我攞出紙巾走前一步,幫星瑤抹走嘴角啲可樂漬。

「唔、唔該⋯⋯」星瑤望住我,臉漸漸泛起紅暈。

望住星瑤,我突然有一股衝動。於是我抹抹下將頭哄前,錫咗星瑤一啖。唔知係咪飲完可樂嘅關係呢?呢一吻好甜,真係好甜。

錫完之後,星瑤眼都唔眨咁望住我。

「做咩呆晒咁呀!我會忍唔住咀多你一啖㗎喎!」我伸手搣一搣星瑤塊臉。

「⋯⋯你就想喇!」星瑤展露出一個幸福嘅笑容:「傻瓜。」

行多咗一陣我哋就去咗食嘢,之後就返屋企。去到屋企樓下,我望到屋企著咗燈,換言之即係嘉琪返咗嚟啦。

「你諗住一陣點同嘉琪講?」星瑤搣一搣我隻手。

「放心啦,嘉琪好易話為,照直講就得!」我信心滿滿咁講。

我哋兩個嚟到屋企嘅大門口,諗都冇諗就直接衝入去:「我哋返嚟喇!」點知當我對焦清楚眼前嘅事物之後,當堂連眼都突埋。

「⋯⋯」我同兩個熟悉嘅身影對望住,大家都掌大個口得個窿。

「阿爸阿媽?!」唔L係咩,佢哋唔係去咗旅行㗎咩,做咩會返咗嚟㗎?

「家樹?!你隔籬呢位係⋯⋯」阿爸望住我同星瑤,非常驚訝。

Diu,今次都唔知由邊度開始講起好喇!

「呃……世伯伯母你好……我叫劉星瑤，你哋叫我做星瑤得㗎喇。」星瑤口都窒埋咁望住阿爸阿媽。

佢哋望住我同星瑤拖住嘅手，一臉難以置信。

「阿爸阿媽，唔好係咁望住先啦！」我試圖中止呢場鬧劇：「不如……坐低慢慢傾？」

就係咁，我哋四個坐咗喺餐枱度展開會談。

「阿仔，咁快就帶人返嚟唔啱㗎……」阿媽首先開聲。
「媽，你誤會咗喇！」我即刻將成件事由頭到尾講一次畀佢哋聽。

「所以星瑤先會暫時住喺度，Sorry呀，冇問過你哋就畀人上嚟住……」我自覺做錯。

「哈哈，家樹，你真係有我以前嘅影子！」阿爸突然笑起上嚟。
「吓？」我不解。
「我以前就係咁樣瞞住你爺爺嫲嫲，帶你阿媽返屋企之嘛！如果唔係邊會有咗你呀？」阿爸越講就越興奮。

「……」我同星瑤都唔知點畀反應好。

我阿爸做物流嘅，係一個好玩得嘅人嚟，個樣好Man好型。而我阿媽就係一個靚女導遊。

雖然佢哋為人父母，但其實佢哋只不過係三十幾歲，仲好後生。佢哋同我講，想當初係因為唔小心有咗我所以先勁早結婚，然後阿爸就努力搵錢養我哋。

點知阿爸勁好彩，投資賺咗一筆，所以就買咗層私樓，仲要大把錢同阿媽周圍旅行，佢哋話咁樣係為咗彌補返當初冇經歷過嘅拍拖時

間喝。

「人哋阿爸，好心你講嘢就檢點啲啦！我哋要教好個仔，叫佢唔好學我哋咁樣先得㗎嘛！」阿媽冇好氣咁講。

「年輕就係任性㗎啦，我撐你喎！」阿爸望住我單咗一下眼。
「哈哈⋯⋯」我苦笑。
「唉，冇你咁好氣，你話點就點啦！」阿媽講完之後就望住星瑤：「唔好意思呀，冇冇嚇親你？」

「點會呢伯母，我覺得你哋呢一家人好溫馨就真！」星瑤臉上流露出一絲羨慕。

「嘩，好識講嘢喎！阿仔，我鍾意佢，一於畀佢留低啦！」阿媽笑咗一笑：「你叫星瑤呀可？你當呢度係自己屋企得㗎喇！」

「係呢，你哋唔係八月尾先返喇咩，依家七月尾咋喎！」我問。
「本來就係嘅，不過因為遊輪嗰邊Delay咗，所以我哋要返嚟住三日，之後先再去歐洲！」阿媽講。

「放心啦，我同你阿媽識做㗎喇，夜晚會當乜都聽唔到！」
「就係有你哋兩個喺度我先最唔放心⋯⋯」我苦笑。

就喺呢個時候，大門再次打開。

「阿爸阿媽？！」嘉琪大叫。

哈哈，果然係我個妹，連講嘢嘅語氣都同我一樣！再經過一輪解釋之後，嘉琪總算明白依家發生乜事。

「咁我哋返房瞓覺先喇！」阿爸講：「星瑤，你自便啦！」
「好呀，多謝世伯！」星瑤禮貌咁講。

等到阿爸阿媽入咗房之後，就輪到我哋三個去我間房開會！我哋

三個坐喺床上面，星瑤挨住我，嘉琪坐對面。

「嘩Diu，頭先嚇死我！」我勁喘咁講：「我同星瑤拖住手入屋，點知就同阿爸阿媽撞到正！」

「喂啊！死人馬家樹！」星瑤怕醜咁推咗我一下。
「哦～拖住手呀嘛～明喫喇，嘻嘻！」嘉琪笑咗一笑。
「不過阿爸阿媽其實都幾Nice幾可愛吖！」星瑤講：「搞到我都有啲諗返起自己爹地媽咪喺……」

「你掛住佢哋？」嘉琪一臉不解：「佢哋對你好嚴喫喝！」

星瑤諗咗一諗：「雖然佢哋對我咁嚴我的確係好唔開心，但我都知道佢哋係為我好先咁做……」

「所以，我都仲係好愛佢哋嘅。」

聽到呢度，我忽然諗返起當初星瑤拒絕我，睇怕都一定係因為怕佢爹地媽咪會反對我哋拍拖。

好好彩嘅係，星瑤最後都肯面對呢段感情，同我喺埋一齊！冇錯，為咗好好回應返星瑤嘅心意，我一定會竭盡所能得到佢爹地媽咪嘅歡心！

「咔嚓。」房門突然俾人打開。

「Hello！唔知你哋三位聽朝得唔得閒呢？」打開門嘅原來係阿媽。

我哋三個互相對望咗一眼，異口同聲答：「得閒呀！」

「咁就好喇！」阿媽笑咗一笑：「如果係咁，不如聽朝一齊去飲茶？我哋去咗成個月旅行，好耐冇同你哋傾過計！」

「星瑤你都要嚟喋！」阿媽補充。

「好！」星瑤回應。

「好啦，唔阻你哋，早啲瞓啦，晚安！」阿媽閂返道門之後，嘉琪就話眼瞓，所以就同星瑤返咗房瞓覺。

我攤咗喺床上面閉上眼睛，緩緩進入夢鄉。

「我要走喇，家樹。」星瑤漸漸化成一粒流星，浮升到天空。

「唔好走呀！」我試圖伸手去捉實星瑤，但發現自己嘅身體變成咗一棵樹，整個人都郁唔到。

「好多謝你帶畀我咁多美好嘅回憶。」星瑤嘅眼淚一滴一滴落喺我身上：「再見喇。」

「唔好走……」我頭頂嘅樹葉，伴住我哽咽嘅聲音慢慢飄到地面。

「唔好走呀……星瑤！」

「啊！」我再次喺惡夢之中驚醒：「又係發夢……」，又會發埋啲咁嘅夢喋？唉算啦……

望望時間，原來已經係朝早。我慢慢咁行去梳洗換衫。過咗一陣，星瑤、嘉琪、阿爸阿媽都陸續起身，喺眾人梳洗嘅時候，星瑤就入咗嚟我間房Hea。

呢幾日過得咁充實，都冇點玩過手機㗎。係喎！我同星瑤拍拖咁大件事，唔知道佢有冇喺IG Post嘅呢？

我滿心歡喜撳咗落去星瑤個IG度，一臉期待星瑤嘅愛的表白，點知最後得出嚟嘅結果，令我呆咗。

點解星瑤個IG會轉咗做Private，而且我仲要未Follow佢㗎！？

「點解會咁樣㗎？」我拍拍瞓咗喺我身邊嘅星瑤，將個手機遞畀佢睇。

「喔！」星瑤奸笑咗一下：「仲記唔記得早幾日食完Lunch之後，你坐喺梳化度睇我IG，俾我發現咗？」

「嗰一刻我嬲嬲地……咪Block咗你再Set做Private囉！」
「吓……」我記起當時嘅情況：「其實點解嗰陣你會咁嬲嘅？」

星瑤彈咗起身望住我：「嗰陣你應承過我，要當大家咩事都冇發生過㗎嘛！點知道轉過頭你就喺我面前Stalk我IG，唔嬲你嬲邊個！」

「咁嗰陣又真係我唔啱嘅，不過依家我哋都一齊咗啦，可以畀我Follow返喇啩？」我認低威。

「咁又唔得喎！」星瑤甜甜一笑：「雖然我同你拍緊拖，不過你都仲要守行為！一於就睇下你嚟緊嘅表現係點，我先再決定要唔要Accept你啦！」

咁都得！？

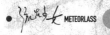

等到成家人準備好晒之後，我哋就出發去咗樓下間酒樓開位。

「食唔食奶黃包？」
「好啊，唔該伯母！」
「食唔食小龍包？」
「嗯，好嘅，唔該伯母！」
「食唔食腸粉？」
「嗯……好啊唔該伯母……」

喺呢一餐裡面，我聽得最多嘅對話就係咁樣。都唔知我哋兩兄妹係阿媽嘅仔女吖，定抑或星瑤先係喇！

「係呢星瑤呀。」阿媽依舊淨係理星瑤：「唔知道你可唔可以同伯母講下，究竟你係用啲咩條件去同你爹地媽咪傾掂數，畀你自己一個出嚟見識世界㗎呢？」

阿媽好嘢！轉身射個三分波，一嘢就直搗黃龍幫我問咗呢個「我不能問的問題」！

星瑤聽完之後雙眼頓時瞪大，一臉苦澀咁思考起上嚟。

「係咪好難講出口㗎？」阿媽唔好意思咁講：「如果係難言之隱嘅話就唔使講㗎喇！我都係好奇問下！」

「其實呢件事始終有一日要講出嚟，只係差在喺幾時講㗎啫。」星瑤講呢句嘅時候，唔知係有意定冇意咁望咗我一眼：「其實成件事係咁嘅……」

「我早排收到一封由英國皇家音樂學院寄嚟嘅信，邀請我去參加一個鋼琴考試，如果表現突出嘅話下年就可以去外國，跟一個好出名嘅鋼琴老師學習。」

「我爹地媽咪由細到大都一直好希望我喺鋼琴演奏方面繼續深

● **CHAPTER FIVE 台灣之旅**

● Every youth. Have a "Meteor" love story ......
Although beautiful. But it is fleeting

造，所以佢哋知道咗之後就係咁迫我一定要參加呢個選拔；不過老實講吖，其實我自己本身都好鍾意彈琴，所以就算冇佢哋嘅威迫，我……都一定會參加呢個考試。」

「既然件事發展到呢個地步，我就喺度諗不如嚟個打蛇隨棍上，同佢哋做一個約定，畀兩個月時間我出去見識下，返到去之後我就會乖乖地去考試。」

「本來我都係諗住博一博㗎咋，點知道我爹地媽咪真係應承咗我。」星瑤牽強一笑：「亦都即係話……」講到呢度，星瑤冇再講落去，只係充滿遺憾咁同我對望。

我個心，喺呢一刻好似停頓咗咁。

亦都即係話，喺呢兩個月過去之後，星瑤就要離開香港，離開……我。

「即係話你暑假完咗之後就要離開香港？」阿媽突然爆出咗呢一句：「咁你同家樹咪要Long D？」

係喎！點解我會咁蠢㗎！去咗第二個國家咋嘛，使咩分手啫！我哋可以Long D㗎嘛！呢個世界係有Skype㗎嘛！只要我同星瑤Keep住聯絡，咁咪可以繼續維持呢段關係囉！

唔單只喺呀！我可以喺放長假嗰陣去外國搵星瑤，甚至直程讀埋外國大學，同星瑤嚟返個「同地戀」！

冇錯呀，我使咩咁悲觀啫！

「Long D啫，有幾大件事！」我堅定咁望住星瑤：「我哋一定會Keep到嘅！」星瑤輕輕咬一咬嘴唇，輕輕一笑。

「嗯，一定可以嘅。」

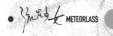

「既然係咁一於就打鐵趁熱喇！」坐係隔籬一直睇緊報紙嘅阿爸終於出聲：「你哋兩個得返個幾月嘅時間相處，一定要好好善用！」

「老婆，你之前唔係話有免費機票咩，不如畀咗佢哋拎去旅行啦！」

「吓？旅行！？」我、星瑤、嘉琪同一時間叫咗出嚟。
「喔，都得喎！」阿媽一臉驚醒：「我同你阿爸之前儲咗好多飛行里數，換咗兩張台灣來回機票返嚟！」

「本來我哋就諗住自己去嘅，不過依家……」阿媽望住我同星瑤笑咗一笑：「好啦，送畀你哋啦！」

「唔係啩！」呢句唔係我講，而係嘉琪講：「點解阿哥佢有我有㗎？好唔公平！」

「傻嘅，我哋點會漏咗你！」阿爸講完之後就喺銀包度拎咗幾千蚊出嚟畀嘉琪：「呢度畀你拎去同朋友仔玩啦！」

Diu！我都寧願要現金囉！

「好嘢，多謝阿爸！」嘉琪收咗筆錢，望住我做咗個鬼臉。

你個死妹釘吖！

「嗱。」阿媽遞咗兩張機票換領券畀星瑤：「袋穩佢，夾好時間呢個暑假同家樹一齊去啦！」

「咁唔係幾好嘅伯母……」星瑤推返畀阿媽。
「你袋咗佢啦！」阿媽又推返畀星瑤。

就係咁來來回回推咗十幾廿次之後，阿媽終於發火：「一係你就同我乖乖地收咗佢去旅行，一係你就即刻同我個仔分手執嘢走！」

「多謝伯母！」星瑤用九秒九嘅速度收好啲券。

就係咁，我同星瑤嘅「台灣之旅」喺阿媽嘅絕對威迫之下，終於宣告塵埃落定。

經過一連串討論，我哋決定咗下個星期一就出發去台灣玩七日！

飲完茶之後，我哋一行五人就去咗籌備呢次旅行，Book酒店、Plan行程、買保險、買日用品⋯⋯唔使半日就搞掂晒。

鬼咩，阿爸阿媽咁鍾意去旅行，呢啲事前準備功夫佢哋簡直係做慣做熟啦，一啲都難佢哋唔到。

不過撇除以上呢幾項功夫，其實都仲有啲嘢係要靠我自己做返嘅。首先第一樣嘢，當然就係同阿溢請假唔排戲啦！

我用Skype打咗畀阿溢，將所有喺做完義工之後發生嘅事講晒畀佢聽。

「雖然你同星瑤嚟緊條路都仲係好難行，但總算修成正果叮，恭喜晒！！！」阿溢窒我：「講起上嚟我呢個幕後大功臣係咪應該值返一餐飯？如果唔係有我獻計拉你兩個去做義工，你一早就收咗皮！」

「係喇係喇，知你最勁喇！」我奸笑咗一下：「不過我記得你好似差我一餐M記㗎可？依家打和啦！」

「Diu！記仇到！」阿溢講完呢句之後，我哋都大笑咗出嚟：「嗱，今個星期我就批假畀你啦，你哋玩得開心啲！」

「Thank you bro！」我萬分感謝。

搞掂咗呢件事之後，就去到另一個問題——暑期作業，死喇！我掂都未掂過呀！！！

時間一轉，過多兩日就係我同星瑤去台灣嘅大日子喇！

但係我仲未做晒功課，Fuccck！

「好勤力喎！」就喺我專心做緊最後幾份練習嘅時候，星瑤突然喺後面跨過我條頸攬住我。

「梗係啦，如果做唔晒嘅話去旅行就冇咁盡興！」我轉過頭嚟望向星瑤，發現佢換咗一身出街衫：「咦，乜你出街咩？」

「哦……係呀！」星瑤微笑：「我見悶悶地，咪諗住出街行下囉！」

「我陪你吖！」我準備起身換衫。
「唔使啦！」星瑤撳返低我：「你仲要做好啲功課，遲下陪我去旅行！」

「咁好啦。」我扁起嘴：「搞掂Call你！」
「好！」星瑤錫咗我塊臉一下：「我出去喇咁，今晚見！」

做咗成個下晝，終於都做晒啲功課！

「Yeahhhhhhh！！！」我狂呼：「等我快啲同星瑤講先！」

點知我打咗幾次電話畀佢都係冇人聽，我有啲不解：「究竟佢去咗邊呢？」

冇計啦，唯有Send個WhatsApp畀佢：「傻妹你喺邊？我做完功課喇，可以嚟搵你！」

話晒已經喺屋企發咗幾日霉，依家總算叫做一身鬆，梗係要出街行下啦係咪先！於是我求其換咗啲出街衫，自己一個出咗門口。

一諗到兩日之後可以同星瑤一齊去旅行，真係有種講唔出嘅興

奮！

　　為咗做定多啲準備，我去咗觀塘APM間書局度瘋狂睇旅遊指南。就喺呢個時候手機突然響起，原來係星瑤打返畀我！

　　一接通咗電話，對面就傳嚟星瑤焦急嘅聲音。

　　「Sorry呀，啱啱我部手機有電，所以依家先收到你嘅Miss Call同埋Message！」星瑤抱歉咁講。

　　「唔緊要啦，最緊要係你冇事啫！」我關心咁講。
　　「嗯。」星瑤微微一笑：「係呢，你依家喺邊？」

　　「我依家喺觀塘APM度睇緊啲旅遊指南呀。」我用體貼嘅語氣講：「你返嚟未？我喺邊度等你？」

　　「我依家搭緊地鐵呀，仲有十分鐘返到觀塘！」星瑤答：「你喺A出口等我啦！」

　　「嗯，咁好啦，一陣見！」我準備收線。
　　「等等！」星瑤突然截停咗我：「不如……唔好咁快收線住？」

　　我揚起嘴角：「嗯，好呀。」

　　星瑤聽到我嘅回答，滿足咁笑咗一下：「嘻嘻。」

　　就係咁，我哋Keep住喺度傾電話，直到見到對方為止。

　　「傻妹！」我故意提高聲調，一手將星瑤抱入懷。
　　「傻仔！」星瑤抬起頭望住我，展露出一個幸福嘅笑容。

　　之後我哋就去咗附近一間吉吉家打邊爐，食食下我突然醒返起之前紫鈴同星瑤傾計，仲有嗰個咩「阿彥」嘅事。

「係呢，話說你識得紫鈴㗎咩？」我試下水溫。

「都算係嘅，我之前喺IG見過佢，嗰日咁啱面對面撞到，咪打咗聲招呼咁囉！」星瑤答。

「喔。」我順水推舟：「咁……嗰個『阿彥』呢？好似話係你嘅青梅竹馬？」

「都估到你想問呢樣㗎喇！」星瑤覥腆一笑：「係呀，阿彥係我細個住喺天水圍嘅時候相識嘅青梅竹馬，亦即係我之前同你講過嘅好知己。」

天水圍？喔，唔通！我靈機一觸，即刻攞咗部手機出嚟打開紫鈴嘅IG，喺裡面搵返一幅佢同一個住大西北嘅男仔嘅合照。

「呢個就係阿彥？」我遞畀星瑤睇。
「嗯嗯。」星瑤點點頭。
「嘩，世界真係細到呢⋯⋯」我覺得好出奇：「唔知道阿彥係咪追緊紫鈴呢？」

「應該就唔係喇。」星瑤將一塊肥牛擺入鍋。
「你又知？」我問。
「咁⋯⋯我同佢係知己嚟㗎嘛！」星瑤苦笑。
「咁你又啱嘅⋯⋯」我諗咗一陣：「一係調返轉問吖！你估紫鈴係咪鍾意阿彥呢？」

「唔知呀，你鍾意咪問下紫鈴囉！」星瑤官腔一笑：「反正睇落你都幾留意人吖，連人哋Post咗咁耐嘅相你都仲記得打咗啲咩Caption。」

仆街！踩地雷喇！！！

「傻啦！我九噚下咋嘛～」我連環救火。
「哦，乜係咩？好呀～」星瑤若無其事咁夾起咗塊肥牛放入口。

今次冇喇冇喇⋯⋯我究竟喺度做緊啲咩呀？點解連啲咁低級嘅錯誤都可以犯？應該點補鑊好呢？一於就試下咁做啦！

我放低咗對筷子，企起身直接行咗過去星瑤隔籬張凳度坐低。

「？」星瑤望住我一臉不解：「做咩？」

我攞咗部手機出嚟打開相機自拍模式，再將手機舉起。星瑤意識到我係想影相，所以暫停咗手頭上嘅動作。

「一、二⋯⋯」就喺臨撳掣之前嘅一刻，我突然打側扭頭，正面咀咗落去星瑤嘅嘴唇度。半秒之後，我緩緩退返開個人，然後就發現星瑤塊臉已經紅到好似雞蛋咁，眼眸裡面充滿住悸動。

我輕摸住佢個頭，溫柔咁講：「笑返啦，好冇？」星瑤同我雙目而視，眼眶突然間濕潤起上嚟！

「嘩，使唔使呀！」我忍唔住笑咗出嚟，即刻攞紙巾幫佢抹眼淚。

「家樹！」星瑤一嘢攬住我，一陣白蘭花香隨即撲面而嚟：「我真係好好好好好好鍾意你呀！」

「我都好好好好好好好鍾意你！」我秒速攬返住星瑤。

雖然唔知道星瑤做咩會無啦啦咁感性，不過最起碼可以確認佢啖氣已經消咗啦！

「講，你以前係咪都係咁呃女仔！」星瑤審犯咁審我。
「冤枉呀大人，你係我初戀嚟㗎！」我求饒。

星瑤嫣然一笑：「算你啦，我都係，打和！」

「咁……不如真係影返幅相？」我問。

星瑤幸福咁點點頭：「嗯！」

就係咁，我再次攞起手機，輕輕按下快門。

星期一朝早，香港國際機場。

「Yeah！」星瑤就好似一個小朋友咁大叫一聲，非常可愛：「出發喇！」

「劉小姐，你係咪連行李都唔要呀！」我一個人拖住兩個行李喼喺度行。

星瑤完全聽唔到我講嘢咁，一枝箭就跑咗去勁遠，叫都叫唔住。

「我幫你攞住先啦！」送我哋機嘅嘉琪幫我分擔其中一個喼。

我哋慢慢行去Check In，再嚟到離境大堂閘門前道別。

「星瑤，記得去旅行嗰陣要小心啲，唔好蝕底畀我阿哥呀！」嘉琪笑住講。

「咩、咩喎！」我即刻反駁。
「量佢都唔夠膽嘅，嘻嘻。」星瑤望住我甜笑咗一下。
「好喇好喇，你哋差唔多入閘喇喇，快啲入去啦！」嘉琪笑一笑：

「渡蜜月要玩得開心啲呀！」

「知道喇！」星瑤做咗個飛吻手勢：「掰掰喇嘉琪，Muah！」
「Muah！」嘉琪回禮之後望住我：「記得好好地照顧人呀！」
「知喇，長氣！」我拍拍嘉琪個頭：「再見喇！」

同嘉琪道別入閘之後，我同星瑤就去到登機嘅位置等上機。

「家樹呀。」星瑤挨住我膊頭。
「嗯？」我閉目養神。
「其實呢……」星瑤帶啲甜蜜咁認真講：「可以同你去旅行，我真係好開心。」

我笑咗一笑，將頭靠住星瑤個頭：「正一傻妹嚟嘅，其實我都係。」

飛機喺天空傲翔咗個幾鐘頭，終於到咗高雄機場。

呢七日嘅行程大致可以分為三日墾丁，四日台北兩部分，所以落咗機之後我同星瑤就去咗搭計程車往墾丁嘅民宿進發！

墾丁係台灣南面嘅渡假區，係一個令人身心放鬆嘅好地方。成個渡假區由一條「墾丁大街」貫穿，大街左右兩邊有無數小販車喺度擺賣。

一望無際嘅大海，綠油連綿嘅高山，再加上美食盡在嘅大街，就係墾丁渡假區嘅標誌！

喺搭緊車嘅路途上，我望向出面嘅風景，炎夏嘅太陽照射海面，閃閃生輝。

「你睇！」我呼喚星瑤。
「嘩！好靚呀！」星瑤簡直係成塊面黐咗落隻窗度。

一嚟就有呢個咁美麗嘅景色陪伴住，我相信呢趟旅程一定會好順利！坐咗兩個幾鐘，終於都到咗我哋住嘅民宿。

間民宿位於鄰近大街嘅小巷裡面，大堂裝潢典雅，富有外國風味，置身喺度真係舒服到暈，果然阿爸阿媽去得旅行多，揀得嘅地方都有返咁上下！

搞掂晒啲入住手續之後，我哋當然就係要上房放低啲行李啦！

「先生，這裡就是你們的房間了！」服務員超好態度咁講：「如果有甚麼問題的話，只要撥打內線到大堂就可以了！」

「嗯，謝謝！」我都好有禮貌咁講，然後打開房門。

當我望清楚眼前嘅景象之後，真係即刻想將頭先讚阿爸阿媽嗰句說話收返。唔係因為個地方差，而係……

「點、點解淨係得一張雙人床㗎！?」我一臉驚訝。

弊，中伏喇，呢個一定係老媽子嘅陰謀嚟！不過有得同星瑤一齊瞓，我當然唔介意啦，嘻嘻！

「既然得一張床，不如……」我向星瑤打一打眼色。

「唔怕！你瞓地下！」星瑤諗都冇諗就喺衣櫃裡面拎咗幾張被鋪出嚟。

……Diu。

安頓好晒所有嘢之後望一望個鐘，原來已經五點幾，於是我同星瑤就手拖手出咗去墾丁大街周圍行。

呢度嘅朝早同夜晚簡直係兩個地方嚟！朝早嘅大街，大多數係交通穿梭之用，路邊嘅攤檔未開，人都唔係話特別多；但到咗夜晚，

呢條街就變成好熱鬧嘅市集，幾乎到處都係人山人海，每行一步都係遊客嘅蹤跡！

喺呢個咁高漲嘅氣氛底下，我同星瑤都變得興奮起上嚟。

「嘩，臭豆腐真係好L臭！」
「你睇，炸雪糕呀！好似好好味咁！」
「我想食腸仔！」
「……」
「不如我哋去飲珍珠奶茶呀！」
「好！」

短短個幾鐘頭，我哋已經由街頭掃到街尾，見乜就食乜，食到個肚都脹晒先肯收手。為咗驚夜啲會肚餓，我哋仲外賣咗個Pizza返民宿。

「嗝呀！食到好飽呀！」星瑤一返到去就即刻攤咗落床。
「哈哈，有人完咗呢個Trip之後就要變天肥婆喇！」我取笑星瑤。

「咩喎！」星瑤唔甘心咁反駁：「咁有人喺呢個Trip之後都要變死肥仔啦！我只係費事佢咁慘，所以先陪下佢之嘛！」

我坐咗喺星瑤身邊，逗趣咁講：「咁我係咪應該要代表嗰個死肥仔，多謝下星瑤姐姐你咁善解人意呢？」

「咁就梗係啦！」星瑤瞓側咗個身望住我，露出甜蜜嘅笑容：「最起碼……都要有啲表示？」

「咁…… 你想我點報答你？」我將塊臉哄到星瑤眼前。
「嘻嘻～」星瑤窩心一笑：「我想你……」

星瑤突然攏著我嘅後頸，將我個頭再拉前一步。佢嘅體香味，

亦因為互相靠近而變得濃烈起嚟。

「我想你……」星瑤嘅雙眼彷彿識得放電咁望住我：「叫下我個名。」

「哈哈，乜你個要求咁怪㗎！」我輕輕摸住佢塊臉。
「正一傻妹嚟嘅，劉星瑤。」

星瑤聽到之後莞爾一笑：「傻瓜。」我將頭微微向前一伸，令彼此嘅嘴唇接上。

所謂孤男寡女共處一室，冇人打擾嘅時候原來做嘅嘢真係會大膽好多，過火好多。我將條脷伸過去星瑤嘴裡面。一開始星瑤冇預料呢一著，所以震咗一下，不過好快佢就識得配合我，將條脷伸返過嚟。

咁咗一陣大家都見疲，就好有共識咁分返開。

「邊個話畀你伸脷㗎！」星瑤打咗我手臂一下：「以後再嚟嘅話我就唔畀你錫！」

「哈哈！」我一嘢彈咗起身：「就算你唔畀，喺呢度你嗌破喉嚨都冇人幫到你㗎喇！」我雙手向一嘢「唧」咗落去星瑤條腰度。

「呀哈哈！」星瑤笑到啲唔到氣：「救命呀，我投降喇！」
「算你啦！」我停止咗攻勢，打算瞓返低個人。

就喺呢個時候，星瑤突然嚟咗一個大反擊，一嘢「唧」返落我條腰度！

「嗚呀哈哈哈哈！」我完全俾星瑤玩弄喺掌心之中。
「知錯未知錯未？」星瑤笑得勁開心。
「我知錯喇！！！！」我求饒。
「咁就乖！」星瑤滿意咁講。

玩完之後我哋各自沖咗個靚涼，再一齊坐喺張床度食Pizza睇電視。

不過我同星瑤今朝都好早起身，加上聽日又要早起身嘅關係，睇咗一陣電視我哋都係決定瞓。

我企起身走返落去地下個被鋪度，而星瑤就好開心咁霸晒成張雙人床。令我始料不及嘅係，當我喺被鋪度左右滾動準備入眠嘅時候，居然無啦啦有一對手喺我腰間冒出！

我好驚咁轉過頭一望，原來係星瑤落咗嚟攬住我。

「做咩有床唔瞓走落嚟呀傻妹？」我轉身過去攬返住星瑤，撫摸住佢嘅頭髮。

「家樹，唔好離開我吖，好冇？」星瑤微微抬起頭仰望住我。
「畀你攬到咁實，我又走得去邊呢？」我笑住講。
「咁……」星瑤諗咗一諗：「不如你今晚……陪我一齊瞓？」
「好！」我答應。嗚呀！我得米喇！

我哋碌返上床，互相攬住對方瞓。望住眼前呢個可人兒，我暗暗咁許下承諾，呢一世一定要好好愛護佢。

聞住星瑤嘅白蘭花香味，我個心都逐漸變得安靜落嚟，彷彿成個世界只係剩低我同星瑤。

結果第二日，我同星瑤都瞓到好晏先起身。

我微微睜開雙眼，就見到星瑤一臉甜睡咁瞓咗喺在我身邊。佢嘅每一樣嘢，都彷彿係上帝精心打造嘅至愛。

究竟呢個小美人，係咪天使派落嚟送畀我嘅禮物呢？如果係嘅話，我諗呢份會係我呢世人以嚟收過最好嘅禮物。

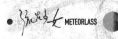

我一直欣賞住呢個可人兒嘅睡相，一直去到佢如夢初醒。

佢微微睨開眼，然後就見到我望住佢，於是即刻瞪大雙眼，紅都面晒咁講：「你、你一直望住我瞓覺！？」

「有個咁靚嘅女朋友瞓咗喺我隔籬，好難唔望啫！」我笑咗一笑。

星瑤怕醜咁攞張被遮住半邊臉，雙眼亮晶晶咁望住我：「……白痴！」

梳洗好之後，我哋就出咗去飲茶食點心，然後出發去墾丁其中一個著名嘅旅遊景點——國立海洋生物博物館！

國立海洋生物博物館，係一個類似濕地公園咁嘅地方，不過呢度嘅展覽館就大好多，行成日都唔係一個問題！

由於今日真係超好天超猛太陽嘅關係，我同星瑤淨係行過去都已經出晒汗。

「好熱啊！」星瑤苦叫。

淨係著咗件灰色背心出嚟嘅星瑤，再加埋身上面嘅汗水，真係好好好誘人！但亦因為咁，每當有男人行過星瑤隔籬嘅時候都會望實佢，有啲仲仆街到吸實星瑤個胸！

「星瑤，凍呀呢度，著返件衫啦！」好彩我一早準備咗件深藍色嘅拉衛衣！

星瑤望住我，然後將隻手放咗喺我額頭上面。

「家樹……」
「嗯？」

● CHAPTER FIVE 台灣之旅

● Every youth. Have a "Meteor" love story ......
Although beautiful. But it is fleeting

「你……冇病呀嘛？」

到我哋行完晒成個博物館，時間啱啱好同噚日一樣，又係五點幾。正當我哋企咗喺門口苦惱緊跟住落嚟有咩節目嘅時候，突然有個計程車司機過嚟撳水吹。

「Hello，你想去哪？」

「我們也不太清楚啊。」我笑住講：「你有沒有一些好地方可以介紹我一下？」

「哈哈，當然有！」司機回應：「來墾丁的人，都會去鵝鑾鼻看日落！」

「吓？」我一臉不解：「嗯LB？」
「鵝鑾鼻呀聰明仔！」星瑤笑到收唔到聲。

喔！原來係嗰個燈塔！

「要看就快點上車，快日落了！」司機催促我哋。

我同星瑤對望咗一眼，異口同聲：「好！」

於是我哋就坐咗上車，啟程前往目的地。我抬頭仰望窗外，發覺橙黃色嘅落霞已經開始漂染成個天空。

●　　　●　　　●　　　●　　　●

「這裡就是了！再見！」司機叔叔勁好禮貌咁講。
「快啲行啦，太陽就嚟落山喇！」星瑤捉住我隻手，往山頂嘅燈

塔狂奔。

　　好彩，總算趕得切！我哋搵咗個靚位坐低，彼此挨住膊頭欣賞呢個迷人嘅橙紅色嘅太陽。

　　望住眼前呢個畫面，我攞咗部手機出嚟諗住影低留念，點知就喺我撳下快門前嘅一刻，一粒流星突然劃空而過！

　　「嘩！係流星呀，快啲許願！」星瑤同我一樣叫咗出嚟。

　　我哋合埋雙眼，默默許願。

　　「你啱先許咗咩願？」星瑤望住我。
　　「講出嚟好似會唔靈㗎喎⋯⋯」我答。
　　「講啦講啦，冇事嘅！」星瑤撒嬌咁打我手臂。
　　「唉好啦！」我妥協：「我嘅願望就係⋯⋯」

　　我凝視住星瑤嘅雙眼：「我好希望好希望，流星少女永遠都可以留喺我身邊。」

　　星瑤聽完之後頓咗一頓，微微一笑：「乜你唔知道，流星雖然燦爛美麗，但就會一閃即逝㗎咩？」

　　「吓？咁你又唔係一粒流星，唔會識閃走㗎嘛！」我一臉困惑。

　　「哈哈，又係呀可！」星瑤仰望天空：「我又唔係一粒流星，又點會識閃走呢。」

　　「咁你又許咗咩願？」我反問。

　　就喺呢個時候，星瑤突然將身體哄前，錫咗我塊臉一啖，莞爾一笑：「呢個係秘密。」

　　日落西山，夜幕漸漸取締黃昏，於是我同星瑤就起程返去墾丁大街食飯，再返民宿沖涼瞓覺，哫足精神準備迎接墾丁最後一日嘅行

程，亦係我最期待嘅陽光與海灘。

點解我會最期待？你懂的。嘻嘻。

● ● ● ● ● ●

「家樹早晨呀！」睡意朦朧之間，星瑤突然一嘢壓咗落去我個肚腩度。

「咳咳咳！」俾佢搞到氣都咳埋，唞咗陣先順返條氣：「星瑤小姐，你做咩事咁興奮呢？」

「你自己睇！」星瑤指向窗外。

我探頭望出去，天空萬里無雲，比噚日更蔚藍，更遠闊。

「今日我哋可以盡情去沙灘玩喇，Yeah！」星瑤喺床上面一彈一跳。

哈哈哈，果然係天助我也！

我哋揀好咗目的地之後就開始執嘢準備出發！

「家樹！你覺得好唔好睇？」星瑤換完衫喺廁所行出嚟。

今日嘅星瑤戴咗一頂闊邊襯花草帽，上身著咗一件白色Tee，下身著住咗一條粉色紗裙，整體望落去洋溢住一片夏天嘅味道，同時又不失女性嘅溫柔，簡直係一絕！

　　不過最絕嘅係咩？就係星瑤件Tee底下若隱若現嘅白色比堅尼，將佢個對C cup推到極致！

　　「好睇，好好睇！」我誠懇咁講：「Let's Go！」
　　「等等！」星瑤突然攞出一枝太陽油：「幫我搽埋先！」
　　「咩話！?」我個腦即時浮現出好多唔應該出現嘅情節。
　　「快啲啦，我唔想曬傷！」星瑤一臉興奮咁遞咗枝嘢畀我，完全冇一絲歪念！

　　點知更爆嘅事仲陸續有嚟，當我接過枝太陽油喺度發呆之際，星瑤居然喺我面前除咗自己身上嘅白色Tee！

　　展露喺我面前嘅，係一對充滿彈性嘅山嶺。FUCCCCCCCCCCCCCK！我紅都臉晒咁望住星瑤嘅胸口，一句嘢都講唔出。呢個時候星瑤終於注意到我不軌嘅視線，即刻恍然大悟。

　　「喂呀！鹹濕仔！！！」星瑤用雙手遮住自己個胸。
　　「Sor……Sorry！」我口都窒埋，對眼完全唔知放邊好。

　　星瑤轉身背向我，帶啲怕醜咁講：「你……快啲搽啦！」

　　「哦！」我唧咗啲油落手心，淆晒青咁伸向星瑤背脊。

　　老老豆豆，雖然我攬過錫過星瑤好多次，不過呢種親密嘅肌膚接觸都係第一次！

　　搽晒啲油落去之後，我就打圈幫星瑤再搾得均勻啲。望真啲，嘩，星瑤嘅背脊真係又白又滑！

　　「你搽完未啫！」星瑤將我喺陶醉中抽返出嚟。
　　「搞掂！」我講。

　　說時遲那時快，星瑤已經一嘢搶返我手上枝油，轉身跑咗去廁所：

「剩低嘅我自己嚟得喇！」

然後就「呼」一聲閂埋咗道門……哈哈。

搞掂晒所有嘢，終於都出發喇！

經過啱先咁熱血沸騰嘅嘢，再加上依家界個猛烈嘅太陽曬一曬之後，我已經流汗流到背脊都濕晒，恨不得即刻跳落水！

「到喇！」一落車就已經望到個靚靚海灘：「快啲行啦星瑤，我就嚟熱死！」

就喺我哋差兩三步就行到去沙灘嗰陣，無啦啦有個阿叔走咗過嚟。

「帥哥美女！要不要玩水上活動？」個阿叔開口。
「不用喇！我們自己玩就可以了！」我拿拿林拖住星瑤。

點知個阿叔繼續阻住我：「就玩一項活動啦好嗎？」

「不如我哋求其玩一樣使走佢？」星瑤講。
「但係佢擺明食水深㗎嘅！」我反駁。
「算啦，一次半次！」星瑤成個人攬住我手臂：「咪當留低多啲回憶囉，係咪先？」

唉，星瑤你講到咁，我投降！

「唉好吧！」我對住個阿叔講：「就一項吧！」
「那你想玩甚麼？」阿叔擺出一本活動清單。
「就這個吧！」我求其指咗落一個叫「飛船」嘅活動。

● ● ● ● ● ●

「呀～！！！」我喺海中心大叫。

轉眼間我就同星瑤身處喺一架氣墊飛船度，俾架水上電單車用麻繩扣住，喺汪洋大海高速奔馳緊！

要知道架嘢喺水面彈下彈下又行得勁快，淨係掛住捉實個扶手已經邊到隻狗咁，啲海水又係咁撇埋嚟搞到眼又擘唔大成個口又鹹到仆街，仲要架嘢上面原來勁多沙，擦到我啲皮膚都紅晒！

究竟係邊個醒目仔發明呢嚿咁白痴嘅嘢㗎，同我死出嚟！！！

就喺我用盡九牛二虎之力夾實星瑤費事佢跌落街之際，架飛船突然間一個魯芬急轉彎，將我成個人拋咗出去！

「Diu!」我完美直插咗落個海度，成身即刻濕L晒，一路踩水一路等架船返嚟接我返上岸。

「嘩！真係黐線！」我成個人邊到即刻趴咗喺沙灘上面。
「有冇咁誇張呀屎仔強！」星瑤睇起上嚟仲係中氣十足。
「有我護住你，你梗係冇事啦！」我反駁：「不過咁，整體嚟講都算係幾好玩嘅，哈哈！」

「咦！？」星瑤望住我一臉驚訝：「你條唔見咗！」佢指嘅係我噚日喺博物館一眼見到就好鐘意嘅夜光頸鏈。

「一定係頭先跌落海嗰下衝力太大沖甩咗咗啦！淨係買咗一日，咁就玩完！」我摸摸自己條頸。

「唔好唔開心啦！」星瑤一嘢攬落嚟，成個波餅壓咗落我度：「不如……我哋出去玩下水？」

都未等我反應過嚟，佢就已經扯咗我去海邊。

● CHAPTER FIVE 台灣之旅

✉ ♡ ♥ ♫ ♡ ●

● Every youth. Have a "Meteor" love story ......
Although beautiful. But it is fleeting

「食屎啦你！」星瑤一嘢將啲水潑落我塊臉。
「吖，你個靚妹呀！」我以牙還牙，將水撥向星瑤。

星瑤就係有一種特殊能力，可以令我可以瞬間覺得好開心，忘記晒一切負面情緒。

玩咗成個下晝，我成身都已經曬到黑晒，於是我哋就執好嘢起程返民宿。

喺民宿沖完個靚涼之後，我哋就出咗去周圍行街。經過一間飾物店，星瑤突然好似發現到寶物咁走咗入去，過咗一陣就買咗一袋嘢出嚟。

「咩嚟㗎？」我哄前個頭。
「唔話你知！」星瑤一手推開咗我個頭，甜甜一笑。

我哋最後一日喺墾丁嘅旅程，就隨住太陽升起而結束。換言之，跟住落嚟即將要迎接我哋嘅地方，就係又多嘢食又多嘢行嘅台北！

我哋先搭車去咗高雄，然後再搭高鐵去台北。輾轉搭咗成個上晝之後，我哋終於都嚟到西門町喇！

台北嘅西門町，其實就好似香港嘅旺角一樣，包羅萬有嘅美食，價錢便宜嘅商品共冶一爐，去台北旅行唔嚟呢度行一次，你真係唔好話自己有去過！

不過首先第一樣要做嘅事，當然就係Check in啦！我同星瑤今次即將入住嘅，係一幢新起冇耐，又平又靚嘅高級酒店。

一入到房，兩張大到PK嘅雙人床隨即影入眼簾。唉……咁樣我就再冇藉口同星瑤一齊瞓喇……

「嘩！」點知就喺我苦惱緊嘅時候，星瑤突然喺廁所大叫一聲。

我行到嚟佢身邊跟住佢嘅視線方向望去，當堂嚇到連眼都突埋。

事關分隔開睡房同廁所嘅⋯⋯居然只係一塊玻璃窗！呢塊玻璃窗左邊係床，右邊係浴缸，仲要兩邊都冇窗簾可以拉，只有兩行幼薄嘅磨砂面啱啱好遮到啲敏感部位！

唔通呢種設計，就係人哋所謂嘅「調情酒店房」！？唔使審，呢次肯定又係老媽子嘅陰謀啦！雖然係就係有啲心有不甘㗎喇，但係一諗到今晚可以同星瑤玉帛相見⋯⋯嘻嘻嘻⋯⋯哈哈哈！！！

「你諗緊啲咩呀，變態！」星瑤一巴車埋嚟。

就係咁，星瑤同我約法三章：

一. 沖涼嘅時候廁所唔開燈，出面淨係可以開走廊燈；
二. 雙方都唔准望對方沖涼。

安頓好晒所有嘢，我哋就落咗去行街。喺目不暇給嘅商圈一直周圍行，唔經唔覺原來已經到咗夜晚。

正當我同星瑤搵緊有啲咩好食嘅時候，一個睇起上嚟成一米九嘅男人突然截住咗我哋。

「情人你們好！」個男人笑容相當親切：「你們要不要試一試我們餐廳的情人套餐？只要每人兩百五十元台幣就可以享受非一般的鐵板牛扒！」

我同星瑤聽完之後對望咗一下，同時露出一個「咁L平！？」嘅表情。

反正又諗唔到食乜，何樂而不為呢？所以我哋兩個就跟咗佢去一間樓上扒房鋸扒。

台灣人真係好好客，食完之後嗰個男人又走咗過嚟同我哋傾計，傾傾下先知道原來佢就喺呢間餐廳嘅老闆！

● CHAPTER FIVE 台灣之旅

Every youth. Have a "Meteor" love story ......
Although beautiful. But it is fleeting

「哈哈！我們這麼投契，就讓我請你們喝些酒吧！」老闆睇起上嚟好開心。

聽到老闆咁講本來我係諗住拒絕嘅，因為我怕飲到貓咗之後會照顧唔到星瑤，點知星瑤都話想飲，咁冇計啦，只要我唔飲咁多，應該都冇問題嘅！

「來！」老闆手握一枝酒同三隻冰杯：「我們來喝伏特加！」……WTF！？

就係咁，我哋一路傾計一路飲，每人都飲咗三四杯。

「謝謝你！」我同星瑤向老闆道別。
「謝謝你們！」老闆向我哋揮手。

返到去酒店，我哋兩個一嘢就瞓咗落同一張床度。望住個天花板，我開始喺度諗……究竟……我哋係點樣行返嚟㗎呢？

「咦……？」我發覺眼前嘅事物好似開始轉起上嚟。

我撐轉頭望向身邊嘅星瑤，佢早就已經攤咗喺度瞓到冧一冧。星瑤每噴出一口氣，都好似一個初生嘅BB咁。好可愛。

我微微將頭伸向前，錫咗星瑤嘅嘴唇一啖，再將佢一擁入懷：「嘻嘻，傻妹。」

眼皮越嚟越重，我合埋眼，腦海隨之變得一片漆黑。「哆哆哆哆」朦朧之下，我俾一連串水聲嘈醒咗。

我微微睜開眼，先發現星瑤已經唔喺我隔籬，得返我一個人喺張床度。

「星瑤？」我嘗試撐起個人，點知道就發覺個頭好Q重，重到我用盡力先郁得啲少。

　　水聲依然持續發出，我就隨聲音嘅方向望過去，當我對焦清楚眼前事物之後，雙眼頓時瞪大，差啲連鼻血都噴埋出嚟。

　　星瑤依家喺度沖緊涼！而且仲要係開咗燈！！嗚哇哇哇哇哇！！！

　　呢一刻，星瑤嘅身體完美咁呈現咗喺我面前，雖然最重要嘅部位都俾啲磨沙玻璃遮住咗，不過我依然能夠從輪廓之中，透視到佢豐滿嘅上圍，纖細嘅腰部，圓潤嘅下盤。濕透嘅髮絲，加上濃濃嘅水蒸氣，以及星瑤肌膚上嘅流水，我嘅心跳不由得瞬間加速起上嚟。

　　我望得太入神嘅關係，居然完全冇留意到星瑤咁啱抬起咗頭望出嚟，於是我同佢嘅視線就咁接上。

　　「呀！！！」星瑤即刻用手遮住身體，對住我大叫：「衰人，拎返轉面呀！」

　　「知道！！！」我轉身面壁。今次仆街喇⋯⋯

唔使一陣，星瑤就著住一身T-shirt短褲怒氣沖沖咁走咗出嚟。

　　「馬家樹！」星瑤雙手蹺胸，眼神銳利：「講，你睇到啲咩？」
　　「我⋯⋯」諗返起頭先嘅仙境，真係百口莫辯。

未等到我答晒成條問題，星瑤就一嘢扭住我隻耳仔。

　　「你究竟望咗幾耐？」星瑤繼續問。
　　「呃⋯⋯」我完全唔敢講大話：「幾分鐘⋯⋯？」

　　星瑤聽到之後直程用埋第二隻手扭我兩隻耳仔：「明明講好咗唔好望㗎嘛！」

　　「咁、咁你冇熄燈呀嘛，我一起身咪望到囉！」我反駁。
　　「咁我好頭痛，所以想光猛啲呀嘛！」星瑤辯解。

　　係喎，星瑤噚晚同我一樣都飲咗好多酒，我都頭重重啦，佢點會有事！

　　「乜原來你頭痛呀！？」我伸手輕按住星瑤嘅額頭：「有事呀嘛，沖完涼有冇好返啲？」

　　面對我突如其來嘅關心，星瑤先係呆咗一下，跟住塊臉漸漸泛起微紅。

　　「好返好多喇……」星瑤雙手環抱住我條頸：「明明鬧緊交㗎嘛，做咩無啦啦關心我喎……衰人……」

　　「傻妹嚟嘅。」我雙手攬住星瑤條腰：「乜男朋友唔係應該要無時無刻都關心自己女朋友㗎咩？」

　　星瑤聽到我咁講，塊臉變得更紅。

　　「賣口乖啦你！」星瑤好似怪責我咁講，但上揚嘅嘴角早已經出賣咗佢：「其實呢……如果你想睇嘅話……」

　　「嗯？睇啲咩？睇醫生？」我不解問。
　　「妖！冇嘢喇衰人！」星瑤一嘢推開咗我。
　　「吓……」到底我又做錯咗啲咩？

　　落去酒店飯堂食完個早餐再返去瞓咗個回籠覺之後，我同星瑤都總算冇咁頭痛。

　　眼見大家今日個狀態都收收地皮，我哋一致同意揀啲休閒舒適嘅活動去做。

　　「但係我哋即係去邊？」我個腦仲係處於零運行模式。
　　「嘻。」星瑤笑咗一笑：「那一年，那些年。」

　　就係咁，我哋用咗個幾兩個鐘嘅時間，由西門町搭捷運去台北車

站再轉台鐵去瑞芳，最後再搭多幾個站，嚟到我哋嘅目的地——《那些年，我們一起追的女孩》拍攝地點，平溪同菁桐。

我同星瑤十指緊扣，沿住車站走到去市集四圍逛。一路上經過嘅街道，幾乎都佈滿一班又一班嘅人喺度製作緊天燈。

「不如我哋又放囉！」我興致勃勃咁拉星瑤過去一間賣天燈嘅店舖前。

「唔要！」星瑤即刻企咗喺度。
「吓？」我一臉不解。
「唔要！」星瑤捉返我過嚟：「唔要依家放！」
「咁幾時放？」
「嗯……行多陣先啦！依家先三點幾！」星瑤賣關子咁講。

我哋決定先去行下街。其實平溪呢個地方就好似夜晚嘅墾丁大街咁，周圍都有好多小食店紀念品店，如果喺每間舖頭都買啲嘢嚟食嘅話，應該會飽到連晚飯都唔使食。

經過一間腸仔店，一股誘人嘅炭香味將我吸引咗過去。

我拉著星瑤隻手，一鼓作氣塞咗入去人群之間，然後就見到一排排放咗喺烤架上面轉緊嘅腸仔。

「嘩～」星瑤個樣已經流晒口水。
「想食？」我望向星瑤，佢望返住我，燦爛一笑：「嗯！」

於是我哋每人咬住一條腸仔，繼續慢慢咁前向前行。

「真係好好味呀！」星瑤話咁快已經食晒，回味無窮咁講：「一陣返轉頭一定要買多條！」

「食咁多，肥死你呀死肥妹！」我取笑佢。

星瑤鼓起泡腮望住我，不甘示弱：「你夠係囉，死肥仔！」

「死肥妹！」、「死肥仔！」

我哋沿住火車路一直行，不知不覺已經離開咗平溪，嚟到菁桐車站。

唔知道大家有冇聽過「平溪出天燈，菁桐出許願竹筒」呢句說話呢？咁係因為喺菁桐車站呢度，幾乎每一個籬笆或者欄杆上面，都會掛滿一個個寫上願望嘅竹筒。

「不如等我考下你吖，知唔知道點解呢度會盛行許願筒？」星瑤蹺著我隻手行行下突然間講。

「唔知喎！有故仔聽？」

「從前呢度有一對情侶，男嘅係鐵道員，女嘅係小食店店員，佢哋彼此相愛，但由於個男仔成日要跟火車出去做嘢嘅關係，好幾年先會返嚟菁桐一次。」

「為咗抒發對呢個男仔嘅掛念，女仔就決定用留言嘅方式，喺車站嘅鐵欄上面掛上一張張愛的紙條，希望男仔一返到嚟就可以見到。」

「好可惜嘅係，後來女仔發生咗意外，等唔切個男仔返嚟就過咗身，當個男仔真係返咗嚟之後，佢就只可以每日將嗰啲紙條攞出嚟睇，紀念自己所心愛嘅佢。」

「有人為咗紀念呢個愛情故事，就將竹筒代替咗紙條當作一個許願嘅方法，希望祝福天下有情人永結同心，同偕共老。」

「嗱，故事就講完喇，再問你一條問題吖！」星瑤微笑：「你覺得成個故事最慘嘅係邊個？」

「咁一定係個女仔啦！」我諗都冇諗就答：「佢苦苦等咗個男仔咁耐，點知就發生意外，搞到最後都見唔到個男仔一面，你話慘唔

慘！」

　　星瑤諗咗一諗：「個女仔的確係好慘嘅。不過，我覺得個男仔更加慘。」

　　「吓？點解？」我好好奇咁問。
　　「嗯……」星瑤瘀低咗個身望住欄杆上嘅竹筒，若有所思咁講。
　　「因為我覺得，或者個女仔只不過係用咗幾年時間去等待個男仔，但個男仔想再見返個女仔，要用嘅時間，就係一世。」

　　一陣微風掃過，吹起星瑤及肩嘅頭髮，令佢隨風飄逸。行多咗一陣，天色都開始逐漸變得通紅。

　　「弊，乜原來咁晏㗎嘑！」星瑤望住個天一臉驚訝：「我哋快啲返去平溪啦，一定要趕喺日落之前放到天燈！如果唔係影相就唔靚㗎喇！」

　　「你個港女吖，啱先企到咁硬，原來就係為咗影靚相呀？」我笑咗出聲。

　　點知都未等到我反應得切，星瑤就已經捉住咗我隻手，向回頭路拔足狂奔！咦，又係趕日落，又係許願？

　　幾經辛苦，跑到身水身汗，終於返到嚟平溪。我哋搵咗一間出名啲嘅舖頭，係裡面買咗一個紅藍雙色嘅天燈。

　　老闆娘將天燈夾咗喺一個座地式嘅長方架度，我同星瑤各自攞住一枝筆，行到天燈嘅左右邊開始寫上自己嘅願望。我諗咗一諗就喺天燈嘅藍色位置寫咗句：「**希望身邊嘅人個個都身體健康，事事順利！我可以同劉星瑤執子之手，與子偕老！**」

　　等到星瑤都寫好之後，老闆娘就為我哋點火，順手幫我哋影埋幅相。

「係呢星瑤，你寫咗啲咩？」喺差唔多放燈之前我問。

星瑤望著住我笑咗一笑，示意我將天燈放上天，我哋同時放開手，天燈隨之升高再慢慢飄到半空。

「唔知道天燈飛咗上天之後，最後會飄到去邊呢？」星瑤凝視住嗰點越飛越遠嘅燭光，雙眼晶瑩閃爍。

「我諗……應該係隔籬座山？」我重新抬頭仰望。

星瑤聽到之後即刻笑咗出聲：「好心你份人就浪漫啲啦，你咁樣點媾女呀！」

「唔使媾啦！」我捉實星瑤隻手：「我最可愛嘅女朋友，咪喺度囉？」

「口甜舌滑啦你！」星瑤上揚起幸福嘅嘴角。
「係喎，你都未講你寫咗啲咩上去！」我問。
「你知我唔會講㗎～」星瑤一臉得戚咁講。
「喔～乜係咩？」我舉起另一隻手，作勢要「唧」星瑤條腰。
「嘩，唔好呀！」星瑤即刻掙脫咗我嘅枷鎖，向後跑走。
「仲想走！」我追趕住星瑤。

我哋無視住身邊嘅人同物，樂於享受屬於彼此嘅時刻。大概，呢個就係我同星瑤希望能夠重新認識嘅世界。

「若問世界誰無雙　會令昨天明天也閃亮」
「定是答你從無雙　多麼感激竟然有一雙我倆」

●　　●　　●　　●　　●　　●

　　甜蜜溫馨嘅時光，總會喺分秒之間一點一滴咁悄悄流走。轉眼間就到咗返香港嘅日子。

　　搭計程車去桃園機場嘅途中，我凝望住窗外好似走馬燈咁嘅景色。

　　「睇緊啲咩呀？」星瑤哄咗個頭埋嚟。
　　「話咁快就過咗七日囉可？」我嘆咗一口氣：「明明好似只係剎那間嘅事。」

　　「嗯，係囉。」星瑤微微一笑：「快到好似仲未欣賞得夠眼前嘅風景，就已經要啟程去下個地方。」

　　「你會唔會掛住呢度？」我問。

　　星瑤諗咗片刻：「我諗，我會掛住呢段回憶多啲。」

　　去到桃園機場，等緊上機嘅時間，我同星瑤就坐喺梳化到撳手機。就喺呢個時候嘉琪突然間WhatsApp我。一打開，就見到一張佢同阿明喺香港機場嘅自拍：「哥，你哋今日返嚟喇可？我同阿明今日飛去韓國玩七日呀！又可以畀你同星瑤獨處多幾日喇，係咪應該要多謝我先？」

　　你個死妹釘，我去台灣你去韓國？唔公平呀！！！不過算啦，見在有最後嗰句，今次我就放過你！

　　我將段信息遞咗畀星瑤睇，跟住佢就好失望咁講：「我好掛住嘉琪呀！！！仲諗住返到去可以見到佢㗎⋯⋯」

　　「唔怕啦！」我撞一撞星瑤膊頭：「有我呀嘛！」
　　「對足你七日仲唔夠咩！」星瑤搣住我塊臉微微一笑：「況且⋯⋯」

　　「嗯？」我望住佢。
　　「況且⋯⋯我仲想同嘉琪講晒你喺呢個旅行對我做過嘅衰嘢出

嚓！」星瑤奸笑咗一下

「WTF！?唔好喇嘛！?」我投降。

「我瞓先喇星瑤！」返到屋企沖完涼嘅我對星瑤講。

點知坐喺梳化嘅星瑤淨係掛住發呆，根本聽唔到我講嘢。

「星瑤？」我拍一拍佢膊頭。
「嗚呀！做咩事？」星瑤俾我嚇咗一嚇。
「我話我去瞓喇！發晒吽逗咁，諗緊咩呀？」我沒好氣咁講。
「喔，有嘢呀！你迤就快啲瞓啦！」星瑤企咗起身。
「咁好啦！」我摸咗一摸星瑤嘅頭頂：「有咩事記得同我講呀，知唔知？」

星瑤聽完之後抿咗一下嘴唇，跟住突然醒起啲嘢：「呀，係喇！」佢跑咗入房冇幾耐，就攞住一個木盒出返嚟。

「送畀你。」星瑤遞上個盒畀我。

我打開一睇，發現裡面係一條頸鏈。條設計好簡單，就係一條黑色嘅繩，吊住一個啞黑色嘅星形鏈咀。

不過所謂簡單就是美，呢條正正符合男仔嘅審美觀，所以我第一眼望埋去就已經鍾意咗。

「好靚！你買㗎？」我一臉興奮。
「一半一半啦。」星瑤笑住講：「嗰陣喺墾丁我咪入咗去間手飾店嘅，其實我就係入去買材料。」

「雖然你唔見咗喺墾丁買嗰條，不過都希望你會鍾意呢條啦。」

「傻啦，呢條係我女朋友整畀我㗎喎，同之前嗰條邊有得比！」我斬釘截鐵咁講：「我好鍾意，超鍾意，極鍾意！」

「哈哈！」星瑤會心一笑：「嚟吖，我幫你戴起佢。」

等到星瑤幫我扣實咗條頸鏈，我就錫咗佢額頭一啖：「多謝你呀，星瑤。」

「嗯，晚安喇，家樹。」星瑤望住我嘅眼神非常複雜，但總括嚟講就係愛。

我戴住呢條載滿星瑤情感嘅頸鏈返咗入房就攤喺床上面，合埋雙眼徐徐進入夢鄉。

● ● ● ● ● ●

星瑤用右手輕撫我塊臉，雙眼早已泛起閃爍嘅淚光。

「好多謝你帶畀我嘅回憶，我一定會好好記住佢。」

佢輕吻咗我嘅嘴唇一下。

「再見喇，傻瓜。」

● ● ● ● ● ●

「吖！」我一嘢彈咗起身：「又係發夢……點解會成日發埋呢啲咁嘅夢㗎……」

我抬頭望向窗外面，今日陽光明媚，一於搵星瑤食早餐先！我緩緩走落床，行到星瑤嘅房門前。

「咔嚓。」敲咗兩下門之後我就打開了房門：「唔好瞓喇懶瞓豬，我哋不如……」

此刻，我雙目瞪大，呆咗咁企喺度。

所有屬於星瑤嘅嘢……全部都唔見晒。

『對焦　她的愛　對慢了　愛人會失去可愛』

METEORLASS

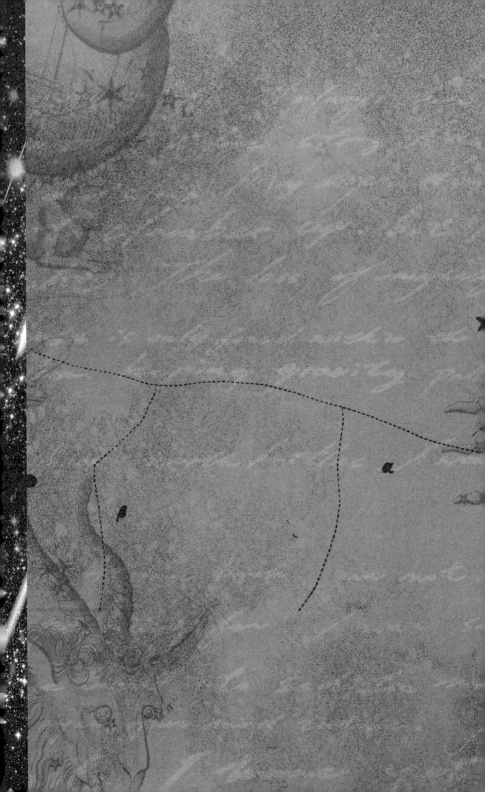

● CHAPTER SIX 真相大白

Every youth. Have a "Meteor" love story ......
Although beautiful. But it is fleeting

「點、點會咁㗎⋯⋯」我睇住咩都冇嘅房，內心崩潰。

喺呢一刻，我突然浮現出一個諗法⋯⋯唔通，咁耐以嚟我都係發緊夢，事實上根本就冇星瑤，更加冇存在過我哋之間嘅回憶！？

我即刻檢查下星瑤送嘅頸鏈仲喺唔喺自己身上，結果⋯⋯星形鏈咀仲安然無恙咁掛咗喺我度。

我再仔細搵晒成間屋，發現到一啲星瑤存在過嘅痕跡，好似係佢瞓過嘅床單，我買畀佢嘅牙刷牙膏，佢借我哋屋企嘅拖鞋⋯⋯換言之，冇咗嘅只係星瑤自己帶嚟嘅嘢。

即係話⋯⋯星瑤再次離家出走。

「唔會嘅唔會嘅，明明仲有半個月先走㗎嘛！」我完全唔相信呢件咁荒謬嘅事情會發生：「一於打畀佢問下！」

「Do-do」刻板嘅待接鈴聲不斷喺我耳邊徘徊。

「快啲聽電話、快啲聽電話⋯⋯」我焦急嘅情緒早已表露無遺。

「對唔住，你所打嘅電話暫時未能接通，請你遲啲再打過啦」

「冇可能嘅！」我唔信邪咁打多咗幾次，但結果都係一樣。
「你究竟去咗邊呀⋯⋯星瑤⋯⋯」我不斷喺度諗仲有咩方法可以搵到星瑤。

佢攞住咁多行李，身上又冇乜錢，應該冇咩地方可以去㗎啫！冇錯喇，佢一係就返咗屋企，一係就去咗阿彥嗰度！

雖然我唔知道星瑤嘅屋企住址，但阿彥一定會知道㗎嘛！

當務之急，就係聯絡到阿彥！我立即打咗電話畀一個我從來都冇

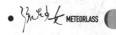

諗過自己會主動搵佢嘅人。

「喂，家樹？」紫鈴詫異咁講。

係，何紫鈴。

「紫鈴！」我已經冇時間再解釋一次，唯有直接入主題：「Sorry呀無啦啦打畀你，不過我有啲嘢想搵你幫手，唔知道你可唔可以畀阿彥個電話號碼我？我有啲事趕住搵佢！」

「吓？」紫鈴一頭霧水，不過見我咁緊張，都好難拒絕我：「OK，你等我一陣！」過咗幾秒，佢就講咗阿彥個電話號碼畀我聽。

「唔該晒！」我萬分感謝：「遲下我再解釋畀你聽發生咩事呀！」
「嗯嗯。掰掰！」紫鈴講。

收咗線之後我即刻打畀阿彥。

「對唔住，你所打嘅電話暫時未能接通，請你遲啲再打過啦」

一模一樣嘅情景，又試再次發生。我用忿憎嘅方式嚟宣洩自己嘅不安：「搞咩呀！」

咪住先，星瑤電話又打唔通，阿彥電話又打唔通，邊有咁多巧合呀！？一有咗呢個諗法，我更加確信一定要搵到呢個阿彥出嚟。

我又再打多次畀紫鈴。

「喂，紫鈴？」我講：「唔好意思呀，因為我打唔通畀阿彥，唔知道你有冇另外一啲方法可以聯絡到佢？或者你會唔會有佢屋企住址？」

「發生咩事呀家樹，點解你要即刻搵到佢嘅？」紫鈴關心咁問。
「總之就一言難盡啦！」我輕輕帶過：「不如你幫咗我先，我遲下

先再慢慢同你解釋？」

「冇得傾，你講咗畀我聽究竟發生咩事先！」紫鈴企硬咁講。

「其實係咁嘅……」眼見紫鈴態度如此堅定，我只好將自己同星瑤嘅故事由頭講起。諗返起我哋一齊經歷過嘅時光，各種片段再一次浮現，令到我更加唔明白點解星瑤要突然間不辭而別。

紫鈴靜心聽完我講嘅嘢，消化咗一陣之後突然講：「Sorry呀家樹！」

「吓？你做咩無啦啦同我講對唔住？」我驚訝問。

紫鈴默默咁講：「其實我都有其他方法可以搵到阿彥……」

「咪住先咪住先！」我聽到一頭霧水：「咁你啱先點解……」

「我唔係有心呃你㗎！」紫鈴慌忙道歉：「只係我見你搵阿彥咁急但又搵佢唔到，我估呢件事應該都同星瑤有關，我擔心你哋三個，又想睇下自己有冇嘢可以幫到手，所以先迫你講出嚟！點知到頭嚟我唔單只幫唔到手，仲要喺你最徬徨嘅時候畀個假希望你……對唔住……」

「傻㗎咩你！」我斬釘截鐵咁講：「雖然我係好煩躁好焦急，聽到你嗰句之後真係失望咗一下，但你嘅出發點係好㗎喎。反而係我係咁Chur住你又唔講發生咩事，但你都仲肯幫我，應該係我講對唔住先啱。Sorry呀，紫鈴。」

「傻啦，我都冇做到啲咩！」紫鈴講：「之後一有阿彥嘅消息，即刻通知你？」

「嗯！」我感激不盡。

紫鈴繼續講：「係呢，咁你依家打算點？繼續去搵星瑤？」

「呢層我都唔知……」我已經山窮水盡：「我淨係知道佢住喺長洲，所以我可能會去兜一轉，睇下有冇機會撞到佢啦。」

「咁樣唔會大海撈針咩？」紫鈴講出咗重點。

「咁都冇計喇，佢電話又唔聽，唔咁搵可以點？」我講。

「Um……有喇！」紫鈴突然靈機一觸：「你知唔知星瑤讀邊間中學？如果知道嘅話，或者可以問佢班主任攞到佢嘅聯絡資料！」

紫鈴嘅建議好似漆黑之中嘅燈塔咁，令我立即有咗方向。

「你又啱喎！」我鼓舞咁講：「多謝你呀紫鈴！」

紫鈴就好似初初排戲嘅時候溫柔咁同我講：「加油呀，家樹！」

轉眼間，我已經嚟到目的地——長洲官立中學。

適逢暑假，呢度只有幾個校工喺度值日，同平日熱鬧嘅校園氣氛完全唔同。一入到去，即刻有個校工叔叔截住我。

「喂，哥哥仔，冇著校服唔畀返嚟㗎喎！」叔叔講。

我慌忙解釋：「唔好意思呀，我唔係呢度嘅學生嚟，我係想搵一個老師，佢教上年中五級嘅，佢班裡面有個女學生叫做劉星瑤！」

「啲老師放晒假未返喎，一係我幫你留低個口訊？」叔叔攞咗紙筆出嚟。

「想問下佢哋幾時會返？」我寫低咗自己個電話號碼同口訊落紙。

「最起碼都臨開學啦！」叔叔答。

「咁即係仲有成個幾星期……」我自言自語之後同叔叔講：「唔該晒你先，如果有咩消息，麻煩即刻通知我呀！」

踏出校門，我醒起星瑤講過自己屋企同學校只有十分鐘路程，於是我就決定以學校作為圓心開始地氈式搜索。

我緊握住頸鏈上嘅星形鏈咀，深信可以再見返星瑤，然後默默踏出第一步。

可惜現實或者就好似紫鈴所講嘅咁⋯⋯要喺茫茫人海搵出一個人一啲唔容易，更何況對方係一個有心避開我嘅人？正如要喺浩翰宇宙之中想捉緊一粒流星係幾咁天方夜譚？

我一直喺長洲周圍搵星瑤嘅身影，一直到咗尾班船時間先肯停落嚟返屋企。

打開屋企大門，星瑤嘅氣息彷彿有離開過，一陣幻想出嚟嘅白蘭花香撲鼻而嚟，令我即時淚盈眼眶。

「星瑤⋯⋯你去咗邊呀⋯⋯我好掛住你呀⋯⋯」我攬住個枕頭，低聲啜泣，失去咗星瑤嘅笑容，真係一啲都唔好受。

●　　　●　　　●　　　●　　　●　　　●

跟住落嚟嗰幾日，我每日都會入長洲碰下運氣，睇下會唔會撞到星瑤，又或者咁啱撞到啲老師返學；到咗每晚打開屋企大門嘅時候，我就會期盼住眼前會係一個燈光火著嘅客廳，然後有一個星眸皓齒嘅女仔對住我講一聲：「返嚟喇，家樹。」

可惜嘅係，長洲依舊人來人往，星瑤嘅IG依舊冇Accept我，佢嘅電話依舊冇人聽，屋企中依舊寂靜一片。而我，亦依舊只可以任由呢件事繼續發生⋯⋯咩都做唔到。

時間轉眼間就嚟到星期一，亦即係劇社綵排嘅日子。

雖然連日嚟嘅奔波勞碌已經幾乎耗盡咗我嘅體力，而我嘅心情亦仲係處於低谷，不過喺責任同身心多番交戰下，我最後都係決定返學。

一入到禮堂，阿溢就行咗埋嚟。

除咗紫鈴之外，我冇將呢件事同身邊嘅人提起過，尤其係嘉琪同阿溢，因為我實在唔知應該點同佢哋開口。

「Hey Bro……？」雖然我已經盡力展露笑容，但係阿溢同我咁多年兄弟，一眼就睇得出我有好大問題。

「搞咩呀，你呢個完全唔係去完旅行應有嘅樣喎。」阿溢意識到事情嘅嚴重性，認真咁講：「係咪發生咗啲咩事？」

「吓，我冇事喎！」我夾硬撐起嘴角。

「識咗你咁耐，你有冇事我會唔知？」阿溢直接問：「係咪關星瑤事？有冇啲咩我可以幫到手？」

面對阿溢嘅關心，我知道再隱瞞落去都係冇用，但始終我未有氣力再同其他人解釋，所以：「多謝你呀，Bro。不過呢件事我想搞掂咗先再同你講，可以嘛？」

阿溢聽到之後拍拍我膊頭：「Take Your Time.」

「辛苦晒咁多位，下星期見！」

完咗彩排之後我收拾好行裝就準備再去長洲，點知紫鈴突然跑過嚟叫停我：「家樹！」

我聽到之後即刻拎轉身：「點呀，係咪聯絡到阿彥！？」

紫鈴搖搖頭，然後塞咗一張白紙落我手心，上面寫住一個銅鑼灣商廈地址。

「呢個係？」我問。

紫鈴望住我笑：「呢個，可能係星瑤學琴嘅琴行地址。」

「咩話！？」面對突如其來嘅好消息，令我感到前所未有咁震驚：「點解你會有呢個地址㗎！？」

「哎，你唔好理啦！雖然唔知係咪有用，不過都好希望佢可以幫到你。」紫鈴將成件事簡化到用一個笑容表達晒。

「多謝你呀！我依家就去！」對我嚟講，多咗一條線索就已經係天大喜訊。

「如果有星瑤同阿彥嘅消息，記得通知我！」紫鈴鼓舞咁講。
「嗯，一定會！」我將張白紙緊握喺手中。

話咁快，我嚟到一個門牌寫住「高氏琴室」嘅門前。

「就係呢度喇……」我深呼吸咗一啖氣，將門推開。

映入眼簾嘅，係一位坐咗喺接待處嘅長髮女生：「先生，請問有啲咩可以幫到你？」

「唔好意思，我想問下呢度係咪有個學生叫做劉星瑤？」我問。

「對唔住呀先生，除非你有授權書，如果唔係我哋係唔可以隨便向其他人透露學員嘅資料㗎。」女生回答。

「其實我淨係想知佢依家仲有冇喺度學琴㗎咋，麻煩你幫我Check Check吖！」我懇求咁講。

「唔好意思呀先生，我諗我真係幫唔到你！」女生講。

眼見唯一嘅希望又再次落空，我忍唔住焦急起上嚟：「求下你吖，只係一句有返定冇返，你講畀我聽啦！」

「先生，你咁樣我哋好難做㗎……」女生俾我搞到一臉難堪。
「嗯，我明白嘅……」我收返起剛才嘅失禮：「真係唔好意思呀，麻煩到你。」

就喺我準備離開之際，一把清甜嘅女聲喺一間琴房裡面傳出：「咪行住。」

「高小姐。」坐喺接待處的女生立即企起身打招呼。
「你係……？」我望住佢，一臉不解。

一個黑髮紮馬尾，臉容清秀，婷婷玉立嘅少女走到嚟我身邊，散發出一陣玫瑰花香：「我叫高妍，你叫我Mandy就得，我係呢間琴室個老闆嘅女，亦係星瑤嘅負責老師。」

「咩話！咁你知唔知星瑤去咗邊？」我驚訝萬分。
「當然知道。我諗你一定係家樹喇，係咪？」Mandy講。
「點解你會知道我個名！？」我追問：「仲有，星瑤依家喺邊！？」

Mandy聽完之後笑咗一笑：「果然就同星瑤臨去英國前所講咁，有一個男仔一定會鍥而不捨咁搵佢，最後嚟到我面前。」

聽到呢句說話，我嘅心臟好似停咗咁。

「你……究竟喺度講緊啲乜咩?」我成個人呆咗:「星瑤唔係半個月後先要去外國㗎咩,點解依家又會……」

「呢一層恕我唔能夠坦白。總之星瑤依家已經喺英國。」Mandy望住我。

唔怪得我會搵唔到星瑤啦,咪住先,咁阿彥呢!?

「我想問下佢係自己去英國嘅?你知唔知有冇一個叫『阿彥』嘅人同佢一齊去?」我問。

Mandy略帶驚訝:「喔,乜你識阿彥㗎咩?」

「你咁講即係佢哋一齊去咗英國!?」我瀕臨崩潰:「佢哋到底係乜關係?乜佢哋唔係純粹青梅竹馬嚟嘅咩?」

「呢啲嘢你冇必要知。」Mandy冷冷一聲。

點解星瑤你要咁做?究竟對你嚟講,我算係啲乜?

「嗯……唔該晒你。」我嘅心情已經跌到落谷底,轉身就想走。

「等一等!」Mandy再次將我叫返嚟:「佢臨走之前,有一張相想我轉交畀你。」

佢遞咗一張相畀我。我一睇,成個人喺度震。呢幅相,正正就係去台灣旅行之前,我同佢喺吉吉家影嘅嗰張。反轉張相,就見到星瑤寫低嘅一段字。

家樹:
至少感激當日陪著我開甜蜜的玩笑。
星瑤

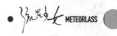

「傻妹……」我將張相緊握喺心口，眼淚喺眼眶打轉。

返屋企嘅途中，我突然記起星瑤喺台灣講過嘅一番說話：「**流星雖然燦爛美麗，卻一閃即逝。**」

或者由一開始，星瑤已經決定咗我哋呢段愛情只係剎那間嘅花火。

打開屋企大門，我就發現裡面燈光火著。有一刻我仲以為係星瑤返咗嚟，不過好快我就打消咗呢個念頭。

「阿哥！做咩我打極界你都冇人聽！」嘉琪終於去完旅行返嚟。
「你返嚟喇？玩得開唔開心？」我攞出手機：「原來冇晒電，哈哈。」

「唔好講呢啲住先！」嘉琪跑過嚟諗住捉住我入房：「星瑤呢？佢啲嘢唔見晒，打界佢又冇人聽！」

「星瑤佢……」呢件事，總算可以講出嚟喇：「去咗英國喇。」

之後嘅對話，我都唔太記得清楚，淨係記得我攬住嘉琪喊咗好耐，好耐。我，真係好劫喇，意識再次清醒過嚟嘅時候，已經係第二日嘅晏晝。

「嘩，瞓咗成十幾個鐘……」我喃喃自語。

一打開手機，就見到兩段信息。

紫鈴：「點呀，有冇啲咩消息？」
阿溢：「兄弟，嘉琪今朝打咗界我，我知道咩事喇。出嚟傾一傾？」

我決定先打界紫鈴，同佢講返噚日嘅事。

「喂？做咩噚日唔見咗人嘅？冇事呀嘛？」紫鈴一輪嘴關心我。

「我冇事呀，原來星瑤同阿彥一齊去咗英國喇。」我來龍去脈講咗一次。

「點都好啦，好多謝你呢幾日嚟對我嘅照顧。」我講：「係呢紫鈴，其實點解你會有琴行地址嘅？」

「你真係想知？」紫鈴問。
「點解你咁講？你係咪知道啲咩？」我有啲懷疑。

紫鈴窒咗一下：「你仲記唔記得你同我講過，星瑤彈琴好叻？噚日我哋排完戲之後我望住禮堂部琴，突然諗返起阿彥之前講過，佢屋企係開琴行嘅，我就估……」

「咩話！？」我已經數唔到呢幾日以嚟我崩潰過幾多次：「咁我噚日去嗰間琴行……」

「嗯。阿彥嘅全名叫高晉彥，佢有個家姐叫Mandy，佢哋媽咪喺銅鑼灣開咗一間琴行，就係『高氏琴室』。」紫鈴講。

收咗線之後，我坐喺床上面反覆思考。

星瑤同阿彥以前係青梅竹馬，所以佢就喺阿彥屋企開嘅琴行度學琴，一直學到依家技藝精通準備出國深造；星瑤如果想去外國深造，睇怕都一定係靠琴行嘅名氣做推薦，再加上星瑤屋企對佢好嚴，只要佢去到國嘅話就可以唔受屋企人管束；所以就結果嚟睇，只有兩種可能性：

一，星瑤本身唔鍾意阿彥，係阿彥主動話想陪星瑤過去，不過一嚟因為琴行對星瑤有恩，二嚟星瑤仲需要琴行幫佢去外國學琴，三嚟星瑤想避開屋企人管束，所以迫於無奈之下就應承咗，然後趁暑假嘅時候出嚟闖下。

二，星瑤同阿彥本身相愛，天時地利人和都襯到絕，只不過星瑤

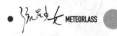

唔想咁樣就同阿彥過人世，所以趁暑假嘅時候出嚟闖下。

　　唔使講都知邊個可能性高啲啦。

　　「Osh!」我原本冇晒色彩嘅雙眼再次燃起火焰：「冇錯喇！星瑤係鍾意我嘅！佢只係因為屋企同前途問題先被迫要揀同阿彥一齊！」

　　「雖然依家星瑤去咗外國已經係事實，但唔緊要呀，只要我知道佢住邊，直接過去搵佢講清楚，咁就一天都光晒！」一諗到呢度，我就知道要搵邊個商量對策。

　　我打開手機，撥通號碼：「阿溢，半粒鐘後樓下M記等，我有啲事想同你傾！」

　　所謂兄弟係咩意思？　一句講晒，三隻字：梁浍溢。

　　「喂！」阿溢仲早過我嚟到M記。

　　我走咗埋去阿溢身邊坐低，阿溢見到我嘅表情又有咗變化，有啲出奇不已：「嘉琪又話你噚日喊到隻死狗咁嘅，睇落唔似喎！」

　　「唔開心就梗㗎喇！但我有樣開心嘢想講你知！」我講。

　　於是我就將啱先嘅推敲講畀阿溢聽。

　　「你咁講又好似幾有道理喎！」阿溢對我嘅推敲表示贊同：「不過你諗住點做？」

　　「我知道就唔使搵你出嚟啦！」我反駁：「最簡單一樣嘢，我依家點先可以搵到星瑤，我都已經毫無頭緒。佢係有心避開我嘅，我點搵都係冇用！」

　　「你唔係仲有個線索㗎咩？」阿溢講：「高妍！」

「Diu，佢肯同我講嘅話一早講咗啦！都唔熟，想Chok下料都唔得！」我再反駁。

「唔熟？」阿溢奸笑了一下：「唔熟咪整熟佢！」

鏡頭一轉，我又再次嚟到「高氏琴室」門前。

望住個門牌，我諗返起頭先阿溢講嘅說話：「你一於就去高氏琴室學琴，然後指名道姓叫Mandy教你！」

「會唔會衝動咗少少呢……哈哈……」我苦笑。

「你好……」接待處個女生一見到我，個樣即刻苦惱起嚟：「先生，唔知道有咩可以幫到你呢？」

「我嚟學琴㗎。」我說：「我想由Mandy教我。」
「你想我教你？」一把清甜嘅聲線再次傳入我耳邊。

我轉過頭嚟望向企喺琴房門口嘅Mandy：「冇錯。」

睇真啲，我先發現原來Mandy都係一個靚女，睇起上嚟應該都只係二十歲近半。

「Are You Sure？我除咗教琴之外，唔會同學生傾其他嘢㗎喎。」Mandy輕輕一笑。

原來佢除咗靚女之外仲冰雪聰明，一下就估到我嘅動機。

「唔緊要呀。」我微笑：「我只係好想親身感受一下星瑤經歷過嘅事。」

「佢經歷過嘅嘢，點只咁少。」Mandy嘅笑容百味雜陳：「雖然我好欣賞你嘅努力，不過恕我直言，我教嘅學生全部都係準備考演奏

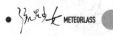

級，你想我教你嘅話，考到八級先再返嚟啦。」

Mandy講完之後就準備閂門，留低我一個企喺原地發呆。

「係喇，有時候無知都係一種福氣嚟，不如你就當你同星瑤之間只係發咗一場美夢，唔好再放心機喺度喇。」佢臨入去之前拎轉面望住我講。

「如果我哋真係互相鍾意對方嘅話，點解要放棄？」我反問：「雖然我唔知道你哋之間收埋咗啲咩秘密，不過既然個天界我搵到嚟呢度，即係代表我同星瑤仲有緣份，只要仲有一絲機會，我都唔會界星瑤離開我。」

佢聽完之後默默回答：「咁如果我同你講，呢啲只不過係你嘅一廂情願呢？」

「你咁講係咩意思？」我窒咗一下。

Mandy嘆咗一口氣：「就當我連唔應該講嗰句都講埋，星瑤唔單只係去外國留學，而係用專才計劃移民。」

我雖然覺得好驚訝，但都照樣反駁：「咁有咩問題？就算佢以後唔再返嚟香港，最多我咪……」

「等等先。你知唔知道只有至親關係嘅人，先可以透過同一個計劃一齊移民？」Mandy叫停咗我。

呢一刻，我個腦掠過咗一個我最唔希望聽到嘅諗法。

「我……唔係好明你講咩。」

Mandy望住我，冷冷咁拋出一句：「我嘅意思即係話，除咗父母同仔女之外，至親關係嘅人就只有……夫妻。」

離開咗琴行，我緩緩走喺街上，視線已經一片模糊。

「星瑤……你唔係真係鍾意阿彥㗎係咪？但點解你會……」比起傷心，我更多嘅係不忿。

傷心，係因為我仍然好愛星瑤；不忿，係因為自己嘅無能為力。

呢個殘酷嘅事實，已經徹徹底底咁擊碎咗我僅存嘅一絲盼望，為我同星瑤嘅故事狠狠劃上咗一個句號。

唔通……我哋真係有緣無份？

『不甘心　尤其這新婚　就像玩犧牲』
『想過搶新娘　我差點講真』

　　　　●　　　●　　　●　　　●　　　●　　　●

由呢一日開始，所有嘅事情都好似塵埃落定咗咁。

縱使我有幾唔開心，幾唔甘心都好，就算依家就即刻畀我搵到星瑤都好，我可以做啲咩？我又可以改變到啲咩？

呢一個半月以嚟，我自以為已經好了解身邊嘅星瑤，身高一米六三、著三十六號鞋、右眼角有粒美人痣、鍾意粉紅色、鍾意睇迪士尼啲公主動畫、天真可愛、細心……

但到頭來，原來我咩都唔知。我唔知佢收埋咗啲咩秘密，唔知佢同阿彥之間有咩關係，甚至乎唔知……佢同我嘅開始，到底係咪只係一個錯誤。

但就算係咁……

「網頁瀏覽紀錄：

　Yahoo拍賣－實用電子琴，初學者必買！

　YouTube－簡易自學鋼琴！由黑白鍵開始入手！

　學友社－該如何報考外國大學？請即參與英國、澳洲升學講座了解詳情！」

我都仲係好想任性多一次。

眨下眼暑假已經完結，話咁快就到咗開學日，經過半個月嘅沉澱，我嘅心情都已經平服返唔少。

「家樹！一陣間On show加油呀！」一上到班房阿溢就衝埋嚟講。「放心，包喺我身上！」我笑住講。

冇錯，所謂排戲千日用在一時，終於都嚟到我哋表演嘅大好日子！就喺我哋轉彎出課室準備落禮堂嘅時候，就撞到喺隔籬班走出嚟嘅紫鈴。

「早晨呀！」紫鈴展露出甜美嘅笑容。

阿溢突然碌大對眼大叫：「死火！我好似漏咗啲功課喺屋企！」

「唔L係啩？中六喇，仲成個小學雞咁！」我恥笑佢。

「Diu你啦，我噚晚先攞出嚟亂做㗎嘛，做完鬼記得收返好咩！我返班房打個電話畀阿媽先，你哋落去啦唔使等我！」阿溢一臉慌張。

「OK!」於是我同紫鈴就行去禮堂。

「點呀，你好似好返好多喇喎？」落緊樓梯嘅時候紫鈴同我講。

關於喺琴行發生嘅事，嘉琪、阿溢、仲有紫鈴一早已經知道晒。不過佢哋唔知道我仍然保留住想去見一次星瑤嘅念頭，甚至一直為呢樣嘢做準備。

我冇將呢個諗法講出嚟，可能係怕佢哋聽完之後會話我自欺欺人，勸我應該好好地放低星瑤；又或者，係因為連我自己都打從心底咁知道，呢個諗法係幾咁可笑。

但只少，咁樣做我個心會好過一啲。

「還可以啦！」我苦笑。
「肯笑返咪好囉！」紫鈴嘅笑容依舊能溶化我嘅心：「陣間要靠你Carry我喇，Partner<3。」

「嗯，一齊努力！」我難為情咁講。

● ● ● ● ● ●

開學禮好快就完咗，我哋嘅演出非常成功，當中一段講述我同紫鈴即將離別，我衝上前攬住佢嘅戲，更加係震攝全場。

「Diu你啱先正啦！有得攬女神，仲要攬得咁實！」小息嗰陣一個同班嘅男仔走嚟拍我膊頭。

「做戲啫做戲啫！」我慌張咁解釋，費事成為男同學嘅公敵。

講起上嚟，呢半個月我同紫鈴好似一下子熟絡咗好多，依家諗落都真係幾諷刺。

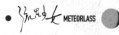

「Hey Everybody!」呢個時候阿溢帶咗成班劇社成員嚟我哋班房，再企咗上枱面大叫：「為咗慶祝套劇空前成功，我哋今晚一於去打邊爐賀一賀佢！」

「好！」眾人狂歡。

就係咁，放咗學大家返去換衫先，再喺觀塘地鐵站集合。

「我返嚟喇！」我勁快衝咗返屋企。
「返嚟喇？乜你仲要出街咩？」阿媽喺廚房探頭出嚟。

為咗唔好令到阿爸阿媽擔心，我冇同佢哋講到星瑤嘅事，佢哋依家都仲以為我同星瑤Long D緊。

「係呀，劇社慶功！」我一路換衫一路講。
「唔好玩咁夜喇聽日仲要返學！過兩日我出Trip喇，你哋自己照顧自己喇！」阿媽遞咗啲錢畀我。

「嗯，知道喇。」我笑一笑。

去到地鐵站，紫鈴已經一早到咗。

「咁快嘅你？」我走埋去。
「咁你都好快啫。」紫鈴一笑。

我哋兩個一直喺度傾計，等到其他人都陸續嚟齊之後就上咗去酒樓打邊爐。

「飲勝！」人人手上拎住一罐啤酒，碰杯之後各自暢飲。食到咁上下大家都開始𩠌，於是決定埋單走人。

「喂家樹！你唔使陪我㗎喇，送紫鈴返去啦！」阿溢飲咗三四罐啤酒，開始發酒癲。

「黐線，佢自己識返去㗎啦！」我答。
「你唔係要一個飲咗酒嘅靚女自己夜媽媽行返去下話！！！」阿溢睄住我講。

我轉過頭望向紫鈴，發現佢個樣都真係有啲醉。

「紫鈴，我送你返去啦！」我講。
「嗯？」紫鈴望住我眨眨眼：「喔，好呀。」

同眾人道別之後，我陪住紫鈴往藍田嘅方向行返去。

行行下，我突然覺得紫鈴嘅步伐有啲奇怪，唔係因為飲醉酒嘅左搖右擺，而係似整傷多啲，我順勢向下一望……果然，紫鈴其中一隻腳嘅腳踭流緊血。

「喂，你腳踭流血喎！」我即刻同紫鈴講。
「我知呀，今日呢對新鞋嚟，行下行下就損咗。」

「你咁樣得唔得㗎！？」我睇到都覺得痛：「聽講你住藍田山腰㗎喎，不如搭的士啦！」

「唔好啦，我冇事嘅！你睇，我行得走得！」紫鈴作勢喺我面前跑咗兩步，但佢忍痛個樣真係傻嘅都睇得出。

「你唔係以為我會信你冇事下話？一於就搭的士啦，兜完你返去我再返屋企瞓覺！」我再次勸佢。

唔知道我係咪講錯嘢呢，紫鈴望咗我幾秒，粒聲唔出就繼續向前行。直覺話界我聽佢應該係有啲心事，飲完酒之後個人放鬆咗先展露出嚟，於是我即刻追返上去同佢講：「做咩呀，小丸子又有心事？」

「我邊有成日有心事喎！」紫鈴答。
「咁講法即係依家有啦！」我打蛇隨棍上：「點呀，發生咩事？」
「冇事啦。」紫鈴倔強咁講。

　　估唔到紫鈴平時睇落咁溫柔，原來內心收埋咗個硬頸小公主，又唔肯搭的士，又唔肯講自己嘅煩惱出嚟。

　　呢一刻，我突然萌生出一個諗法，喺酒精薰陶嘅推波助瀾下，驅使我走到紫鈴面前半跪低用背脊對住佢。

　　「哎？」紫鈴停咗喺度望住我。
　　「見你行到成個阿婆咁，下世紀都未返到屋企啦。」我溫柔一笑：「之前星瑤嘅事你幫咗我咁多，今次到我做返你嘅樹窿，上嚟啦，我揹你。」

　　紫鈴抿咗一下嘴唇：「……嗯。」

　　「一二三！」我一嘢孭起紫鈴，佢啲頭髮散落喺我嘅膊頭度，令我聞到一陣陣香甜嘅牛奶味。

　　「我會唔會好重？」紫鈴雙手箍實我條頸。
　　「重就唔係好重嘅，但係你搞到我就嚟窒息。」

　　紫鈴慌忙咁鬆返隻手，一臉抱歉咁講：「Sorry呀，你冇事呀嘛？」

　　「呢句應該係我問返你先啱。」我微笑。
　　「……咩喎。」紫鈴扁起嘴。

　　「係呢，如果你鍾意嘅人已經有咗心上人，甚至已經有咗對象嘅話，你會點樣處理你呢一份冇地方安放嘅感情？」開始起行冇耐紫鈴問我。

　　聽到呢句說話，我第一個諗起嘅就係星瑤。雖然我唔知道星瑤對阿彥嘅感情係點，但最起碼佢哋係埋咗一齊已經係事實。

　　紫鈴咁樣問得，唔通佢都遇到相同嘅情況？我知喇，一定就好似我之前所諗嘅咁，佢本身應該係對阿彥有好感嘅，所以當知道咗阿彥

同星瑤嘅關係之後，就悶悶不樂！

「呢個就係你嘅心事？」我問。
「係啩。」紫鈴扭擰咁講。

睇嚟我估中咗？

「咁樣呀……」我諗起自己呢排為咗星瑤做嘅嘢，同埋葉婆婆之前同我講過嘅說話：「我覺得有啲嘢，你一日唔做都唔會知道掂唔掂，一日唔講都唔會知道得唔得，所以最重要嘅，就係唔好畀機會自己後悔。」

「即係，搵地方放低自己呢份感情之前，不如試下用盡全力去面對一次先，當你有咁嘅勇氣去做嘅時候，就算失敗，亦可以係抒懷。」

紫鈴一直凝望住我嘅側面，等我講完之後突然笑咗一下。

「哈哈～！」紫鈴個笑容就似半月彎，喺月色之下更加動人。
「喂，又係你問我先嘅，依家答完你又笑我。」我扮晒不滿咁講。
「我唔係笑你呀。」紫鈴清澈嘅雙眼輕輕一眨：「我係笑緊自己原來有一種惡趣味。」

「咩惡趣味？」
「嗯……唔話你知。」
「哼！」

冷清而寧靜嘅街道上，我哋愉悅嘅身影正慢慢行遠。唔經唔覺，我哋已經嚟到紫鈴屋企樓下。

「返到上去WhatsApp我呀。聽日見啦，掰掰！」我同紫鈴雙目而視。

正當我轉身準備離開嘅時候，紫鈴叫停咗我：「家樹，今日多謝晒

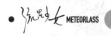
VIII　VII　VI　VII　VIII　North

你。」

「傻啦，一人一次，下次咪輪到你開解我！」我笑一笑。
「不如我依家就贈你一句？」紫鈴逗趣咁講。
「嗯？」

紫鈴望住我，莞爾一笑：「**塞翁失馬。**」

　　　●　　　●　　　●　　　●　　　●　　　●

呢一晚之後，我同紫鈴之間嘅關係好似又拉近咗。

喺Whatsapp，我哋由一開始兩三日斷斷續續傾閒計，逐漸變到去每日分享下自己做緊咩，再去到同對方每朝講早晨，每晚講晚安。

喺學校，我哋有時候會約埋一齊食晏，小息時候會企喺走廊到傾計，一直去到上堂鐘聲響起先返課室，放學嘅時候又會約埋一齊去自修室溫書。

經過呢一段時間嘅相處，我發現我哋原來有好多興趣、習慣以至係價值觀都一樣，一傾起計上嚟就會雞啄唔斷，甚至會好有默契咁講同一句說話，然後望住對方大笑。

唔知幾時開始，我亦慢慢習慣咗每日同紫鈴打打鬧鬧，我成日會笑佢係一個包拗頸嘅小公主，跟住佢就會鼓埋泡腮話返我係Marvel裡面嗰隻小樹人，大家你一句我一句。

究竟點解我同紫鈴會有呢個咁微妙嘅轉變嚟呢？

一開始，我以為咁係因為我哋都叫做開解過對方，明白對方感受，

所以好自然就可以成為到好朋友，好知己；不過後來我逐漸發覺到，或者呢份感情並唔係咁簡單。

　　或者，之前紫鈴口中所講嘅人根本唔係阿彥，而係……每當諗到呢度，我又會即刻諗起星瑤，一股罪疚感湧上心頭。到底我對呢兩位少女嘅感情……又應該點樣安放？

●　　●　　●　　●　　●　　●

　　某一個清晨，我同紫鈴約埋一齊返學。

　　「赫嗤！」紫鈴喺我身邊打咗個乞嚏。

　　「一早叫咗你著多件衫㗎啦小公主！」我除低身上嘅冷衫遞畀紫鈴。

　　「都叫咗唔好叫我小公主咯，你隻小樹人！」紫鈴畀咗個書包我，拿拿林著起件衫。

　　「吖你真係當我工人咁使㗎喎！」我一嘢將個書包推返畀佢。
　　「唔該晒你囉咁！」紫鈴笑住撞一撞我手臂。

　　一股寒風突然撲面而至，令我不禁瞇起咗雙眼。原來……話咁快已經到咗冬天。

　　十二月嘅中六校園生活，大家都開始進入作戰狀態，為嚟緊幾個月之後嘅公開試做好準備，每逢早會或者小息，只係得返揭書同揮筆嘅聲音。

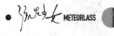

　　點知今日當我一入到班房，就發現大家竟然圍咗一個圈喺度傾計，氣氛異常高漲。

　　「乜咁遲嚟你！」阿溢將我拉過嚟。
　　「嘩，搞咩呀今日，個個都好似好High咁嘅？」我一臉奇怪。
　　「咁你都唔記得！？」阿溢難以置信咁講：「今日會決定嚟緊畢業旅行嘅舉行地點！」

　　係喎，畢業旅行！兩日一夜冇老師看管，成級同學想玩乜就玩乜嘅冬季宿營！

　　「咁大家決定咗去邊未？」我嘅情緒都立即變得興奮起上嚟。
　　「未呀，大家都有好多意見，有啲人話想去西貢北潭涌，又有啲人話想去摩星嶺。」阿溢答：「不過，最多人揀嘅地方都唔係呢啲。」

　　我大概估到後面嘅說話：「咁……大家諗住去邊？」

　　「長洲。」阿溢拍拍我膊頭。

　　食晏嘅時侯，我將呢件事講咗畀紫鈴知。

　　「除咗你哋班之外，我哋班仲有E班都係諗住揀長洲，睇落都應該係勢在必行……」紫鈴望住我：「你會唔會驚自己舊地重遊諗返起好多嘢？」

　　「諗就一定會諗㗎喇，不過都冇咩所謂啦！」我答：「反正，星瑤都已經唔喺嗰度。」

　　紫鈴聽到之後窒咗一下，食咗唥飯之後突然講：「家樹。」

　　「嗯？」我望住佢。

　　紫鈴扮晒輕鬆咁講：「你……仲係好鍾意星瑤？」

「做咩咁問嘅？」我問。

「冇呀。」紫鈴覘睇一笑：「我只係有啲好奇，經過咗呢三個月之後，你有冇啲咩新嘅睇法啫。」

冇錯，我同紫鈴越走越近嘅時間有幾長，亦代表緊星瑤去咗外國幾耐。呢幾個月以嚟，我冇放棄過對星瑤嘅記掛，而且將呢份思念轉化咗做自學鋼琴同讀書嘅推動力，希望未來喺外國見返星瑤嘅時候，可以講畀佢聽我嘅心意。

「我嘅心意其實好簡單，好似陳奕迅首《四季》所講嘅咁：『季度裡事過境遷，長街風景已變』，未來係點冇人知，或者到時候我都仲係咁鍾意星瑤，又或者我對佢嘅感情已經喺成長之中消失咗，但點都好，我都好想親口話畀呢個曾經出現喺我生命裡面，屬於我嘅青春女主角聽——我馬家樹，曾經深深咁愛過佢，劉星瑤。」

「所以你問我呢一刻我係咪仲係好鍾意星瑤嘅話……」我實在唔想呃住紫鈴：「嗯，係。」

紫鈴默默聽晒我講嘅嘢之後，同我對望：「咁如果我問你，你覺得自己要幾耐先放得低星瑤呢？」

「我……唔知。」我聽得出紫鈴嘅潛台詞，下意識避開咗佢嘅眼神。

紫鈴沉默咗一陣，重新掛起一個笑容：「你都真係幾長情㗎喎，哈哈！要食快啲喇，一陣仲要上去投票揀地方！」

呢個話題，就喺紫鈴嘅強行中斷之下輕輕帶過咗。

●　　●　　●　　●　　●　　●

畢業旅行選址經過投票之後，最終都係決定去長洲。

我一早做好心理準備，所以對於呢個結果都唔太覺得震撼。反而令我更著緊同擔憂嘅，係紫鈴對我嘅態度。

自從嗰一日食完晏之後，紫鈴開始有意無意咁減少咗同我嘅互動，叫我嘅時候亦都唔再係花名或者毫不客氣嘅全名，而係一開始恭恭敬敬、簡簡單單嘅一句：「家樹」。

無論我點樣氹點樣引佢笑，紫鈴始終都係對我多咗種避忌。或者你哋會話件事發展到依家咁都係我咎由自取，如果嗰日我背畀嘅承諾紫鈴，令到佢有信心繼續等我嘅話，可能就唔使搞成咁。

但就係因為我知道自己未放得低星瑤，我先更加唔可以立亂去應承紫鈴一啲嘢。咁係因為，我真係打從心底裡面好想認真對待同紫鈴嘅呢一段感情。

認真面對，眼前呢位咁可愛嘅小公主。

● ● ● ● ● ●

「嘉琪，我出門口喇！」話咁快，就嚟到旅行嘅大日子。

雖然呢排同紫鈴發生嘅事令到我有啲惆悵，但一諗到今日係中學最後一次嘅旅行，就莫名其妙咁令到我非常亢奮！

去到中環碼頭，阿溢同一啲同學都已經到咗。

「早晨呀Diu你！」阿溢大叫。

「晨早流流就咪L講粗口啦！」我串佢咁講。

我哋坐咗喺碼頭側邊嘅凳度一邊休息一邊等埋其他人。我無聊咁四圍望，目光最後停咗喺當初同星瑤見面嘅地方。

埋藏咗喺我內心深處嘅回憶，又再次翻起咗。星瑤，妳最近幾好嘛？我想話畀你知……我好掛住你呀。

「家樹？」阿溢將我叫返返嚟：「差唔多齊人喇，Let's go！」
「喔好！」我即刻精神起嚟。

一落船聞到嗰陣長洲味，令我唔覺意輕嘆咗一聲。去到集合嘅沙灘，其他班嘅人已經一早到齊晒。

冬天嘅海邊真係特別凍，每當有風吹埋嚟嘅時候真係當堂凍到打冷震。

我望去附近，發現紫鈴今日淨係著咗件鬆身冷衫，根本就保唔到暖，於是我就即刻行咗埋去除咗自己件外套出嚟冚喺佢身上。

紫鈴意識到有嘢搭到佢之後一臉驚訝咁望住我，瞬間明白發生咩事。

「我唔凍呀！」紫鈴諗住除返我件衫。
「你凍到打晒冷震咁仲話唔凍？」我將件衫包返實佢：「嚟啦，冚住佢。」

「你唔凍咩？唔好扮大隻喎！」紫鈴雙手交叉咁捉住外套嘅拉，望住我勁硬頸咁講。

「黐線，我有著打底喫嘛！」雖然講係咁講，但其實我本身都著唔夠衫，依家除埋外套畀紫鈴之後我直程覺得凍。

「咁……」紫鈴扁一扁嘴：「多謝。」

 METEORLASS

就喺呢個時候，今次活動負責同學出咗嚟講嘢：「咁多位係咪等咗好耐呢？麻煩大家Group返好五班，聽我講解今日嘅活動安排！」

「你返去啦！」紫鈴推我走。

我行返去嘅中途，一陣狂風吹嚟，冷風好似刀咁拮落我個人度，令我打咗個大乞嗤，然後成個身立即覺得好重，成個人沾寒沾凍。

「嘩，你做咩淨係著住件衛衣周街走？因住病呀！」阿溢走咗埋嚟。

「得啦唔使擔心我，跳跳虎都打得死幾隻呀！」我拍一拍自己塊面，等自己睇落精神啲。

「大家留心喇！我哋第一個要玩嘅Game就係⋯⋯『Running Man』！」聽完負責同學講解後，我哋就喺長洲跑咗成個上晝，總算玩完團體活動。

到咗午飯時間，我哋班就嚟咗大排檔食晏。

經過啱先唔小心凍親再加上跑足三十六小時嘅關係，我已經劫到出晒冷汗，成個人好似軟皮蛇咁趴咗喺枱面瞓著咗。

瞓瞓下，我突然Feel到有啲嘢放咗喺我背脊：「嗯？」

「嗱，畀返件褸你！」紫鈴講完之後向我遞上兩粒藥丸：「仲話自己頂得順，擺到明就病咗啦！」

我即刻坐直咗個人：「呢啲係⋯⋯？」

「感冒藥呀！」紫鈴攤開我隻手要我接實：「記得食完嘢先好食，如果唔係會胃痛！」

聽住紫鈴嘅關心，當堂咩病都冇晒。

「遵命！」我笑一笑。
「仲笑，」紫鈴微微上揚起嘴角：「傻瓜。」

我拿拿林叫咗碗牛丸河嚟食，之後就將啲藥啪入口。點知一食就
弊傢伙，我完完全全俾啲睡意征服咗，要阿溢扶住我返到去東提嘅渡
假屋。

一入到屋，我立即狗衝入去最近門口嘅一間房，然後大字形咁趴
咗喺雙人床上面。

「畀我瞓陣先，一陣BBQ再叫醒我！」我擘唔大眼咁講。
「OK！」阿溢講完就閂埋咗道門。

然後我立即進入咗周公Online。

⬤　　⬤　　⬤　　⬤　　⬤　　⬤

我睜開雙眼，發現自己身喺一個全白色嘅世界裡面。
*我喺入面慢慢行，突然見到前面有一個著白色衫嘅棕曲短髮少女
背影。*

*當我行近啲嘅時候，內心立即窒咗一窒。水汪汪嘅眼睛，動人嘅
輪廓，白裡透紅嘅肌膚……*

星瑤……係星瑤！！！

「星瑤！」我跑到去星瑤面前，一手將佢攬住。
*「星瑤……點解你要粒聲唔出就走咗去……」我嘅眼淚再次流出，
一陣熟悉嘅白蘭花香包圍住我。*

「家樹。」星瑤抬起頭望住我，好感觸咁講：「……」

雖然星瑤把口不斷喺度講嘢，但我咩都聽唔到。

「家樹……」

　　　　●　　　●　　　●　　　●　　　●　　　●

「家樹！」一把嘈到拆天嘅男聲將我叫醒。

我抬起頭一望，原來係阿溢，阿溢好興奮咁講：「下面起緊爐喇，快啲落嚟啦！」

「我瞓咗幾耐？」我問。
「兩個鐘咋，」阿溢轉身準備離開：「我喺下面等你！」

阿溢走咗之後，回想起啱先嘅夢境我打側頭：「又發夢？」

洗完面換件衫，精神好返好多嘅我即刻跑落樓下空地同班同學一齊燒嘢食。

未來仲可以同呢班同學有呢種情景嘅日子真係買少見少，所以我哋全部人都好享受其中，希望可以留低一個最美好嘅中學回憶。

燒完嘢食之後，我哋就上返客廳玩Game，玩到咁上下，突然有個隔籬班嘅同學敲我哋門。

「咦？乜夠鐘喇！？」阿溢行去門口問。

「係呀,直升機坪嗰度等啦!」嗰位同學交帶完之後就走咗。

阿溢一臉雀躍咁望我哋講:「大家唔好玩狼人住喇,一齊去直升機坪睇比賽啦!」

「咩比賽?」我問。

「仲使問嘅,梗係一啲夜晚先玩得嘅比賽!」阿溢奸笑咗一下:「班際深山夜行比賽!」

喺阿溢嘅帶領之下,我哋沿住海邊嚟到直升機坪附近。

「Diu,真係凍到人都癲……」我摩擦雙手。

一眼望落去,其他班嘅人大部分都嚟齊晒,紫鈴就同佢嗰班女仔同學傾緊計。

唔知道我哋兩個係咪有自動偵測對方嘅功能嚟呢?當我望向紫鈴嘅時候,佢竟然又咁啱望返住我。

「Bleh!」紫鈴無啦啦向我做咗個鬼臉。

……吓?

「歡迎大家今晚出席我哋嘅餘興節目!」今朝做主持人嘅同學又出嚟講吖:「相信大家都應該好飽,有氣有力玩Game喇係咪?事不宜遲,一於就開始我哋呢個『深山夜行比賽』啦!」

主持越講越High:「我哋會以班嚟做單位,每班需派出四個隊員,當中最少要有一個女仔,然後喺限時一個鐘頭之內喺前面呢座山搵返五樣我哋預先收埋咗嘅嘢,最快嘅隊為之贏!」

「記住每班要搵嘅嘢都係一樣嘅,但佢哋就放喺唔同位置!假設山上面有五把雨遮,有啲會易搵啲,有啲就會難搵啲,所以隊員最好分工合作,以最快嘅速度搵晒成座山!如果你哋速度慢嘅話,就代表搵到目標嘅難度會越嚟越高,輸嘅機會就越大!」

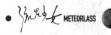

「不過記住千祈唔好擺咗隔籬班嘅物品，更加唔好擅自改變佢哋嘅位置，因為完咗比賽之後我哋仲要派人上山執返晒啲物品！」

「至於獎品方面……勝出嗰班會得到多一晚長洲住宿！」佢攞咗一張紙出嚟：「呢張係Book房嘅收據，我哋畀晒錢㗎喇，絕對冇花冇假！」

聽到咁豐富嘅獎品，全世界嘅人都立即燃燒起鬥志。

「咁多位C班嘅同志！」阿溢雙眼簡直識得噴火：「你覺得我哋依家要做嘅係咩？」

「挑，仲使問嘅！梗係要贏！」我都投入起上嚟。
「冇錯！我哋要贏！」阿溢喝采。
「我哋要贏！」眾人和應。

望向隔籬嗰幾班，佢哋啲殺氣都不容忽視。

「睇嚟將會係一場硬仗……（普通話）兄弟，咱們要一齊上嗎？」阿溢搭住我膊頭。

「（普通話）不用，你留在這裡安定軍心吧！萬大事由我來扛就可以了！」我其實係信唔過阿溢嘅運動能力。

「（普通話）那就拜託了！我會給你三個精英，一齊加油吧！」阿溢喊到收唔到聲。

就係咁，阿溢叫咗我哋班嘅三大精英出嚟……出名肥嘅A男，出名懶嘅B男，最後仲有出名姿整唔想出汗嘅C女。

「Diu你係咪玩鳩我呀！」我一手箍住阿溢條頸。
「我信得過你嗰！」阿溢向我舉起手指公單一單眼：「Try your breast baby!」

　　……我Diu你老母！

　　所謂知己知彼百戰百勝，我梗係要認清隊手！我喺召集處望向其他班嘅代表，跟住雙眼突然擘大！

　　「紫鈴！？」我驚訝咁講：「你做咩走嚟玩呀，你又唔跑得快又唔跑得耐！」

　　「我哋班啲女仔話個山好黑唔敢玩喎，但最少又要三男一女，所以我咪俾人推咗出嚟做佈景版囉！」紫鈴一邊拉筋一邊答。

　　「乜你唔怕黑咩？」我笑佢咁講：「我仲記得上次有人俾我揹返屋企嗰陣話條路好黑㗎喎！」

　　「驚㗎，但冇人肯玩嘛！」紫鈴鼓起泡腮：「一係可以嘅話，不如……」

　　「睇嚟各班嘅成員都出晒嚟喇！」主持人嘅聲音打斷咗我同紫鈴嘅對話：「既然係咁，我哋依家就派發搜尋清單畀大家！」

　　我接過一張白紙，上面寫住五樣要搵嘅嘢：「遮一把，足球一個，波鞋一對，燒烤叉一支，敵隊成員一個」。

　　OK，應該唔係好難啫。咪住……敵隊成員！？

　　「吓！？」我當堂O晒嘴：「乜L嘢敵隊成員呀！？」
　　「事不宜遲，即刻開始！」主持人完全無視眾人嘅唔理解。

　　「嘩！」哨子聲一響，所有參賽者都開始衝入去山裡面。

　　長洲直升機坪對入嘅深山夜晚只有幾盞街燈照明，其餘大部分位置真係可以稱得上「伸手不見五指」。

　　就連我呢種天不怕地不怕嘅人都覺得有啲怯。

　　我哋二十個同學上咗山之後不約而同咁打開手機電筒喺度左照右照。

　　「個山咁大點搵啊？算啦，我唔行喇，你哋三個搵啦！」B男喺度發脾氣。

　　「咪就係，我已經行到劫喇！」A男加把口。

　　Diu呀，你哋兩條友仔行咗幾步咋喎！

　　「我怕出汗，唔行喇！」C女抱怨。

　　……家陣幾度呀大佬！北極熊都未話熱啦！算！呢啲豬隊友唔要都罷！

　　「咁你哋喺度坐下先啦，我搵完就返嚟Join你哋！」我展現出官方式笑容。

　　「OK!」三條仆街異口同聲咁講。

　　唔經唔覺我已經越行越入，周不時都會聽到隔籬班隊員講嘢，但就見唔到佢哋個人，呢種感覺都幾無助。

　　「呢度應該有㗎喇，下個地方啦！」我又再次聽到佢哋講嘢：「咁啦，分開兩隊搵啦！」

　　唉，人哋就話有得分隊，我呢？我開始無聊咁唱起歌上嚟：「Lonely Lonely Christmas~」

　　行咗有幾耐，我突然留意到有一把五顏六色嘅雨遮放咗喺小路隔籬！我走過去拎起把遮，見到上面寫住學校嘅英文簡寫。

　　係佢喇！！！

「Yes！順利入手！」我望一望時間，依家大概過咗十五分鐘，照咁嘅進度嚟睇，睇怕都輸L硬。

最重要嘅係，清單上嗰個咩「敵隊成員一個」，都唔知做乜九。

時間話咁快就剩低最後二十分鐘。眼見其他隊伍都已經搵到兩三樣嘢，但自己仍然得嗰一把爛鬼遮，真係灰到乜咁。

「喺邊呀喺邊呀……」我一手攞住手機照明，一手攞住把遮四圍掃。

就喺呢個時候，E班嘅四個同學喺我附近經過。

「假如畀我哋搵埋對波鞋之後，剩低嗰個咩『敵隊成員一個』點搞？」負責攞住啲物品嘅隊員問。

「簡單啦，求其捉起一個敵隊成員返去咪得，入嚟嗰時咪有三條友坐咗喺出面嘅，一於就搵佢哋入手。」隊長講。

Diu，佢講緊嘅實係我嗰三個豬隊友啦！

「嚟，我哋快手啲搵埋對波鞋，咁樣就可以玩多一日！」隊長一施號令之下，其他人突然向住我呢個方向跑過嚟！

我即刻匿埋喺大樹後面，費事俾佢哋見到我，直接捉咗我出去End Game就唔好啦，到時候實俾阿溢指住嚟笑！

等到佢哋行遠咗之後我就繼續搵，點知行多兩步又撞到敵人。不過今次喺我面前嘅，就淨係得一個同紫鈴同班嘅男仔。

「Hello！做咩得返你一個人嘅？」我走咗埋去。
「咁你呢，你又一個人嘅？」男生笑住講。
「唔好提喇，我從來都係一個人，哈哈……你哋班其他人呢？」我苦笑。

「唔知呀，我哋四個分開咗行動！我哋差少少就搵齊晒，所以決定分開搵，咁樣效率會高啲！」男生答。

吓！？唔L係啩，咁紫鈴咪自己一個人喺呢座深山入面！？

「紫鈴怕黑㗎喎，你哋仲畀佢一個人行？」我擔心咁講。
「我哋有問過佢㗎，但佢再三強調冇事叫我哋放心，我哋咪信佢囉！」男生一臉無辜咁講。

同男生道別之後，我即刻打畀紫鈴。

「喂，紫鈴？你依家喺邊？」我關心咁講。
「你傻㗎？我咪同你一樣喺座山裡面比賽！」紫鈴窒我。
「我講緊實際位置呀！聽到你啲隊員話你哋分開咗行，我諗住嚟搵你嘛。」我冇好氣咁講。

「原來係咁，我依家喺⋯⋯呢度邊度㗎？！」紫鈴把聲有啲嬌柔。
「死啦！我唔知呢度邊度㗎，周圍都咁黑，我完全唔知要點行⋯⋯」我聽得出紫鈴真係幾驚。

「附近有冇啲路牌、指示之類？你記唔記得頭先點行過嚟？」我引導佢。

「我怕黑⋯⋯所以啱先我都係迫住自己低頭搵嘢先專心到，根本冇留意啲路⋯⋯點算呀家樹⋯⋯周圍一盞燈都冇⋯⋯我好驚⋯⋯」紫鈴越講就越冇安全感。

「你冷靜啲先，唔會有事㗎放心。」我安撫紫鈴：「啱先個入口喺山腳，所以只要你沿住落斜嘅路一直行，聽到海浪聲嘅話就應該差唔多到。」

「但⋯⋯前面好似真係好黑咁，我唔夠膽⋯⋯」紫鈴驚到想喊咁

講:「你喺邊呀⋯⋯」

「得,你放心,我依家即刻過嚟!」我堅定咁講。
「唔好收線住!陪我傾下計好冇?」
「嗯,好呀。」

我一路同紫鈴傾計,一路跑上山。呢個山雖然唔好大,但裡面好多分岔路,加上喺同緊紫鈴傾電話嘅情況冇得用手機電筒照明,要喺漆黑搵一個人真係難上加難。

「跟住我醒咗之後就換衫落去BBQ⋯⋯」我上氣不接下氣咁講返今日發生過嘅事。

冬天嘅空氣凍到我每吸一啖都好似會搞到個肺結冰咁。

「我哋今晚都係BBQ㗎!」紫鈴嘅情緒平服返唔少:「不過勁好笑囉,話說我哋燒燒下嗰陣⋯⋯哎?」

「嗯?燒燒下嗰陣跟住呢?」我一臉不解。
「唔係啩⋯⋯」我從冇聽過紫鈴咁緊張:「我好似見到⋯⋯嘩!!!」
「發生咩事!?」我驚惶失措。

「啪!」一下刺耳嘅撞擊聲喺紫鈴嗰邊傳嚟,然後⋯⋯

「你所打嘅電話號碼暫時未能接通,請你遲啲再打過啦⋯⋯」

「發生咩事呀⋯⋯你唔好嚇我呀⋯⋯」我嘅心跳同步伐都非常急速。

直至我跑到去寺廟附近嘅時候,一個坐喺地下嘅黑影漸漸出現喺我面前。當我再行近啲嘅時候,我露出咗一個久違嘅笑容。

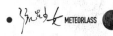

「紫鈴！」我大叫。佢聽到之後立即轉過嚟望住我，眼紅紅咁講：「小心呀家樹，有野狗呀！」

「野狗！？」當我嘅注意力喺紫鈴身上移開之後，我突然發現有一股兇狠嘅目光喺度注視緊我。

「嘩！！」我當堂嚇到對腳都震埋，好彩意志力驅使我行到紫鈴身邊。

「紫鈴，你有事呀嘛？」我企喺紫鈴前面，用身體護住佢。
「我有事呀……」紫鈴企咗起身，驚到連眼淚都不敢流出嚟：「但部電話就跌爛咗……」

我望住前面隻野狗，發覺佢已經進入咗攻擊模式。

「放心啦，冇事嘅……」我講係咁講，但其實我都好驚，個腦一時間諗唔到要點做：「定啲嚟呀馬家樹……靠你㗎喇……」

就喺呢個時候，紫鈴突然拖住咗我。呢個動作睇落好小事，但就令我成個人冷靜咗落嚟，仲令我充滿勇氣。

係喇！我記得之前上網睇過，只要唔好轉身跑，望住隻野狗慢慢退後，等佢覺得我哋冇危險性，到離開咗佢地盤之後，就可以走得甩！

「紫鈴！」我將成個計劃講畀佢聽。
「但我好驚……行唔郁……」紫鈴緊緊捉實我隻手。

但再拖落去真係唔知隻狗會唔會發癲衝埋嚟！於是我即刻半痀低：「上嚟啦咁！」

紫鈴聽到之後幫我攞住咗把遮，再跳咗上我背脊。呢一刻我先Feel到佢依家到底有幾驚，佢除咗成身都震緊之外，兩隻手仲要比上一次更加箍實我條頸，搞到我差啲斷氣。

「準備好未?」、「嗯!」

我一個踏步將身體退後,唔知係咪太大步嘅關係,隻野狗竟然跟住我向前走咗一步。於是我開始減慢步伐,逐少逐少咁移開。

十米、十五米、二十米⋯⋯我粗略估計同野狗之間嘅距離,去到某個距離,野狗終於消失喺我哋嘅視線之內。

危機解除之後,我嘅驚慌一次過湧晒上嚟,令到我用《衝鋒21》嘅速度跑落山,喺我背脊嘅紫鈴仲以為發生咗咩事,即刻合埋眼大叫:「嗚呀!!!」

海浪聲越嚟越大,我終於見得返一班熟悉嘅身影。活動主持人指住我哋:「咦,佢哋返嚟喇喎!」

「你哋去咗邊呀?」阿溢即刻衝埋嚟好擔心咁講:「個比賽完咗你哋都未唔見人,打極畀你哋又冇人聽!」

「哧哧⋯⋯畀我放返低紫鈴先⋯⋯」我不停喘氣。

我擰轉頭望向紫鈴,發現佢仍然合埋眼,雙手捉實我件衫。

「紫鈴,冇事喇,可以落地喇。」我微笑。

紫鈴聽到之後慢慢擘大眼同我對望,我哋兩個塊臉近到只要向前一伸就可以將嘴唇接上。紫鈴立即面紅,原本喺眼眶打轉緊嘅眼淚突然一下子湧晒出嚟。

「紫、紫鈴!?」我不知所措咁講。
「嗚哇⋯⋯嗚⋯⋯」紫鈴聲淚俱下將我夾得更實。

睇嚟紫鈴應該係俾頭先嘅事嚇親,心情仲未平服到。我打咗個眼色畀阿溢,佢好識做咁大叫:「佢哋冇事喇,走喇咁多位,散Band!」

　　本嚟有一班紫鈴嘅護主犬諗住過嚟救駕，不過都一一俾阿溢扯走咗。結果，最後就只係得返我同紫鈴留咗喺直升機坪。

　　「嗯……你好返啲未？」我試住打開話題。
　　「……」紫鈴一直喺度喊完全冇打算理我。

　　唉，唯有等佢喊完先再算。

　　冬天嘅海邊真係好凍，凍到紫鈴都開始震起上嚟。為咗唔畀佢冷親，我孭住佢慢慢咁行去市集。

　　我聞住紫鈴嘅牛奶髮香味，承擔住紫鈴嘅體重，感受住同紫鈴身體接觸嘅溫暖，一種無比窩心嘅感覺充斥咗喺我個人身上，令我確切咁感受到自己對呢位小公主嘅感情。

　　或者……我……

　　夜晚嘅市集，舖頭已經閂晒門，但仲有流動小販為呢度加返一啲燈火同味道。我去到小販車面前，見到上面有好多嘢食：長洲大魚蛋、惹味炸雞脾、燒烤串，仲有我最鍾意食嘅煎釀多寶。

　　啱先跑完成公里路嘅我，望到眼前嘅美食已經流晒口水，個肚立即餓到打晒鼓。呢個時候，紫鈴都好似俾美食嘅香味吸引，終於都有返啲動靜抬起頭望向小販車。

　　我偷偷望向紫鈴，發現佢已經喊到眼都腫埋，但唔知點解，我就係覺得佢好靚，好靚。

　　「家樹……我好肚餓……」紫鈴嘅嚎哭聲已經收細成哽咽聲。
　　「咁你想食啲咩？」我微笑。
　　「嗯……」紫鈴諗咗一陣，鼓起泡腮望住我：「全部。」
　　「……傻妹。」

結果有帶銀包嘅紫鈴幫我喺褲袋度拎個銀包出嚟，每樣食物都買咗一份。

「多謝幫襯呀小情侶！」小販車老闆娘對住我哋笑呵呵咁講。

就係咁，我哋沿住海旁慢慢走返去東堤渡假屋。

「點呀小公主，攰咗你咁耐仲唔肯落返嚟？」我取笑佢。
「咁、咁我劫呀嘛！」紫鈴硬頸咁講：「不過你咁想我落嚟嘅話，咁我落囉！」

「咁又唔好！」我即刻托返高紫鈴。
「點解？」紫鈴攞住啲食物蹺住我條頸，一臉奸笑咁側視住我。
「因為……」今次輪到我口窒窒：「因為你落咗地嘅話，我就冇藉口要你餵我食嘢！」

紫鈴先係呆咗一下，跟住大笑起上嚟：「哈哈！傻瓜。」佢喺膠袋裡面抽出一粒大魚蛋，食咗勁大啖。

「我有得食你冇得食，嘻嘻！」紫鈴將串魚蛋放喺我眼前左右搖擺。

「誘惑我？好茅！」我不甘咁講。
「唉好啦好啦，畀你食啦！」紫鈴放咗串魚蛋喺我個口前面。

正當我準備食嘅時候，紫鈴無啦啦拎走咗串魚蛋，然後又自己咬咗啖。

「喂呀！我想食呀！」我有冤無路訴。
「真係想食？想食嘅話就乖乖地講畀我聽，點解你咁想揹住我？係咪想抽我水？」紫鈴笑了一笑。

「梗係唔係啦我啱先咪講咗囉！我想你餵我食嘢呀嘛！」我扮晒冇好氣咁講。

「你講咗真話我就餵！」紫鈴堅定咁講。

「真係？」

「嗯！」

「紫鈴，仲記唔記得我第一次孭你嗰一晚？」我直視前方。

「嗯嗯。」紫鈴沉默咁點頭。

「我想問下……當時你講緊嘅，係咪我？」我望住紫鈴，佢用水晶晶嘅眼眸望返住我，咬咗一下嘴唇，再點點頭：「嗯。」

聽到呢度，我嘅心跳就開始加速，我凝視住佢：「你知唔知道我喺未識星瑤之前，其實……一直都鍾意緊你㗎？」

紫鈴瞳孔擴大。

「嗰日食晏你問我幾耐先會放得低星瑤，其實我知道你係想問我啲咩，我知道嗰一刻你想我界嘅Signal你，等你有信心繼續留喺我身邊。」

「但點解我會選擇咩都唔講，咁係因為我想認真對待同你之間嘅感情，我唔想呃你，對你講一個連我自己都未知兌唔兌現得到嘅承諾，怕最後會傷咗你嘅心。」

「所以……原諒我啦，好冇？」我溫柔咁講。

「其實我明㗎，你對星瑤嘅感情係點，我真係明。」紫鈴攬緊咗我少少。

「仲記唔記得當初我笑過自己有惡趣味？可能我依家講出嚟你會笑我啦，但唔知點解，當我望住你講起星瑤嗰陣發自真心嘅笑容同埋愛佢嘅眼神，我……居然會俾你吸引咗。」

「老實講呀，一開始我唔打算將呢份感情付諸行動，因為我知道你真係好鍾意星瑤，我知道自己唔會取代到佢喺你心目中嘅地位。」

「不過自從嗰一晚你同我講，有啲嘢應該要盡力試一次，唔應該令自己後悔之後，我就界咗一個限期自己，三個月，用三個月嘅時間

守喺你身邊，希望你可以注意到我嘅存在，改變到你嘅心意。」

「嗰一日同你食晏，啱啱好就係三個月。當我聽到你最後嘅答案，我知道自己已經失敗咗，所以由嗰一刻起我就開始有心去疏遠你，希望可以放低對你嘅感情。」

「不過去到後來我先發現，原來啲嘢唔係話分割就分割，話放低就真係可以放低。就好似今日咁，當你畀咗件褸我著，搞到自己冷親嘅時候，我真係好有衝動想即刻攬住你；又或者喺先喺山上面嘅時候，有你喺我身邊嘅一刻，我先夠膽喊出嚟。」

「所以，我真係好明白點解你會放唔低星瑤。因為……我都唔知自己幾時先可以放得低你。」就喺呢一刻，我好似獎門人個遊戲咁一嘢將紫鈴成個人拋咗去我前面。

「哇！」紫鈴俾我拋咗過嚟之後緊張到成個人攬實咗我。
「你、你做咩呀？想跌咗我落地下咩！」紫鈴扮到責怪咁同我對望住。

喺街燈映照之下，紫鈴微紅嘅臉更加動人。

「紫鈴……或者，我真係冇辦法可以向你保證到我幾時先放得低星瑤。但我可以向你保證嘅係，依家嘅我……真係好鍾意，好鍾意你，何紫鈴。」紫鈴嘅雙眼瞪大起嚟，眼眶中有一股蓄勢待發嘅淚水。

「你諗清楚你之後想講啲咩呀……」紫鈴咬咗一下嘴唇：「講咗出口之後，就返唔到轉頭㗎喇……」

「嗯，我知道。所以我想講嘅係……」我溫柔一笑。

「做我女朋友啊，好冇呀，紫鈴。」紫鈴流住眼淚嘅笑容，大概只能夠用沉魚落雁嚟形容。

「嗯，好呀，馬家樹。」紫鈴將我成個人向前一拉，我哋嘅嘴

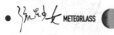

唇，互相緊接著。

『令我不普通　變得堅毅無忌　幕後有一個最大原因』
『因為妳』

呢一晚，我同紫鈴有返去渡假屋，而係坐咗喺海邊傾計，眺望平靜而安寧嘅海面。我哋傾返好多以前嘅嘢，例如紫鈴由幾時開始鍾意我咁。

「初初識你嘅時候，其實都對你有啲好感嘅……」紫鈴怕醜咁講。

「係真唔係呀，女神會鍾意我！？」我一臉驚訝。
「咁女神都可以鍾意普通人㗎啫！」紫鈴反駁。
「喂……你咩意思先……」
「嘻嘻！」

我哋挨住對方欣賞清晨嘅日出，之後我哋不知不覺咁瞓著咗，再醒返嘅時候，已經係九點幾，然後我哋拖住手，睡眼惺忪咁行返去渡假屋。

「我到喇。」紫鈴指住左邊一間渡假屋。
「咁快就到喇…… 我唔捨得呀」我將雙手放在紫鈴腰間。
「好黐纏呀你！」紫鈴甜甜一笑。
「咁男朋友想見多陣女朋友都好正常啫！」我將紫鈴拉近自己。

「其實……」紫鈴用雙手搣住我塊面：「我都好唔捨得你呀，傻瓜！」

送咗紫鈴返去之後，我都返去自己間渡假屋。喺撳咗九萬幾次門鐘之後，終於有人應我門。門都未開已經聽到阿溢講晒粗口：「晨早流流邊L個呀……」

當阿溢望到係我嘅時候，即時露出一個奸笑嘅表情扯咗我入屋：「噚晚爽啦！快啲講嚟聽下發生咗咩事！」

於是我將噚晚玩遊戲開始到今朝嘅事講晒畀阿溢講。

「家樹……」阿溢非常凝重咁搭住我膊頭。
「乜L？」我滿臉疑惑。
「你究竟有咩嘅魅力？」阿溢勁崩潰咁望住我：「竟然咁都畀你食到兩個靚女，呢個係咩世界？冇天理呀！！！」

「Diu，你一個詠琳就夠啦，其他嘅你唔恨得咁多！」我窒佢。
「挑！」阿溢講完之後突然認真起上嚟：「不過我真係想問你一句，星瑤同紫鈴，你最愛嘅係邊個？如果佢哋同時出現喺你面前，你會揀邊個？」

哈，果然係兄弟，一諗就諗到呢條令我糾結咗好耐嘅問題。

「雖然要星瑤返嚟就冇咩可能㗎喇。」我將心入面最真實嘅答案講畀阿溢聽：「不過如果要我答嘅話……」

「我依家最愛嘅，係星瑤。」
「但我會選擇嘅，係紫鈴。」

阿溢若有所思咁點咗一下頭，然後拍拍我膊頭企返起身。

「雖然我唔知你今次嘅做法啱定唔啱，但我真心戥你開心。千祈唔好辜負紫鈴對你嘅心意呀七頭！」阿溢伸出拳頭。

「知道喇！」我伸出拳頭同阿溢對擊。

噚晚個比賽我同紫鈴嗰班都輸咗，所以當我沖完涼同班同學出咗

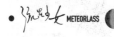

去飲完早茶之後，我哋就返去嚟渡假屋執嘢，然後攞起行李落樓，準備還返間屋畀人。

「估唔到畢業旅行咁快就完咗。」我慨嘆。

「唔快㗎喇，我哋噚晚玩咗好多Games不知幾爽，係你掛住媾女冇返嚟咋嘛！」阿溢串我：「不過咁，如果你想補返數嘅話，我哋考完DSE之後再約囉！」

「哈哈，又好！」我爽快咁講。

我哋去到碼頭，就見到其他班嘅同學都喺度等緊船，我同紫鈴一眼就望到對方，互相甜甜一笑。

「掰掰喇阿溢！遲下見！」我笑住講。
「得啦Diu！」阿溢冇好氣咁講：「我上船喇，掰！」

等到所有同學入晒閘之後，就得返我同紫鈴企咗喺度。

「走唔走？」紫鈴用帶電嘅眼睛望住我。

我將左手握住佢嘅右手：「不如行多陣先走？」我同紫鈴一路拖住手一路傾計，行到嚟西提。

「呢度好舒服呀！如果市區都有咁清爽嘅話就好喇。」紫鈴舉起雙手享受著海面吹來嘅涼風。

「所以話星瑤阿爸阿媽真係識揀……」當我講咗呢句說話出口嘅時候，我先意識到講錯嘢，於是我將句嘢完整吞返落肚：「咳咳！冇事！」

紫鈴聽到之後，轉過頭嚟睄住我。佢真係嬲喇，點搞？

「馬家樹！你咁算咩意思！」紫鈴不滿咁講。
「Sorry呀我唔係有心㗎！最多我以後唔再提星瑤！」我慌忙解釋。

「我問你咁算咩意思？」紫鈴勁大力搣住我塊臉：「邊有人話過我會介意？」

「吓！?」我擘大個口得個窿。

「你仲未放得低星瑤，會提起佢好正常啫！」紫鈴放返低手笑住講：「只要你知道我先係你女朋友就得啦！」

「有你呢個咁開通嘅女朋友真係好！」我非常感動。

「哈哈，使乜講，你今次執到寶啦！」紫鈴突然覺得疑惑：「咦唔係喎！咁即係你本來覺得我唔開通啦！！！」

頂，我又自爆喍……我一時間唔知點答：「Um……」

紫鈴哄前錫咗我嘅臉頰一啖，重新拖住我隻手，嫣然一笑：「玩你咋！傻佬。」

我哋慢慢行到嚟一個住宅區，呢度由十幾間全白色三層高嘅大屋連成一個小型村落，高尚而不失簡約。

「哈，又嚟到呢度。」我感慨咁講：「之前我為咗搵返星瑤，自己一個入咗嚟長洲搵佢，嗰陣我嚟過一次，呢度真係幾靚。」

「你鍾意嘅咪儲錢第時喺度買返一幢囉！」紫鈴講到似層層咁。

「嘩，咁睇得起我呀，成幢喎小姐！」我笑咗出嚟：「就算我買到呀，邊個同我住先？」

「嘉琪啦，你爹地媽咪啦，仲有……」紫鈴望住我撒嬌：「你第時嘅伴侶囉！」

「哦，咁即係……」我故意停一停：「你？」

紫鈴滿意咁笑一笑：「唔知呢？嘻嘻！」

就喺呢個時候，一陣優雅嘅鋼琴聲突然傳嚟。我哋順住聲音行過

去，最後停咗喺其中一幢大屋前面。

望向二樓嘅露台，我見到一個高貴嘅女性坐喺一部黑色嘅鋼琴前反覆來回，奏出動人嘅樂章。

「乜佢睇落咁熟面口嘅……」我試圖勾返起啲回憶。
「你咁講起我都有啲覺……」紫鈴沉思咗一陣。

突然間，我哋同時瞪大雙眼：「我知喇！佢係Mandy！！」

「點解Mandy會喺度㗎！？」我完全諗唔明：「佢唔係同阿彥一齊住喺天水圍㗎咩！？」

「我之前聽阿彥講過，佢媽咪仲有家姐喺好耐之前就搬咗去近琴行啲嘅地方度住，所以會唔會佢哋其實一直都住喺長洲？」紫鈴講。

「咪住先！」我一臉驚訝：「咁唔通星瑤成家人當初喺天水圍搬去長洲，就係去同阿彥屋企人一齊住！？」

「照佢哋青梅竹馬嘅關係嚟睇，呢個可能性都唔係話冇……」紫鈴默默咁講。

「今次真係有心栽花花不開，無心插柳柳成蔭，當初畀咁多力去搵都淨係得個桔，依家求其散個步嚟到呢度就一下Bingo……」我都真係唔知講咩好。

紫鈴望住我嘅反應，知道如果今日我唔搞清楚件事嘅話，睇怕都唔會安心落嚟。佢拖住我隻手，溫柔咁講：「家樹，天意嘅嘢講唔埋嘅，最緊要係好似你之前所講嘅咁，唔好令自己後悔呀嘛。依家就有個機會放喺你前面，我諗……不如就試下勇敢面對一次？」

「放心啦，我會陪住你，一直都會。」

有咗紫鈴嘅鼓勵，我哋去到大屋門前，撳咗一下門鈴。

「咔嚓。」迎接我哋嘅係一位大概五十幾歲嘅女人：「你哋係……」

雖然呢個女人上咗年紀，但佢仍然滲透出一種強而有力嘅氣場，令我不禁吞咗啖口水。

「姨姨你好呀！我哋係嚟搵Mandy㗎。」紫鈴講。
「喔，你哋係佢嘅學生？入嚟坐啦，佢喺裡面彈緊琴！」姨姨笑一笑。

「妍！你有兩位學生嚟咗探你呀！」姨姨向住二樓大叫。
「學生！？得，我依家出嚟！」Mandy回答。

當Mandy出到樓梯口同我嘅眼神接上之後，即時一臉錯愕。

「家樹！？點解……」Mandy皺起眉頭望咗姨姨一眼，再望返住我哋講：「你哋兩個跟我上嚟先啦。」

我哋嚟到Mandy位於二樓嘅琴房。

「好喇。」Mandy閂埋咗道門：「麻煩你可唔可以解釋畀我聽，點解你會知道我住喺呢度㗎呢？」

「係咁嘅……」我將頭先嘅事講晒畀Mandy聽。
「你嘅意思係，你係咁啱得咁橋先搵到嚟呢度？」Mandy問。
「嗯。」我點點頭。
「哈，真係天意。」Mandy苦笑咗一下：「咁你今日突登走上嚟係為咗啲咩事？」

「我、我想兌現返自己當日嘅承諾。」我諗咗一陣。
「我想……喺你面前彈一首歌。」
「喔？竟然夠膽喺我面前彈琴？」Mandy有啲驚喜。

老實講，我自知自己嘅能力根本唔會打動到呢位重量級導師，

但為咗明白一切,我一定要咁做。

「冇錯。」我堅定咁講:「不過。」
「嗯?」Mandy望住我。
「不過,如果我真係可以令到你刮目相看嘅話⋯⋯」我鼓起勇氣:「唔知道,你可唔可以答我一條問題?」

「好呀,幾有趣。」Mandy離開咗琴椅:「你開始啦,隨時都得。」

於是我坐咗上琴椅,準備彈奏樂曲。呢一刻,我感覺星瑤好似坐咗喺我身邊:「加油呀,家樹。」

我合埋雙眼,身體隨之配合撳落琴鍵同腳踏。我彈嘅歌,係陳奕迅嘅《富士山下》。

『誰都只得那雙手　靠擁抱亦難任你擁有』
『要擁有必先懂失去怎接受』

琴音喺室內盤旋,直到就嚟消散嘅時候就沿住窗邊飄到出去。

演奏過後,係一片沉寂。

「容許我問你一句。」Mandy終於開口:「你係咪仲諗住等星瑤返嚟?」

我望向紫鈴,發覺佢嘅眼神流露出一點點嘅不安。紫鈴⋯⋯你要等我。

我轉過頭嚟望向Mandy:「依家嘅我,真係好掛住,好掛住星瑤。掛到一個地步,係我發夢夢見佢,捉住佢叫佢返嚟。」

「如果你問我,我係咪諗住等星瑤返嚟嘅話,我可以答你,係。」我笑咗一笑:「但如果你問我,之後諗住做啲咩嘅話,我會答你我想做嘅,就只係同星瑤講清楚自己嘅心意。」

「因為依家無論喺我身邊定係星瑤身邊,都已經有一個更值得去愛嘅人。」紫鈴聽到之後,露出咗甜甜嘅笑容。

Mandy點咗一下頭:「雖然你彈琴可以話係零技巧,一睇就知你係自學死背,但見你竟然可以咁順暢彈晒一首流行曲,就知道你真係花咗好多心機同時間落去練習。」

的而且確,為咗學好呢首歌,由暑假開始到依家我幾乎每一日都會花時間練琴。

「好啦。你講啦,有咩想問?」Mandy單刀直入重點。
「真係嘅?多謝你!我問咩都得?」我深呼吸咗一口氣。
「係,咩都得。不過喺你問之前,我有啲嘢想提醒你。」
「嗯?」我不解。
「你仲記唔得上次我哋喺琴室見面嘅時候,我最後同過你講,無知都係一件幸福嘅事嚟?」Mandy講:「有啲嘢撩得太深,對所有人嚟講都冇好處。」

「我明白你都係為我好。但呢件事已經收埋咗喺我心底裡面好耐,有好多疑問係我一直都想去求證但又無從稽考,難得今次有個機會擺喺我眼前,我真係唔甘心就咁放棄。」

我再次望向紫鈴:「咁樣對我,對星瑤,對鍾意我哋嘅人嚟講都好唔公平。」

「既然你已經決定咗,好啦,我都無謂再講落去。」Mandy都算係明白事理:「你想問我啲咩?」

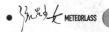

我沉思咗好一陣間，張開眼果斷咁講：「我想知道，點樣可以搵到星瑤？」

可能你哋會問，點解我會咁白痴，唔直接問「我想知道晒所有嘢」咁樣，但我咁做其實係有原因。我好希望畀一個機會自己，同星瑤坐低真真正正傾一次計。

「決定咗？係呢個問題？」Mandy帶啲疑惑：「你可以問得再深入啲㗎喎！」

「唔需要。有啲咩我自己會搵星瑤問清楚。」我答。
「嗯。」Mandy點點頭：「星瑤依家……」
「就喺長洲呢度。」

大概呢一刻，我同紫鈴嘅表情都應該從未試過咁僵硬。

「哈哈……你唔好玩啦大佬，明明你之前先同我講過，星瑤去咗英國㗎喎！」我簡直唔能夠相信Mandy啱先所講嘅嘢。

「我嗰陣的確有呃你，佢真係去咗英國。」Mandy答：「之後返咗嚟又係另一回事。」

「唔好意思，我有啲亂……」我個頭痛到就嚟裂開：「麻煩你簡短啲咁講一次畀我聽究竟發生咩事啦好冇？」

「我諗呢啲嘢，都係留返佢自己同你講好啲。」Mandy望一望錶：「佢哋都應該差唔多返嚟㗎喇。」

大量信息一次過湧入我個腦，搞到我成個人窒住咗，好似同現實世界斷咗連結。當我回魂過嚟，就發現紫鈴非常擔心咁捉住我對手。

「家樹！」紫鈴見我有返反應之後安心咁講：「嚇死人咩你，突然間

叫你又唔聽，拍你又唔應！」

「我冇事呀，放心。」我輕拍佢嘅手背。

我四周望，Mandy唔見咗：「Mandy呢？」

「佢見你成碌木咁坐咗喺度，就落咗去沖杯茶畀你飲。」紫鈴擔憂咁望住我：「你真係冇事呀嘛？」

「我真係冇事呀。」我笑一笑：「你放心啦，我啱先講過嘅嘢全部都係出自真心，我講得出會做得到。」

「我唔會放開你隻手㗎。」紫鈴聽到之後，幸福咁點咗一下頭。

「咔嚓。」房門打開咗，入嚟嘅係Mandy。

「家樹，你好返啲未？」Mandy向我遞上一杯熱紅茶：「飲啖先啦。」

「唔該晒你。」我接過紅茶：「其實我冇事，只係所有嘢都嚟得太突然，搞到我嚇親啫。」

「咁我諗如果你知道咗之後……」Mandy喃喃自語。
「知道啲咩？」我不解問。
「冇，你一陣自己問星瑤啦。」Mandy展露出苦澀嘅笑容。

就喺呢個時候……

「咔嚓。」開門聲再次響起。不過今次……係大門口。當我哋三個聽到之後，都即刻震咗一下。

「出去啦。」Mandy拍拍我大髀：「如果你仲有勇氣嘅話。」

Mandy打開咗房門，我哋三個人一齊行到樓梯口。

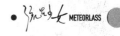

「我哋返嚟喇。」一把清澈動人嘅聲音喺一樓傳嚟。

呢一刻，我個心就好似俾人捉實咗咁，完全唞唔到氣。三個月喇，星瑤離開咗已經三個幾月喇。

當初我為咗搵返佢，每日都喺長洲遊蕩，希望命運之神可以畀一次機會我搵返星瑤。但結果，從來都冇出現過。

佢唔單只冇畀我見返星瑤，仲要一次又一次咁將一啲惡耗傳嚟我耳邊：星瑤同阿彥一齊移民咗去外國，永遠唔會返嚟……

嗰一刻，我真係好崩潰，好崩潰。星瑤唔止係我嘅回憶，更係我嘅全部。

為咗搵地方安放呢段感情，我開始自學鋼琴、研究去外國讀書，期盼住將來可以同星瑤以另一個嘅身份再次見面，親口向佢表達自己嘅心意。

直至，我第一次猏起紫鈴。嗰一晚，我唔單只猏起咗紫鈴嘅肉體，仲有佢嘅心靈。

由嗰日開始，我哋嘅關係就逐漸變得親密，紫鈴對我嘅愛意，將我由深淵之中拯救出嚟。不過拖泥帶水嘅我，因為心裡面仲有星瑤，所以唔夠膽接受紫鈴嘅心意，而且仲傷害到佢。

好彩命運之神終於願意保佑我，喺今次旅行，我總算突破咗內心嘅枷鎖，同紫鈴有情人終成眷屬。

因為經歷咗咁多嘢，我先以為自己有晒心理準備去面對星瑤。但到頭嚟，原來我都只係喺度自欺欺人。我……

「我哋返嚟喇。」一把熟悉嘅聲音喺下層傳嚟。

我哋三個慢慢行落樓梯，出現喺我眼前嘅，係一個帶住雪球冷

● CHAPTER SIX 真相大白

Every youth. Have a "Meteor" love story ......
Although beautiful. But it is fleeting

帽，著住杏色褸，笑容依舊動人，雙眼依舊明亮嘅少女。

少女同我對望住，眼神流露出一股久違嘅牽動。

「好耐冇見喇。」我微笑：「星瑤。」

星瑤窒咗半晌，深呼吸咗一啖氣。

「嗯，真係好耐冇見喇。近來幾好嘛？」星瑤微笑：「家樹。」

就喺呢個時候，一個身影喺星瑤背後冒出。

「紫鈴？」阿彥非常驚訝：「家姐，點解佢哋會喺度嘅？」
「簡單嚟講就係不請自來。但如果要我正確啲嚟講嘅話，我會話係天意。」Mandy帶住我同紫鈴去到梳化坐底。

「好啦，你哋四個慢慢傾，我同阿媽返上房先。」Mandy講完之後就同姨姨行咗上樓梯。

我哋四個對望住，一時間空氣凝結起嚟，星瑤首先開口：「家樹，不如我哋兩個出去行下？」

我望向紫鈴，佢允許咁點點頭。

「嗯，好。」我回答。
「但係星瑤……」阿彥突然開口。
「得㗎喇，我冇事。」星瑤對住我覗睇一笑：「我哋行啦。」

臨出去之前，我喺紫鈴耳邊講：「我一陣Call你。」

「嗯。」紫鈴甜甜咁講。

星瑤有意無意咁望到呢一幕，表情明顯因為咁而變得生硬。

我同星瑤行向碼頭方向。我一路上跟喺星瑤後面望住佢嘅背影，畫面又好似返返去第一次同佢接吻之後，我哋兩個一前一後坐咗喺房

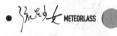

入面睇住個電腦螢幕咁。我會咁做，係因為⋯⋯我好驚知道個真相。

好搞笑呀可？當初又係我搏晒命去搵答案，當事實擺喺我眼前嘅時候，我又唔夠膽去問。

咁啱一陣微風吹過嚟，令星瑤身上嘅白蘭花香味傳嚟我個鼻。呢一陣熟悉嘅味道，依舊非常吸引。

行下行下，我們嚟到白色帳篷，屬於我們初次相遇嘅地方。

「仲記唔記得嗰一晚？」星瑤行去欄杆邊，眺望大海：「嗰一晚就喺呢個位，我第一次見到你。」

「點會唔記得。」我行到去佢隔離講：「如果唔係因為嗰日嘉琪唔得閒，我就唔會遇到你。」

「係喎，嘉琪近排點呀？」星瑤帶點關心咁講。
「佢咪又係咁，成日掛住同阿明拍拖唔理我！」我笑咗一笑。
「好心你呢個做人阿哥嘅就咪咁小氣啦！」星瑤取笑我：「嘉琪第時總要嫁人㗎嘛，佢總要離開你㗎喎！」

就喺呢一刻，嗰種抑壓喺我心入面好耐嘅負面情緒終於都要爆發出嚟。

「咁你呢。點解⋯⋯你要離開我？」我緊握著拳頭。

涼風吹過海面，令星瑤冷帽上嘅雪球隨風擺動。

「我⋯⋯」星瑤空洞嘅雙眼好似要話畀我聽一個殘酷嘅真相。

不過千言萬語最後都俾星瑤吞返入肚，換嚟嘅就只有三隻字：「對唔住。」

「我唔係要聽對唔住呀！」我稍為激動起上嚟：「我想聽嘅，係你點

解要粒聲唔出就走咗去！」

「對唔住⋯⋯」星瑤低住頭，身體逐漸變得顫抖。

望著咁痛苦嘅星瑤，我實在唔忍心再追問落去。

「星瑤⋯⋯」我緩緩踏前。

「你唔好埋嚟！」星瑤突然大叫咗一下，令我成個人呆咗喺原地：「你唔好埋嚟呀⋯⋯」

「點解呀，點解你要不斷避開我？」我不忿咁講：「你走嗰陣係咁，到依家我哋面對面你都係咁！」

「唔得⋯⋯總之你唔可以埋嚟！」星瑤抬起頭望住我，眼淚早已缺堤：「點解、點解呢個時候你又要出現喺我面前⋯⋯」

「你究竟喺度驚緊啲咩呀⋯⋯講畀我知啦，好冇？」
「唔得㗎⋯⋯我、我怕，我以後都唔捨得放你走呀。」星瑤再退後一步。

「既然唔捨得咪唔好走囉！」我追問：「你失驚無神走咗去，你知唔知道我有幾辛苦，我有幾傷心呀！冇咗你嘅日子，我好難過呀⋯⋯」

「家樹⋯⋯」星瑤喊得好勁：「好對唔住⋯⋯嗚⋯⋯」

我衝過去將星瑤攬入懷裡，星瑤本來打算掙扎，但俾我緊緊扣住。過咗冇耐，星瑤放棄咗逃走，喺我胸前喊起上嚟。

「點解呀⋯⋯明明我已經⋯⋯」星瑤喊嘅時候不斷重覆呢句說話。

聞住星瑤的體香，所有回憶幾乎一次過重現喺眼前，令我都忍唔

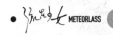
住喊咗出嚟。

身邊嘅遊客唔知換咗幾多張臉孔之後，我同星瑤先漸漸將喊聲收細。星瑤稍為推咗我一下，我都察覺到自己再冇理由繼續攬住佢，所以就緩緩鬆開手。

「好對唔住。無論係以前我突然離開你又好，抑或係依家我唔肯講個真相畀你聽都好，真係好對唔住。」星瑤再次將呢句說話講出口。

「但請你原諒我，我真係唔能夠講畀你知。」
「點解？點解去到依家你都唔肯講畀我聽？」我實在唔能夠理解：「我係當事人嚟㗎，我絕對有權知道晒所有嘢！」

「有啲嘢，知道咗就等於要分擔。」星瑤一臉沉重。
「而且呢種分擔，係返唔到轉頭㗎……」星瑤苦笑：「話說你同紫鈴啱先好親密咁喎……你哋喺埋咗一齊？」

「嗯。」我好似有一種背叛咗星瑤嘅感覺。

星瑤聽到之後，滿意咁點點頭：「咁咪好囉，有個咁好嘅女仔喺你身邊，我都冇咁擔心。」

「既然係咁，你都冇必要再對我嘅事追問落去啦，一心一意對紫鈴仲好啦係咪先。」星瑤個表情難堪到想喊咁。

「我一定會好好對佢。」我講：「但咁樣唔代表我唔會關心你呀。」

「你係我心愛嘅人，無論以前又好，依家又好，將來都好，呢個都係不變嘅事實。」我堅定咁講：「仲記唔記得我喺酒店同你講嘅嗰番說話？」

「乜男朋友……唔係應該要無時無刻都關心自己女朋友㗎咩。」
「但我已經唔再係你女朋友。」星瑤低頭細語：「你要關心嘅唔係

● CHAPTER SIX 真相大白

● Every youth. Have a "Meteor" love story ......
Although beautiful, But it is fleeting

我，而係你依家嘅女朋友紫鈴。」

「你講得啱。所以我啱先嗰句說話都應該要轉個方式表達。」我行前咗一步。

「我馬家樹一定會關心同著緊妳㗎，劉星瑤。」我微笑咗一下：「所以……就等我為你分擔下啦，好冇？」

「我、我……」我喺星瑤嘅眼神中睇得出佢嘅內心係幾咁掙扎。

點知道呢個時候，星瑤嘅表情突然之間變得好辛苦。

「好痛……」星瑤抱住頭搗低身。
「星瑤！?」我衝上前扶住星瑤：「做咩事呀，係咪吹風吹到頭痛呀！」

星瑤扶住我勉強企起身：「快啲返屋企先……」

望住星瑤痛不欲生嘅樣，我並冇再追問落去，只係想快啲趕返屋企。點知行咗兩三步，星瑤就成個人軟咗落嚟！！！

「星瑤！！！你做咩呀？」我將佢靠喺我嘅胸前。
「我冇事……快啲返屋企先……」星瑤用力咬字。
「得！你頂住呀！」我即刻公主抱起咗星瑤。

然後我就狂奔去佢屋企，望住星瑤越嚟越痛苦嘅樣，我個心好似俾刀割咁。你唔好有事呀！

轉眼間我已經嚟到白色大屋前面，我一腳伸向門口發出「砰」一聲：「開門呀！星瑤好頭痛呀！！！」

我聽到屋內有一股急速嘅腳步聲衝緊過嚟，之後門就打開咗。

「交佢畀我！」打開門係一臉驚訝嘅阿彥。

於是我就將星瑤交畀阿彥，阿彥抱住佢行去入梳化。原本坐喺梳化嘅紫鈴立即企起身讓位。

「星瑤佢做咩呀？」我急不及待咁問阿彥。

「佢嘅嘢唔使你理！」阿彥準備跑入廚房攞嘢嘅時候狠狠睥咗我一眼。

「星瑤……你到底發生咗啲咩事呀……」我望住瞓喺梳化嘅星瑤發呆。

「家樹……」紫鈴跑咗過嚟捉實我雙手，我抬頭一望，發覺佢有喊過嘅淚痕。

「你做咩喊呀傻妹？」我即刻攬住佢。

「我冇事呀……只係……」紫鈴側視向星瑤。

呢個時候阿彥攞住一啲藥丸同一杯水走去星瑤身邊。

「食藥喇星瑤！」阿彥非常關切咁講。

星瑤聽到之後強行擘開眼，稍為坐直咗個人。食完藥之後，星瑤痛苦嘅表情慢慢散去，跟住就安靜咁瞓著咗。

「我抱星瑤返房瞓陣先，你哋坐下啦。」阿彥抱起咗星瑤行咗上三樓。

我實在放心唔落，所以拖住紫鈴跟住阿彥嚟到星瑤嘅房間。估唔到，我竟然係咁樣第一次嚟到呢度。

阿彥將星瑤放喺床上面冚好被，然後將星瑤嘅冷帽除低再放去衣櫃嘅第三格。呢個阿彥……比我更要熟悉星瑤嘅一切。

望住星瑤一臉安穩嘅樣，我個心總算安定咗落嚟。我四圍望，發現星瑤間房嘅天花板貼滿咗夜光星星牆紙，非常靚。

「仲企喺度做咩？」阿彥突然從後推咗我一下：「快啲出返去，星瑤要休息下。」

阿彥推咗我同紫鈴出嚟，臨閂門前望住房間入面嘅星瑤，表情顯得非常擔心。

「阿彥，可唔可以話畀我知到底發生咩事？」我一臉關切咁講。
「咩事？應該係我問你咩事先啱呀！」阿彥突然發難捉住我嘅衫領將我推埋牆：「你知唔知星瑤為咗避開你已經用盡晒所有心力？但你就一啲都唔領情，係都要出現喺佢面前！」

望住眼前呢個聲嘶力竭嘅男人，我深深感受到佢對星瑤嘅感情唔係講下就算，而係徹徹底底，純粹，發自真心嘅愛。

或者Mandy講得啱，有啲嘢再挖落去，對星瑤同佢身邊嘅人，甚至對我嚟講都未必係一件好事。但係……我……

就喺呢個時候，一把老而彌堅嘅女聲中止咗呢場鬧劇：「阿彥，同我放手！」

我哋三個人隨住聲音嘅方向望去，發現係Mandy同埋姨姨。

「你聽唔聽到我講咩？放手！」姨姨再一次用嗰種強勢講。

阿彥只好退後一步睥咗我一眼，然後唔理所有人就跑咗落樓梯。Mandy走咗過嚟向我講對唔住：「Sorry呀，近排阿彥嘅情緒有啲波動。」

「唔緊要。」我徬徨咁講：「係呢，我可唔可以入去陪下星瑤？」
「嗯。」Mandy點點頭。

我擰轉頭望向紫鈴，佢都默默咁點咗一下頭，於是我打開星瑤嘅房門，走到喺佢嘅身邊。

「星瑤……」我摸住星瑤嘅額頭。

我靠喺床邊不知不覺咁合埋雙眼……

星瑤著住一身白色衫坐喺一個嘅平原上面，而我就躺瞓咗喺佢髀度俾佢撫摸住啲頭髮。

我擘大眼望向星瑤，聞住佢身上嘅白蘭花香。

「家樹。」星瑤低頭望住我。
「嗯？」我享受緊此時此刻。

星瑤咬咗一下嘴唇：「我……要走喇。」

「好對唔住呀。」

就喺呢個時候，成個畫面就好像較光咗咁，所有嘢都開始變得白濛濛。

除咗我。

「做咩無啦啦講呢啲嘢呀？」我跪喺度緊緊攬住星瑤：「我唔會界你走喫！」

星瑤搖一搖頭，對住我微微一笑：「再見喇，家樹。」

唔好，唔好呀！

星瑤刹那間消失喺我眼前，令我撲咗一個空，成個人迎臉撞咗落地下。

●　　●　　●　　●　　●　　●

「呀！」我瞪開雙眼，發現自己跪喺床邊瞓咗喺星瑤嘅枕頭度。

一陣夕陽嘅紅光由窗外照落我塊臉度，令我只能夠用手遮擋住光線抬起頭。然後我就見到星瑤靠喺床前睇緊窗外嘅景色。

這個畫面，大概呢一世都唔會忘記。

星瑤感覺到有動靜之後轉過頭嚟望住我：「你終於醒喇。」

「Sorry呀，我本身只係諗住入嚟望下你，點知就瞓著咗……」我唔好意思咁講：「你休息夠喇？」

「嗯。」星瑤微微一笑，重新望出窗外：「家樹，不如我哋互相交換一樣嘢？」

「你同我講關於我走咗之後你發生嘅事……我就同你講，關於我嘅事。」

我坐喺星瑤嘅床邊講起一切，就好似細個嗰時阿媽喺夜晚講故事畀我同嘉琪聽咁。

「我足足喺長洲搵咗你成個星期，但都係搵你唔到……」
「當我搵到琴行嘅時候以為可以搵到你，我真係好開心，但點知

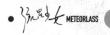

就得到你同阿彥去咗外國嘅消息⋯⋯」

「我好努力學識咗彈琴，雖然只有一首歌，但就係我哋兩個最鍾意嘅陳奕迅⋯⋯」

「紫鈴一直陪伴喺我身邊，將我由枷鎖入面拯救出嚟，於是今次畢業旅行我哋就喺埋咗一齊⋯⋯」

「去到、去到最後我就嚟到呢度，再一次見返你。」我望住星瑤，百味交雜。

星瑤望住我，露出一個滿足嘅笑容：「聽到你依家嘅生活咁幸福，我都好替你開心。」

「但冇咗你喺我身邊，再幸福又有咩用？」我痛心疾首：「星瑤，究竟一直以嚟⋯⋯你面對緊啲咩？」

星瑤咬咗一下嘴唇：「喺我講自己嘅事之前，你可唔可以應承我一件事？」

「嗯？」

星瑤凝視住我，默默講咗一聲：**「應承我，就當今次係我同你最後一次見面，聽完之後⋯⋯你要好好地放低我。」**

星瑤嘅說話令我內心更加沉重：「點解呀星瑤，畀我同你一齊分擔啦！」

「家樹。應承我吖，好冇？」星瑤伸出手指尾，誠懇咁望住我。

呢個結局我唔係一早就預咗嚟喇咩？當初我希望見得返星瑤，唔係就係為咗想好好地同佢傾一次計㗎咋咩。況且星瑤已經有阿彥悉心嘅照顧，而我亦都有紫鈴陪伴喺身邊。所以⋯⋯

「嗯。」我痛惜咁點咗一下頭，慢慢伸出右手，同佢勾手指尾。
「準備好聽故仔未？」星瑤仰望天空，陽光拆射出佢嘅淚痕。

「呢個⋯⋯係關於一個流星少女嘅故事。」

仲記得，嗰日係一個月色迷人嘅晚上。

當時小四嘅我，住喺天水圍一間好細嘅公屋裡面，屋企有兄弟姊妹，生活過得有啲枯燥乏味。

好彩住喺公屋有一樣最大嘅寶藏就係「鄰居」！所以平日做完功課之後，我最大嘅娛樂就係去樓下馬路隔籬嘅公園，同其他小朋友一齊玩。

今晚都唔例外，食完晚飯之後我同父母講咗一聲，就好興奮咁跑去公園。突然之間，我覺得天空好似閃咗一閃咁。咦，點解個頭好似有啲重咁嘅？

「差你一個咋星瑤！」住喺同一個屋村嘅阿彥坐喺韆鞦上面大叫：「快啲過嚟啦！」

「嚟喇！」我行到去班小朋友身邊，討論今晚玩咩遊戲。

經過投票決定之後，我哋決定咗玩「何濟公」嘅捉人遊戲！

「新嚟新豬肉，今次就由你做鬼啦！」其中一個小朋友講。
「好呀！」我爽快咁回答。

做一做鬼，好快就下一場啦，冇所謂！

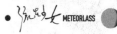

「咁我開始倒數十聲喇！」我將頭貼喺燈柱上面：「十、九、八……」

突然之間，啱先嗰種頭重重嘅感覺又再次出現，而且仲慢慢變成痛楚。

「好痛……」我揪住頭頂。
「做咩事呀？數完喇？」其他小朋友一臉疑惑。
「未！仲未呀！」我強忍住痛楚：「三、二、一，開始！」

講完之後我就擰轉頭開始狂奔，啲小朋友為咗避開我開始逃跑。我追住阿彥：「咪走！」

正當喺我捉到阿彥嘅一刹那，佢突然抱胸大叫：「何！」

哎呀！慢咗一步咮！

呢個時候，我嘅視線突然變得朦朧。我伸出手希望可以捉實附近嘅嘢，但事與願違，我一直都喺度撲空。隱約之間，我感覺到一股強光喺我隔籬急速接近，我瞇起眼一望，原來係嚟自一架大貨車。

「咘咘！」我個頭又開始痛，並且遠遠超過咗我嘅承受範圍，令我即時眼前一黑。

「星瑤！」
「砰。」

●   ●   ●   ●   ●   ●

「阿女呀……」媽咪把聲將我喺漆黑之中叫醒。

我慢慢擘開雙眼，見到媽咪緊握住我隻手低頭痛哭，而爹地就企喺佢隔籬。

「媽咪……爹地……？」當我想開口講嘢嘅時候，個頭即刻變得好重：「你哋做咩喊？」

佢哋見到我醒返之後情緒好激動，跟住爹地跑咗出去房外面。講起上嚟……我唔係喺公園玩緊嘅咩？我依家喺邊？

「我哋冇事呀女，所以你都唔會有事！」媽咪嘅眼淚一直都冇停過。

嗯？我會有咩事？

過咗冇耐，就有一班著住白色衫嘅人急步走到嚟我面前。佢哋係天使？

「小朋友，你記唔記得自己叫咩名？」企喺最前嘅男人問我。

佢喺度講緊咩呀？

我回答：「記得呀，我叫劉星瑤。」

「咁就好喇。」佢一邊講一邊喺手上嘅記事板到寫嘢：「你好呀星瑤小朋友，我係你嘅主診醫生。」

哈哈，原來唔係天使！咦，咪住……醫生……？

「你個頭依家仲痛唔痛？」醫生繼續問我：「你噚晚喺公園玩嗰陣暈低咗，送嚟醫院之後我哋發現你有腦水腫嘅跡象，所以就幫你做咗個緊急外科手術。」

「手術雖然好成功排走晒你個腦裡面多餘嘅腦脊液，但你就一直瞓到依家。」

我個腦依稀掠過噚晚嘅片段，當時我嘅視覺突然之間變得好朦朧，於是我分唔清方向咁行咗出馬路，咁啱有一架貨車喺側面高速駛

埋嚟，就喺佢就嚟撞到我嘅時候，有一個人將我扯走，之後……我就冇晒印象喇。

我伸手摸一摸頭頂，發現有一層層嘅紗布包咗喺上面。

「冇頭痛喇醫生。幾時先可以拆走啲紗布？」我回答。
「起碼要等傷口埋咗口先可以拆。」醫生講：「不過每日洗傷口嘅時候都會拆開嘅。」

我沿著頭頂往下摸，跟住個心就好似停止咗跳動一樣。

冇、冇咗嘅……我啲長頭髮呢！？

「醫生，我啲頭髮呢！？我啲頭髮去咗咗邊！！！」我一臉驚慌。

醫生望住我，用官方嘅語氣答我：「因為手術關係，我哋將你大部分嘅頭髮剪走晒。」

跟住落嚟佢講咗啲咩，我已經冇心機聽落去。

「點、點解呀！我啲頭髮呀！！」我喊起上嚟。

媽咪見到我崩潰嘅樣，即刻衝咗過嚟攬住我安慰咁講：「唔緊要㗎星瑤，頭髮好快就會生返嚟喇傻女！」喊下喊下，我又重新去到漆黑一片。

當我再醒返嘅時候，已經係一日之後嘅朝早。

「醒咗喇？」醫生再次走入嚟。
「爹地媽咪呢？」我問。
「佢哋返咗去幫你執啲日用品，轉過頭就會過嚟探你㗎喇。」醫生問：「今日有冇見頭暈咁呀？」

「冇呀。」我摸一摸頭頂，個心仲係悶悶不樂，眼淚又再次喺眼眶打轉。

醫生又喺度寫筆記：「其他地方呢，有冇見痛呀唔舒服呀咁樣？」

「都冇。」我鬱鬱咁講。

係喎！講起上嚟，唔知道嗰晚救我嘅人有冇受傷呢！？

「係呢醫生，救我嗰個人呢？佢依家喺邊度？」我緊張咁問。
「救你嗰個人？」醫生遲疑咗一下：「哦，你係講緊嗰個男仔呀嘛！」

「男仔？」我一臉不解。
「係呀，係佢拉你返上行人路。」醫生微笑：「不過佢隻手因為咁樣整傷咗，所以依家喺隔籬房。」

「我可唔可以去多謝佢？」我衷心咁講。
「嗯……你依家個身體……」醫生有啲苦惱。
「畀我去啦醫生！」我就嚟要喊出嚟。
「唉好啦！」醫生向身邊嘅護士姑娘講：「麻煩你帶小朋友去隔籬房啦。」

我拖住護士，嚟到男童病房一個右手包到好似隻糭咁嘅男仔面前。

「星瑤嚟咗探你喇。」護士講。
「係你？」我一臉驚訝。
「Hello!」男仔坐咗喺病床上面，溫柔一笑。

明明傷得咁重，仲笑到成個白痴咁！！！你真係一個大白痴嚟㗎……

阿彥。

　　第二日朝早，我趁住早餐時間偷偷地走咗去阿彥嘅病房。

　　「高晉彥！」我喺床邊一嘢彈出嚟，將阿彥嚇到連牛奶噴埋出嚟。

　　「嘩，你想嚇死我咩！」阿彥用左手執返隻餐碟。
　　「你隻右手冇事吖嘛？」我關心咁問。
　　「冇事啦，骨折啫！」阿彥一臉輕鬆。
　　「骨折啫！？骨折都俾你講到咁兒戲！！！」我好似鬧佢咁講。

　　「哎，真係唔使擔心喎，純粹係我媽咪唔放心，先叫醫生留我一兩日院！」阿彥拍拍自己隻石膏手。

　　「係真唔係呀……」我雙手托頭咁挨住阿彥床邊：「你唔好呃我喎……」

　　「我點敢呃你呀！我向你保證！」阿彥伸出左手。
　　「嗯！」我伸出手，同阿彥嘅手指尾互相緊扣。
　　「係喎，咁你冇事呀嘛！？」今次輪到阿彥緊張起上嚟。
　　「我？」我諗咗一下醫生之前嘅說話：「應該冇事啦！」

　　「咁點解你嗰陣會暈嘅？」阿彥不解。
　　「嗯……」我撳住自己個頭，將成件事講咗一次畀佢聽。
　　「唔係啩……」阿彥擘大雙眼望住我個頭頂：「喺個頭上面切一刀咪好痛囉……」

　　「出面痛都好過裡面痛啦係咪先！」我笑咗一笑，但好快又傷心起嚟：「只不過我啲頭髮就……」

「唔緊要啦！」阿彥用誠懇嘅眼神望住我：「喺我心目中，你永遠都係咁靚！」

「真係嘅！?」聽到呢句說話，我真心覺得高興。

「梗係啦！就算因為咁樣而冇人同你玩，我都唔會扰低你！」阿彥摸一摸我頭頂。

「多謝你！」我捉住阿彥隻手。
「嗯！」阿彥微笑。

我同阿彥真正算得上青梅竹馬嘅關係，就喺呢一刻開始。嗰陣我喺度諗，只要等到大家遲下一齊出院，我哋就可以返到去無憂無慮嘅生活。

可惜幻想終歸都係幻想，而現實，總係會將佢無情咁摧毀。

呢一晚，我諗住喺晚飯時間再潛入去阿彥間病房。點知就喺我準備轉彎入去嘅時候，我個頭突然之間又再次痛起上嚟，而且仲要痛到就嚟要裂開咁。

「好痛、好痛呀……」我撳住頭頂痛苦咁呻吟。
「星瑤！!!」阿彥大叫：「救命呀！救命呀！」

然後，視野再次變得黑暗，周遭嘅聲音亦隨之消失。

當我再次有返知覺嘅時候，我已經瞓咗喺病床上面。

「點會咁㗎！」一把熟悉嘅聲音喺房外傳嚟，我轉過頭望去，原來係媽咪。媽咪嚎哭：「點會咁㗎！!!你明明話手術好成功㗎，佢已經冇事㗎，好快出得院㗎!!!」

「太太你冷靜啲先。的確我哋第一次嘅手術係好成功，當時所有積水都排走晒。」主診醫生回答。

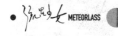

「但後來星瑤嘅腦部再次有水腫跡象,我哋再次同佢進行手術排水嘅時候,發現佢個病情唔係咁簡單。」

「即、即係點?」媽咪一臉驚惶。

「星瑤患有嘅⋯⋯係多形性黃色星形細胞瘤。」

「每年全港新增惡性腦腫瘤嘅個案大概係七十宗,星形細胞瘤嘅病人佔十二宗,而多形性黃色星形細胞瘤更加只係佔當中嘅百分之一。」

「換言之,患上呢個病嘅機率係七百萬分之一⋯⋯」

「我唔係要聽你講呢啲呀!」媽咪大喝一聲:「我只係想知道,星瑤幾時先可以好得返⋯⋯」

「太太⋯⋯我諗你要有心理準備。」醫生沉重咁講。

求下你⋯⋯千祈唔好⋯⋯

「星瑤患嘅⋯⋯係不治之症。」呢一刻,我見到媽咪嘅眼神係幾咁絕望。

「呢個腫瘤喺星瑤嘅大腦之間,周圍涉及好多條神經線,加上星形細胞瘤會擴散生長,所以好難完全切除,只能夠用藥物壓制。」

「好彩多形性黃色星形細胞瘤生長速度非常慢,而星瑤呢粒瘤嘅面積亦非常細,所以只要定時覆診確保腫瘤穩定嘅話,應該就可以過返正常人嘅生活,唔使有所顧慮。」

「假如腫瘤增生嘅話,只要進行手術移除增生部分,再繼續觀察就冇問題。」

「即係話星瑤可以好似正常人咁活到老?」

「呢層我哋唔可以確定。」醫生回答:「根據以往嘅案例嚟講⋯⋯能夠活到二十歲已經係好好。」

「唔會㗎、唔會㗎！！！」媽咪跪咗喺地下扯住醫生嘅白袍。

　　唔好……求下你唔好咁……

　　「求下你盡力啦醫生，我知道你救到星瑤㗎係咪？」媽咪痛哭：「你答我呀，係咪呀！」

　　唔好咁、唔好咁呀……

　　點解，點解咁細嘅機率偏偏要俾我撞中？我只係剩返十幾年嘅人生？點解、點解！！！

　　究竟係邊個幫我決定緊我嘅人生？係咪祢呀上帝？乜祢係咁狠心㗎咩？如果祢係咁狠心，點解祢唔直接攞走我條命，要等我喺呢度苟且偷生？

　　可惡，可惡！！！

　　　　　　● 　　● 　　● 　　● 　　● 　　●

　　之後嗰幾日，天空都落住毛毛雨，望出窗外都令人變得空洞無神。

　　「星瑤，夠鐘食飯喇！」護士姑娘遞上一碟午餐。
　　「唔使喇。」我冷冷咁講。
　　「但你咁樣好難好返㗎喎？」護士溫柔咁講，可惜我聽落嚟就好刺耳。

　　「唔係呀！我永遠都好唔返㗎喇！！！」眼淚早就流乾，剩低嘅只

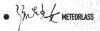

有我嘅哀號。

「星瑤。」就喺呢個時候，一把久違嘅聲音喺房外面傳嚟。

抬頭望向前方，我展露出久違嘅笑容：「阿彥？！」

阿彥跑咗過嚟捉住我對手，佢嘅體溫一點點咁傳嚟我身上，令我冰冷嘅內心再次溶化，淚水再次湧出。

「我好驚呀⋯⋯」我哽咽咁講。
「唔使怕喫星瑤。」阿彥攬一攬我，輕拍我背脊：「仲記唔記得我之前同你講過，無論你變成點，我都會永遠陪住你喫嘛！」

「所以⋯⋯就等我陪住你，一齊對抗病魔啦，好冇？」

有阿彥呢個好朋友，我真係覺得好欣慰⋯⋯喺我就嚟俾車撞嘅時候，係佢將我由死神身邊拉返出嚟；喺我最徬徨無助嘅時候，係佢鼓勵我。

「多謝你呀。」我抹去臉上嘅眼淚。

我諗，我終於知道點解上天唔即刻攞走我嘅生命。因為，佢係想我趁住呢段時間，好好報答身邊愛我嘅人。

從呢一日開始，我重新努力生活，我嘅生存意義，唔再只係為咗自己，而係為咗人哋。

就係咁，我好快就出咗院，病情亦開始穩定落嚟。

返到屋企之後，爹地媽咪好驚我再出意外，所以變得非常嚴苛，除咗返學放學同喺佢哋嘅陪同之下可以出街之外，幾乎唔畀我踏出屋企半步。

本來我都冇咩所謂嘅，反正我已經決定咗要好好報答佢哋，佢哋想我點咪點囉！

不過，咁樣我咪見唔到阿彥囉！？梗係唔得！於是我成日都會喺度嘈，希望爹地媽咪可以對我寬鬆啲。

「畀我出去啦！」某一日我又喺度同佢哋拗。
「講咗幾多次呀，唔畀你出去係為你好，一陣你喺街度又暈低俾車撞咁我哋點算！」佢哋講：「一係就等我哋陪你出去，一係就留返喺屋企！」

「蠻不講理！」我大叫。
「蠻不講理？！我蠻不講理？！」媽咪突然發惡，仲要係非常惡嗰隻：「為咗你，我哋使咗幾多錢呀你知唔知？為咗你，我哋擔心咗幾耐你又知唔知？點解我哋要受呢種苦，而你就可以喺度大聲話我哋蠻不講理？」

聽住呢啲尖酸刻薄嘅說話，我嘅內心不斷波動，最後化為眼淚，喺眼角不斷湧出。

當媽咪見到之後，即刻衝咗過嚟攬住我。

「對唔住呀星瑤，對唔住……」母親同我一齊喺度喊：「原諒媽咪啦……」

大概，佢哋為咗我已經承受咗好多不必要嘅痛苦。對唔住呀，爹地，媽咪。

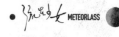

　　我一定會好好報答你哋㗎。由呢一日開始，我冇再違抗佢哋嘅命令，聽聽話話做一個乖乖女。

　　雖然我出唔到去搵阿彥，但佢會成日趁住爹地媽咪出咗去嘅時候嚟到我屋企門口搵我傾計。

　　住得近就有呢樣好處，哈哈！

　　時間過得好快，轉眼間就小學畢業，而我都準備揀中學。

　　「你會揀邊間中學？」阿彥問。
　　「唔知呀，等爹地媽咪決定啦。」我笑一笑：「只要佢哋鍾意就好。」

　　本來我以為爹地媽咪一定會揀最近屋企嘅中學，等佢哋可以好好睇實我。點知佢哋得出嚟嘅結論就令我非常震撼。

　　「咩話！?想搬屋！?」我大吃一驚。
　　「冇錯。」佢哋講：「我哋覺得呢度風水唔係幾好，對你病情冇咩幫助。」

　　「我哋會揀好咗地方之後再幫你搵間近嗰度嘅中學。」
　　「雖然我哋已經有乜錢，但為咗你，我哋一定會揀個最好嘅地方。」

　　我將呢件事情講咗畀阿彥知。

　　「唔係啩！?」阿彥擔憂咁講：「咁我咪即係好難再見到你……？」

　　「嗯……」一諗到要同最好嘅朋友分開就覺得好痛苦：「不過唔使擔心啦，我哋仲可以用電話保持聯絡㗎嘛！」

　　「唔得！星瑤，呢件事等我處理。」阿彥忽然企起身。

「吓？我哋只係小學生咋喎，可以做到啲咩？」
「我做唔到啫。但我媽咪一定做到。」

　　結果嗰一晚，除咗阿彥之外仲有兩個人嚟咗我屋企——阿彥嘅媽咪高姨姨同家姐。

　　「請問有啲咩事呢？」父母一臉難堪。始終阿彥為咗救我而跌斷咗隻手，我爹地媽咪當然買佢哋怕。

　　高姨姨率先開聲：「雖然我之前講過唔再追討當初嗰件事，咁係因為阿彥不斷為星瑤求情。不過啱先阿彥同我講，佢打算重新索償。」

　　「咩話！？」我爹地驚慌咁講：「雖然我知道錯嘅係我哋，但你哋都知星瑤依家咩情況㗎啦……我哋真係有多餘錢賠畀你哋……」

　　「放心，錢我大把。」高姨姨回答。
「咁你哋想要啲咩！？」
「我哋想要嘅，係一個等價交換。」
「嗯？」爹地媽咪感到不解。

　　「我同我個女阿妍嚟緊將會搬入去長洲一幢三層大屋。」高姨姨講：「我所講嘅等價交換就係——從今而後我唔再追究返以前嘅事，但你哋就必須搬過嚟同我哋一齊住，等我哋可以照顧星瑤。」

　　當初，我實在唔明白天下間點會有啲咁筍嘅事，竟然有人肯送間大屋畀陌生人住，仲要幫人照顧個有絕症嘅女？

　　後來我先知道，原來高姨姨會幫我，一嚟係因為佢本身對我嘅印象都唔差，所以知道我發生咗啲咁不幸嘅事之後都好同情我，所謂天下父母心，做人媽咪嘅點會唔明白仔女有事嘅感覺？

　　不過最重要嘅係原來阿彥喺高姨姨面前求咗佢好耐。高姨姨話阿彥雖然只係一個小六生，但佢睇得出阿彥真係好想幫我，最後佢就畀

阿彥嘅說話感動咗，選擇去幫我呢個毫無關係嘅陌生人。

由於爹地媽咪實在花咗太多錢喺我身上，已經有能力再負擔起環境好啲嘅租金，所以經過一番商量之後，即使要寄人籬下，佢哋都甘心為咗我而搬去長洲度住。

好多謝你哋呀，爹地，媽咪，阿彥，高姨姨。

就係咁，我搬咗去長洲嘅西提大屋，讀長洲官立中學，每逢星期六就同喺天水圍讀緊書嘅阿彥一齊去到銅鑼灣嘅聖保祿醫院覆診，風雨不改。

同一屋簷下，我同阿彥嘅家姐Mandy都成為咗好朋友！

「Mandy你彈琴好勁呀！」某一日我喺琴室聽到Mandy演奏緊一首非常困難嘅樂曲。

「細細個開始就俾媽咪訓練，差唔多啦！」又有才華又有氣質嘅少女，真係令人羨慕。

「你試唔試下？」Mandy講。
「好呀！」我走過去坐低，隨便敲打琴鍵。

點知道就喺呢個時候，Mandy突然一臉難以置信咁望住我。

「做……咩？」我以為自己整爛咗啲咩。
「你真係冇學過彈琴？」Mandy問。
「……冇呀。」
「等等，我叫媽咪過嚟。」

於是我喺高姨姨嘅評鑑之下再次胡亂咁彈起琴。我都係第一次見高姨姨露出咁驚訝嘅表情：「你……天妒英才……」

「嗯？」我眨眨眼。

自從嗰一日開始，我每日放學嘅活動就係跟Mandy同高姨姨學琴。佢哋淨係用咗三隻字概括：「有天分」。

學琴嘅過程雖然好辛苦，但諗落其實都唔係一件咩壞事嚟。一嚟，我都好鍾意鋼琴聲，好鍾意陶醉喺樂曲之中；二嚟，反正我都唔可以出去玩㗎啦，倒不如喺屋企搵下啲樂趣！最重要嘅係，只要係佢哋想嘅，我都甘心去做。只要……咁樣做可以報答到佢哋嘅話。

●　　　●　　　●　　　●　　　●　　　●

時間慢慢咁流走，無論我嘅病情、日子、人生都好似冇太大變化。究竟，呢樣係一件好事定壞事？

我嘅鋼琴喺短短三年之間就考到演奏二級，始終我每一日都喺度苦練緊，唔進步神速就奇啦！

爹地媽咪見我嘅身體情況非常穩定，加上我又大個咗，所以佢哋終於都肯放寬返之前嘅嚴格措施，畀我喺星期六覆完診去玩，條件係要夜晚十點之前返到屋企！

對於我嚟講，呢個真係天大嘅喜訊！就喺星期六阿彥陪我覆診嘅時候，我就將呢個消息講咗畀佢聽。

「真係㗎！？恭喜晒！」阿彥雀躍咁講：「既然係咁，一於就等我帶你周圍行下！」

自此之後，我開始接觸到好多以前冇試過嘅嘢，去傢私舖食熱

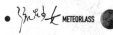

狗、坐纜車、自己做D.I.Y.手飾……呢一切，都令我充滿新鮮感。

　　本來，我以為自己好安於以前嗰種為人哋而活嘅生活，永遠都唔會再改變。但隨住時間嘅流逝，我開始動搖喇，我漸漸萌生出一種好貪心嘅諗法。我想……認識多啲呢個世界。

　　然後……個天就畀我遇到佢，馬家樹。

　　佢改變咗我嘅諗法，令我重新認識到——原來劉星瑤，都可以有屬於自己嘅人生。

　　嗰年暑假，嗰個晚上，嗰段回憶，嗰個……你。

　　喺長洲嘅白色帳篷下，我第一次遇到佢。佢傻下傻下嘅舉動，都令我發自真心咁笑咗出嚟，令我好想了解佢多啲。

返到屋企之後，我發現自己嘅IG Shop多咗一個Follower。打開一睇，果然係佢！

　　我㩒咗入去佢IG，睇住佢啲相。佢嘅劇社、家庭、生活……一切一切，都係非常普通，但就令我好有興趣。

　　自從嗰日開始，我每晚臨瞓前都多咗一個動作，就是Stalk佢個IG。不過好可惜，佢唔係一個成日Update近況嘅人，所以呢個星期以嚟都冇咩特別嘢可以睇。

　　到咗星期六，我喺度手舞足動咁同阿彥講緊呢個男仔嘅事，我取笑咁講：「勁搞笑囉佢，佢應該係唔知道佢細妹未畀錢我，所以嗰陣一聽到我要收佢錢，即刻連眼都突埋！」

　　「係喇星瑤。」阿彥突然之間望住我。

　　「嗯？」我一臉微笑咁望住佢。

呢一刻，我喺阿彥嘅眼神入面感覺到，佢好似準備同我講一樣一直以嚟我都隱約感受到，但唔肯去承認嘅事。

阿彥溫柔咁講：「你覺得我哋兩個……」

「嘩！原來我哋就遲到喇！！！」我打斷咗佢嘅說話，一個箭步跑走咗：「行快啲啦，阿彥！」

阿彥眼見錯失咗機會，唯有默默咁點咗一下頭，加快腳步追返上我。

白痴……我真係一個大白痴！明明我一早就同自己講好咗，唔好畀自己同阿彥有機會發生呢種情況㗎嘛！

人生，往往就係咁出奇不意。以為啱先已經夠驚嚇？原來，仲有更加大嘅笑話喺後面等緊我。

「你嘅細胞瘤有滲透變異嘅跡象，相信一年之內就會觸及半個腦部，然後……死亡。」

嗯，一個死神同我開嘅笑話。覆診之後同阿彥一路行，個腦不停反覆諗緊醫生頭先講嘅說話。

「藥物雖然能夠暫時壓抑住腫瘤嘅增生，但萬一粒瘤再次變異嘅話我哋將會無法再用軟方法控制，只能靠進行手術不斷切除增生部份。」

「但呢種瘤係唔可以完全切除，可能要每一兩個星期就做一次手術切走增生部份，換言之星瑤要承受嘅就係每半個月開一次刀……就算星瑤身心都真係可以承受到，但呢個都唔會係一個好嘅方法。」

「因為，呢種方法持續嘅時間或者就係星瑤餘下嘅成個人生。所以我嘅提議就係……」

「星瑤！」阿彥抬起頭望住我：「頭先個醫生簡直係無稽，竟然叫人等死！放心啦星瑤，一定仲有其他方法㗎！」

「嗯。」我點咗一下頭。

其實由我接受到自己有絕症嘅一刻，我已經一早預計到呢一日嘅來臨。

但我真係好驚。我好驚返返去醫院嗰張病床，好驚死咗之後會喺一個點樣嘅世界，更加驚自己再冇時間好好報答我身邊嘅人。

不過依家嘅我，仲多咗樣好驚嘅嘢。

阿彥陪住我返到屋企，召集咗兩家人喺餐枱上面坦白我嘅病情。大家聽完之後並冇過份崩潰，只係表情都變得沉重起嚟。大概，佢哋同我一樣都已經有晒心理準備。

又或者係，呢一刻連身為當事人嘅我都冇太大反應，佢哋又憑咩呼天搶地？哈哈。

「咁啦。」高姨姨率先開聲：「原本我都唔打算畀星瑤行呢條路，但如果真係想救佢嘅話，我諗呢個係最後嘅辦法。」

「我識得有個喺英國嘅腦科權威醫生，佢曾經幫過啲病人做腦部星形細胞瘤完全切除手術，而且都有成功嘅個案。」

「咁即係話有人唔成功？」Mandy問出重點。
「呢樣就係令我卻步嘅原因。」高姨姨嘅眼神變得非常苦澀：「佢幫過十個人做呢個手術，當中只有一個成功。」

「而其他嘅病人……全部當場死亡。」
「當然啦，呢個醫生事前已經講到明好高風險，所以佢每一次都係同病人家屬傾掂晒數，白紙黑字寫晒免責聲明先會做手術。」

● CHAPTER SIX 真相大白

Every youth. Have a "Meteor" love story ......
Although beautiful, But it is fleeting

「換言之我想講嘅係,」高姨姨注視住我同埋爹地媽咪:「你哋有冇呢個決心去接受呢個手術?」

仲使問嘅,我就梗係有。反正去到手術室,我都係打咗麻醉針之後就咩都感覺唔到,所以手術成唔成功,個分別就只係喺我眼前一黑之後仲會唔會見得返光明啫。

「我冇問題。」我堅定咁講。

爹地媽咪聽到我嘅決心,都冇再點討論,直接點頭。高姨姨繼續講:「不過手術要排期,而手術前後嘅時間最好都喺嗰邊休養,所以我會幫你哋安排移民英國,而移民嘅形式就係『專才計劃』。」

「我喺嗰邊識得啲好出名嘅鋼琴家,如果佢哋肯收星瑤做徒弟嘅話,咁你哋一家三口就可以透過『專才計劃』申請去英國長期居住。」

「佢哋大概會喺九月頭嚟香港做交流,所以到時候我會安排星瑤去面試。以我嘅交際層面同埋星瑤嘅鋼琴天分,要佢哋點頭絕對冇難度。」高姨姨以信心保證。

「咁即係話……」我望住所有人:「我只係得返呢個暑假?」
「傻妹嚟嘅,你仲有成世!」父母安慰我。

在座所有人包括我自己在內,都知道呢個只係善意嘅大話。

換言之,我只係剩返兩個月……我好驚自己仲未可以好好認識呢個世界就已經要走。

點解我要咁遲鈍,點解我要到去依家先識得咁諗?冇時間喇……唔係,我仲有時間,兩個月嘅時間。

我要重新認識呢個世界!!

我匆匆跑返上房間執拾細軟,然後趁冇人注意嘅時候偷偷地離家出走。臨走之前,我喺餐枱留低咗一封信。

VIII　　VII　　VI　　VII　　VIII　North

親愛的父親,母親,高姨姨, Mandy:

　　可能你們已經發現到我偷偷離開了對吧.

　　放心,我才不會做出甚麼壞事,遺下你們在此聲痛哭的.
我只是想趁這兩月時間,好好認識一下這個世界.

　　對,重新認識這個世界.

　　以前的我浪費掉太多時間在渾渾噩噩了,所以現在的我
很希望能夠彌補這個遺憾.這段期間你們不會找到我,
不過我向你們保證,我總有方法向你們報平安,所以千萬不要
報警......哈哈.

　　總言之,兩個月後我會回來,然後乖乖的跟你們到
英國做手術.雖然現在這樣說有點兒不吉利,但是......
我愛你們喔.

　　　　　　　　　　　　　愛你們的流星少女

　　　　　　　　　　　　　星絲

外面嘅陽光猛烈，令我充滿力量。我拎起手機影低咗呢個藍白色天空，將張相Post咗上IG。

「嗯……冇錯。」我打緊Caption：*「讓我有個美滿旅程！」*

以前成日聽人講，衝動係一件好青春嘅事，不過當你冷靜咗落嚟之後，就會發覺同踩屎冇分別。

依家，我終於都明白呢句嘢係點解。

「弊！原來我有乜錢㗎！？」我望住自己嗰個得返千幾蚊嘅銀包，完全唔知可以點應付衣食住行嘅問題。

諗咗一陣，我都係決定先搵一個落腳點，於是打咗界阿彥。

「星瑤？星瑤！」阿彥擔憂咁講：「你去咗邊呀？你知唔知道全部人睇完你封信之後都好擔心呀？」

「放心啦我冇事！不過有啲嘢想你幫手。」我笑一笑。
「我想嚟你度住兩個月。」
「咁梗係得啦！但你之後想做啲咩？」
「嗯……」我諗咗一陣：「未知㗎，總之就係出去認識下呢個世界！」

「咁不如等我陪你去認識呢個世界！」阿彥講。
「傻㗎你，以前又係同你，依家又係同你，咁邊算係認識呢個世界！」我答：「總之你就當係借咗間房界個外人住咁就得㗎喇！吖記住唔好同佢哋講我住喺你嗰度喎！」

我會咁樣拒絕阿彥，因為我唔希望佢同我會有太多機會接觸，然後又扯返去上次個話題度。始終……我都只係一個有絕症嘅病人，根本就唔值得擁有愛情。

「咁點得㗎？」阿彥拒絕咗我嘅要求：「萬一你自己喺出面發生咗啲咩事嘅話，邊個可以即時照顧你？」

「基於安全起見，一係就等我陪住你，一係我就即刻同Auntie Uncle講，捉你返屋企！」

「好叻咩，最多我咪唔住你嗰度！」我聽到成肚火，忍唔住大聲鬧佢：「高晉彥，正衰人！」

未等到阿彥答我，我已經Cut咗線，順手將佢Block埋。

雖然唔使半秒之後我就已經反省到，其實阿彥只係擔心我先會咁講，不過礙於面子問題，我先唔會搵返佢：「衰人！」

好，再次還原基本步。我嘅衣食住行要點解決呀？！

喺冇辦法之下，我決定由IG入手，我求其自拍咗一張相，再連同求包養嘅Caption upload咗上網。

本來我已經打定輸數，事關咁無稽嘅Post邊會有人理我先得㗎！點知令我估唔到嘅係，竟然真係有人搵我，而且仲要跑到身水身汗咁出現喺我面前。

「Hello……？」佢怕醜嘅樣實在令我忍唔住笑出嚟。
「係呢！其實我都仲未知你叫咩名喎。」我上揚起嘴角。

「我？我叫馬家樹。」佢難為情咁講
「你好！我叫劉星瑤！」我伸出手。

佢瞪大雙眼同我互相對望，手都震晒咁握實我隻手。哈哈，真係好可愛！嗰個傻瓜就係你呀，馬家樹。

嗰一晚，我住咗去佢嘅屋企，識咗佢細妹，正式展開咗真正屬於劉星瑤嘅人生。

　　我跟住佢哋兩個嘅步伐，慢慢適應咗呢個唔使有門禁，唔使困喺房度彈琴，可以盡情做返自己嘅生活。

　　做返自己即係點？哈哈，我都唔知，我從來都唔知道乜嘢係自己。

　　隨住我哋慢慢熟絡起嚟，我開始對家樹產生咗更加多嘅好感。呢個男仔其實冇咩特別，但唔知點解我就硬係俾佢深深吸引住。

　　不過，我知道我係一個有絕症嘅病人……好啦，唔講呢啲傷心嘢喇，不如講返啲得意嘢先！

　　原來呢個世界真係好細，估唔到家樹劇社入面嘅女主角，居然就係阿彥其中一個朋友！我記得喺阿彥IG度見過呢個女仔。

　　佢擁有一把秀麗嘅黑色長髮，女神級嘅樣貌身材……真係令人羨慕！

　　我諗佢一定好多人追啦！唔知道家樹對佢有冇意思呢？點知道就喺家樹排戲嘅時候，佢同呢個女仔居然攬埋一齊！！犯規，犯規呀球證！！！

　　咦……我到底喺度呷啲咩醋？後來聽家樹講，原來佢個名叫做何紫鈴，真係一個好好聽嘅名。

　　愛情會令人盲目，本來我都唔太信㗎！但原來，愛情就好似一種魔藥咁，真係會令人神魂顛倒。尤其係嗰個……吻。

　　喺偶然之下，我同家樹擁有咗第一次接吻，一個好甜嘅吻。但係我唔值得擁有，於是我開始好冷淡咁對待家樹。因為我好驚自己嘅動情會傷害到家樹。

　　不過好可笑嘅係，雖然我不斷喺度扮晒冷漠，但只要俾家樹氹兩氹，我就即刻成個人心軟起嚟。

就係咁，我應承咗家樹一齊去做義工。嗰日係一個好特別嘅日子，識咗阿溢、詠琳、阿明、葉婆婆同埋一班好可愛嘅小朋友。

更重要嘅係，我確切明白到自己嘅心意。因為葉婆婆同我哋講：「有啲感情，錯過咗就追唔返」，所以我喺所有人面前，將對家樹嘅愛放落音符入面送畀佢。

由嗰一日起，我同家樹展開咗一段甜蜜嘅時光。呢個傻瓜，有時會搞到我好燥，但有時又會搞到我笑唔停。

呢一切都令非常我留戀，恨不得可以持續一世，但我嘅一世……仲剩低幾耐？我，真係好唔捨得你呀……

就喺去台灣旅行嘅前一日，我瞞住家樹嚟到銅鑼灣覆診，希望睇下我呢個身體仲可唔可以搭飛機。點知就喺醫院門口撞到阿彥。

「點解你會喺度㗎！?」我一臉不解。
「我同醫生講，只要你約佢覆診嘅話就通知我。」阿彥講：「星瑤，我聽紫鈴講你身邊有個男仔，佢係咪就係你之前提起嗰個？你係咪住咗喺佢屋企？點解你要咁做？」

「咩叫點解我要咁做？我鍾意點做咪點做囉，唔通做咩都要徵詢過你意見？」大概，今次係我有病嚟咧，第一次覺得要為自己做主。

阿彥一臉痛心：「我為你付出咗咁多，點解你唔諗下我嘅感受？」

唔好！唔好依家同我講！

「星瑤，我好鍾意你。」
「我……」我完全唔知道可以點樣面對。
「我已經同屋企人傾好咗，我會陪你去英國。」阿彥凝視住我：「但因為嗰邊需要至親嘅關係先可以一齊移民，所以……」

「你同我結婚啦，好冇？」

我發咗呆咁企喺度，好耐都講唔出說話。結婚呢樣嘢對我嚟講一直都只係個夢。

縱使我好鍾意阿彥，但我冇諗過要同佢結婚。由公園嗰一晚開始，阿彥已經成為我成世人最想報答嘅人。佢總係陪住我揸過艱難時刻，引領我走過困惑嘅日子，扶持我走過生命嘅樽頸位。

如果冇咗佢，我喺嗰一晚就已經俾貨車輾死咗；如果冇咗佢，我知道自己有絕症嘅時候已經諗住放棄人生；如果冇咗佢，我喺對抗病魔嘅過程中已經揸唔住；如果冇咗佢，我早就三番四次被擊沉。

我好感激有阿彥呢個知己，係佢帶畀我依家嘅一切。我好鍾意佢，但呢種鍾意，係友達以上，戀人永遠唔會滿嘅鍾意，因為……我心裡面已經有咗馬家樹。

「星瑤。」阿彥鼓起勇氣咁講：「做我老婆啊，好冇？」

喺我自己都以為會拒絕阿彥嘅時候，我做咗一個連自己都唔信嘅決定：「你講真？同一個就死嘅人結婚，你唔後悔？已經諗清楚？」

「嗯。由一開始識到你，我就已經諗得好清楚。劉星瑤，你會係我今生唯一嘅老婆。」

「既然係咁，畀一個星期我。一個星期後，我就會返嚟同你結婚。」

「咁……即係你願意做我老婆？」阿彥喜出望外。
「嗯。」我點點頭，毫無條件咁應承咗阿彥，因為**「報恩」**。

換言之，我同家樹之間只係剩返一個星期。我誠心向上天祈求，希望可以將時間流慢啲……當然，佢最後都冇理過我。

而呢趟短暫嘅台灣之旅，已經足夠我永遠記得，仲記得喺墾丁嘅

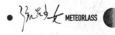

第一晚，我突然覺得好頭痛，係咪有時間喇？

「家樹，可唔可以同我一齊瞓？」呢一刻，我只係希望佢可以喺我身邊。

「傻妹，Good Night。」佢將我攬進懷，笑容非常迷人。

有家樹陪住我嘅日子真係過得好開心，但係我好驚佢會接受唔到我要離開，如果……我變成回憶，希望仲有另一個人可以好好陪住佢啦。

嚟到菁桐，我將呢度嘅故事講咗界家樹聽。

「嗱，故事就講完喇，問你一條問題吖！」我微微一笑：「你覺得成個故事最慘嘅係邊個？」

「咁一定係個女仔啦！」家樹諗都冇諗就答：「佢苦苦等咗個男仔咁耐，點知就發生意外，搞到最後都見唔到個男仔一面，你話慘唔慘！」

「個女仔的確係好慘嘅。不過，我覺得個男仔更加慘。」
「吓？點解？」

「因為我覺得，或者個女仔只不過係用咗幾年時間去等待個男仔，但個男仔想再見返個女仔，要用嘅時間，就係一世。」

個女仔一直掛住個男仔幾年，點知道一場意外就拎走咗佢嘅生命，令到個男仔要掛住佢一世。如果我死咗，我諗……家樹一定會掛住我一世。所以……我寧願家樹可以咩都唔知，然後喺未來慢慢咁放低我，重新去搵返一段屬於自己嘅愛情。

時日太快，快到好似仲未欣賞夠眼前嘅風景，就已經要啟程去下個地方。台灣之旅，隨住飛機喺雲彩嘅襯托之下返到香港而結束。

終於……一切都要完喇。

『當世事再沒完美　可遠在歲月如歌中找你。』

返到屋企，我決定將最後嘅禮物送畀家樹，係一條好特別嘅 D.I.Y.星形頸鏈。

「多謝你，星瑤。」家樹錫咗我額頭一下。

當時機合適嘅時候，家樹就會發現到條頸鏈係幾特別㗎喇。

等到家樹瞓著咗，我就匆匆收拾好行李。呢個情景，就好似當初我離家出走嘅時候咁，哈哈。

臨走嘅時候，我都係忍唔住打開咗家樹嘅房門，入去偷睇佢最後一眼，我用右手摸住家樹塊臉，眼睛早就泛起淚光。

「家樹……」我哽咽咁講：「好多謝你帶畀我呢一個月以嚟嘅回憶，我一定會好好記住佢。」

我輕輕錫咗家樹嘅額頭一下，只見佢稍微皺咗一下眉頭：「再見喇，傻瓜。」

然後我就離開咗呢間房、呢個家，離開咗……我心愛嘅你。

第二日，我搭咗最早一班開出嘅船返到嚟長洲。

呢個地方……真係有啲陌生。

返到屋企之後，我第一時間當然係俾人問長問短，但好彩爹地媽咪見到我冇穿冇爛就已經放心返。然後，我就同咗阿彥去交婚姻通知書。交完出嚟，阿彥趁機拖住我隻手。

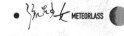

「未來老婆。」阿彥笑得非常窩心。

我莞爾一笑:「未來老公。」阿彥,多謝你。

為咗唔想俾家樹有機會搵到我,於是我就向其他人作咗個藉口話想親自去英國一轉拜會下啲鋼琴家,留低一個好印象。

就係咁,我同阿彥仲有爹地媽咪好快就揀咗喺呢個週末起程。臨走之前,我將一張相交低咗畀Mandy姐姐。

「Mandy姐姐,雖然我依家咁樣講會好奇怪,但我知道之後一定會有個叫家樹嘅男仔搵到你,然後係咁問你關於我嘅下落。」我痛心一笑:「到時候麻煩你將呢樣嘢交畀佢呢個大傻瓜吖,好冇?」

嗯,家樹正一係大傻瓜。

喺英國嗰段時間,我哋住咗喺一間近郊大屋裡面,呢度同醫院嘅距離唔係太遠,但又可以享受到清新嘅空氣畀我好好養病,簡直係一舉兩得。

不過⋯⋯我硬係覺得好似爭緊啲嘢咁。每晚喺我嘅夢裡面,都會徘徊住同一個身影。

「星瑤。」家樹溫柔咁講。
「家樹!」我竭撕底里大叫。

「啊!」我驚醒過嚟:「又係發夢⋯⋯」
「星瑤,夠鐘出去覆診喇。」阿彥敲門:「係喇,今日都幾凍下,你記得著多件衫。」

「嗯。」我望住窗外嘅藍天白雲。

唔知道,喺我剩低嘅日子裡面,仲有冇機會見得返家樹呢?唔得

唔得，我唔可以見返佢㗎！如果唔係……我驚自己會唔捨得佢，攬實佢唔放。

「你腦裡面嘅腫瘤……開始有變異跡象。」醫生講：「去到呢個地步，只可以靠食止痛藥去減低痛楚，其餘嘅嘢我哋真係咩都做唔到。」

「咁星瑤仲有幾耐時間？」阿彥一臉沉重。
「大概……兩至三個月啦。」醫生嘆。
「嗯，唔該醫生。」我微微一笑。

返屋企嘅路上，阿彥個樣都十足苦瓜乾咁。

「笑返下啦！」我用對手強行將阿彥嘅嘴角拉向上。
「星瑤……」阿彥嘅眼淚開始滲出嚟：「你唔會有事㗎……」
「梗係啦，我一啲事都冇嘅！」我答。

當然，事實上喺呢幾日我個頭間唔中就會痛。

「咔嚓。」我將門打開。
「我哋返嚟喇！妍家姐呢？」
「佢喺上面同緊兩個學生傾計呀！」高姨姨行埋嚟我身邊：「妍！佢哋返咗嚟喇！」

學生？Mandy好似有同我講過今日有學生會嚟㗎喎……

「哦好，嚟緊。」Mandy淡淡回應。

點解、點解我個心突然會悸動起上嚟嘅……

「跰跰跰……」一陣落樓梯嘅聲音。

當我抬起頭望向前方嘅一刻，心跳彷彿停咗落嚟。棕黑嘅短髮，溫柔且動人嘅眼眸，甜甜嘅笑容……

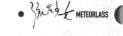

「好耐冇見喇，星瑤。」佢向我微笑咗一下。

我呆咗一陣，然後深呼吸咗一啖。上天，祢真係識整蠱我㗎啫。

「嗯，真係好耐冇見喇。」我莞爾一笑。
「近來幾好嗎？」

「家樹。」

我呆坐喺星瑤床邊，眼淚唔知由幾時開始就已經失控咁一直流落嚟。夕陽早就跟住星瑤嘅故事落咗山，天空換上咗一片寂靜嘅星空。

「好喇，故事講到嚟呢度都應該夠晒數。」星瑤依舊望住窗外嘅景色：「快啲落返去啦，唔好要紫鈴喺樓下等咁耐。」

我冇出到聲，直接企咗起身，將星瑤一擁入懷，星瑤冇作出任何反抗，任由我嘅眼淚落喺佢身上。

點解、點解唯獨係星瑤要承受住呢啲痛苦？

星瑤佢⋯⋯佢係天使嚟㗎！！！

「星瑤⋯⋯」我攬實星瑤，身體不自覺喺度震。「好對唔住⋯⋯我唔配做一個好嘅男朋友⋯⋯」

「以前同你一齊嘅時候，我都發現唔到你原來一直孭住個咁大嘅包袱⋯⋯」

「唔關你事㗎，家樹。」星瑤喺我懷中搖一搖頭。

「同你一齊嘅日子，係我呢一生人以嚟過得最開心、最燦爛嘅時光。」星瑤抬起頭望住我，雙眼早已被眼淚淹蓋：「對我嚟講，你係最好最好嘅男朋友。」

「我哋之間嘅回憶，我會一直銘記喺心。」星瑤哽咽：「多謝你呀，馬家樹。」

「唔係……」今次輪到我搖頭：「係我多謝妳先啱。」

「多謝你，劉星瑤。」

我微微將頭哄前，星瑤配合咁合埋雙眼，我哋嘅嘴唇因為咁而接上。我哋錫咗好耐，彷彿係將過去嘅甜蜜同埋遺憾一次過灌注咗喺呢一吻裡面。

好可惜嘅係，時間都係要令我同星瑤分返開。

「呢個係我哋之間嘅秘密。唔准同人講㗎。」星瑤伸出手。

「嗯。我應承你。」我勾緊星瑤嘅手指尾。

「呢個……係我哋之間嘅秘密。」

「除咗呢樣之外，你仲要記得自己當初應承過我啲咩先好！」星瑤故作輕鬆咁講。

「嗯。我記得。」我強行上揚起嘴角。

「咁就好……」星瑤臉上面嘅眼淚完全呃唔到人。

稍為冷靜過後，我哋行出睡房落到客廳，就見到紫鈴同阿彥坐咗喺梳化上面傾緊計。

「紫鈴。」我溫柔咁講。

呢一刻，紫鈴望住我同星瑤，水汪汪嘅眼神隱若透出少少動搖。我行去紫鈴身邊輕輕拖住佢隻手，彼此沉默一笑。

最後我哋四個人嚟到大門前作最後嘅道別。

「我哋走喇。」我對住星瑤講。
「嗯。」星瑤回應。

紫鈴鬆開咗我隻手，走到星瑤面前攬住咗佢。

「星瑤，你要保重呀⋯⋯」紫鈴哽咽咁講。
「多謝你呀⋯⋯」星瑤嘅情緒都被牽動起上嚟。

佢哋分返開之後，星瑤將目光放咗喺我度。

「祝你生活幸福。」星瑤強顏歡笑。
「嗯。」我極力忍住自己嘅淚水：「我一定會。」

「再見喇，星瑤。」
「再見喇，家樹。」

我重新拖住紫鈴，頭也不回咁就離開。我咁做唔係因為我狠心，
而係因為⋯⋯我唔忍心。

「家樹！」當我回魂過嚟嘅時候，身邊嘅事物已經唔再係白色大
屋，而係換上咗人來人往嘅街道。

「家樹！」紫鈴喺我身邊一臉擔憂：「你冇事呀嘛？」
「冇、冇事。你都攰喇㗎喇，等我送你返去啦。」我抹去眼角邊嘅
淚痕。

「嗯。」紫鈴點咗一下頭。

我望返住身後嘅風景，腦海裡面只係得返星瑤嘅笑容。究竟我喺
度做緊咩？乜咁樣一走了之真係好咩？

星瑤佢就嚟要走㗎喇！無論係講緊佢要去外國，定抑或係……難得上天咁都要畀個機會我喺呢個時候遇得返星瑤，佢一定係想我好好地珍惜呢段時間，唔好畀自己，或者星瑤有任何後悔！

但係……事實上我又做得到啲咩？

就當我依家奮不顧身咁堅持要陪喺星瑤身邊，星瑤會肯咩？佢都有佢嘅顧慮，佢既要為阿彥嘅感受著想，報答佢一直以嚟嘅恩情，又要擔心如果最後自己真係有咩三長兩短嘅話我會好傷心，所以佢寧願依家就同我斷絕關係，咁樣我就唔會知道佢係生係死，對大家個心都會好過啲。

假設星瑤願意啦，咁紫鈴呢？我啱啱先同紫鈴喺埋一齊，而且我仲要好愛佢，唔通我就咁就要拋低佢，好自私咁去搵返星瑤？如果唔拋低佢，係咪即係要紫鈴默默咁忍受住佢呢一段時間，直到完咗之後再等我返嚟？咁樣對佢公平咩？而且呢個情況唔單只淨係發生喺我同紫鈴身上，星瑤同阿彥亦都係咁。

或者理性啲去諗，只要我可以陪星瑤行埋呢段路，喺唔喺返埋一齊都已經唔重要，但感情嘅嘢，呃到人㗎咩？係呢啲咁艱難嘅時刻，理智仲足唔足夠抑壓到我同星瑤之間嘅情愫？就算我同星瑤可以自欺欺人，隔籬嘅紫鈴同阿彥又好唔好受？

就當所有嘢都按照住劇本發展，但呢個只不過係以星瑤手術失敗作為大前提去諗，然而我一直深信住嘅係——星瑤手術一定會成功。

既然係咁，成功咗之後呢？我哋四個之間會點？我真係唔敢想像。不過我更加唔敢想像嘅係……萬一星瑤手術真係失敗咗呢？咁我同星瑤……

轉眼間，我已經瞓咗喺屋企嘅床上面。咦……究竟我係點樣返嚟㗎呢……弊喇，我有冇送到紫鈴返屋企呢……

算啦，都無所謂喇，我好边喇。

直到我醒返嘅時候，已經係第二日朝早。

當我行出客廳，我突然發現嘉琪坐咗喺梳化度，而且身邊仲有另一個人。

「紫鈴！？」我瞪大雙眼：「你點解會喺度嘅！？」
「你醒咗喇？」紫鈴溫柔咁講。
「你哋傾下先啦，我去洗個臉。」嘉琪企咗起身喺我身邊擦過入去廁所，我注意到佢臉上有一串串嘅淚痕。

我重新望向紫鈴，發覺佢原來仲著緊噚日嗰套衫，梳化隔籬仲放住我同佢入Camp嘅背囊！

「紫鈴，你有返過屋企！？」我對噚晚嘅事冇晒印象。
「你果然唔記得。」紫鈴苦笑：「噚日你本身係諗住送我返屋企嘅，點知坐坐下地鐵嘅時候你就突然間喺度喊，仲要喊到好崩潰，於是我就決定扶咗你返嚟先，然後自己再返去。好彩噚晚有嘉琪幫手一齊搬你上床咋，如果唔係我實俾你壓死都似！」

「原來係咁……」我沉思：「但你送完我返嚟之後做咩冇返去嘅？」

紫鈴咬咗一下嘴唇：「嘉琪不斷追問我發生咗咩事，所以我就留喺度用咗成晚時間解釋俾佢聽……」

我一早有晒心理準備會係因為呢個原因，都好嘅，如果由我嚟解

釋嘅話，我都唔知可以點開口⋯⋯

　　突然之間，紫鈴企咗起身走嚟我身邊捉實我對手。

　　「不過其實仲有另一個原因。」紫鈴望住我對眼。
　　「我好擔心你呀。」
　　「紫鈴⋯⋯」面對紫鈴嘅愛，我既溫暖又感動，但更多嘅係慚愧。

　　等到嘉琪出返嚟之後，我就去咗梳洗，然後三個人一齊落去茶餐廳食早餐。

　　「阿哥⋯⋯我想探下星瑤⋯⋯」心情仲未平服到嘅嘉琪捧住一杯熱咖啡。

　　「都啱嘅，佢都應該就快去英國。」我飲咗一啖檸檬茶：「我畀個地址你，你自己去啦。」

　　「咁你呢？你真係打算唔再去搵星瑤？」嘉琪焦急到有啲嬲：「星瑤、星瑤佢就走喇！」

　　「我夠知啦！」我好唔甘心咁講：「但係我又可以做到啲咩？我咩都做唔到⋯⋯」

　　隨住我呢句說話，枱上面嘅氣氛又再次返到去沉默，而紫鈴嘅臉上更似多咗一陣愁緒。

　　食完早餐之後嘉琪話想自己去散下步，於是我就送紫鈴返屋企。成段路我哋都冇拖手，就只係好似一對朋友咁緩步而行。

　　「我到喇。」紫鈴走到去大廈門前回頭望住我講。
　　「嗯。」我同紫鈴雙目而視。

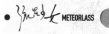

呢一刻，我哋都喺度等緊對方踏出一步，畀一個機會自己好好向對方坦白心裡面嘅諗法。但去到最後……

「好啦。」紫鈴再次開口，微微一笑：「我上去喇。」
「掰掰。」

望住紫鈴轉身行入大廈最後消失喺電梯嘅轉角處，我只有一直企喺原地，咩都冇去做。

『鈴聲可以寧靜　難過卻避不過』
『如果沉默太沉重　別要輕輕帶過』

● ● ● ● ● ●

畢業旅行之後，我哋返多一個星期學，過埋聖誕聯歡會之後，終於開始放寒假。

星瑤嘅事我冇畀太多人知道，數數埋埋就只有當初義工團嘅五個人加上紫鈴係知道呢件事。經過討論之後，阿溢、詠琳、嘉琪同阿明決定喺聖誕節之後一日去長洲探星瑤。

我？傻啦，講好咗唔會去。但紫鈴……我都唔知。

自從嗰日送完紫鈴返屋企之後，我同佢之間嘅關係就變得似有還無。我哋再冇接吻、擁抱、拖手或者眼神交流。去到後來，我哋甚至再冇點傾計，每日就只有喺WhatsApp上面循例講句「早晨」同「晚安」。

但咁唔代表我已經唔再鍾意佢，我依然好愛何紫鈴。不過依家嘅

我，更加有辦法放低劉星瑤。既然係咁，我又憑啲咩去將紫鈴繼續留喺我身邊？冇錯，我唔可以咁自私。

之不過……我咁樣冷對待紫鈴真係好咩？將啲嘢搞到咁拖泥帶水，真係好咩？對星瑤又係咁，對紫鈴都係咁。馬家樹……你真失敗。

● ● ● ● ● ●

寒假轉眼間已經過咗一大半，話咁快就到咗Boxing day。

唔知星瑤你呢兩日係點過㗎呢？係咪同爹地媽咪仲有阿彥成家人一齊慶祝聖誕節？

紫鈴，你呢幾日又係點過？天氣好似幾凍咁，你出去嗰陣有冇著多件衫？

我真係好掛住你哋，好想見下你哋，不過……都係算啦。講起上嚟，今日係嘉琪佢哋去探星瑤嘅日子。

「你真係唔去？」嘉琪臨出門口之前問我。
「唔喇。」我強忍住內心嘅掙扎，扮到輕描淡寫咁講。

嘉琪聽完之後嘆咗一聲，準備閂門：「唔好畀機會自己後悔呀，哥。我哋喺星瑤屋企等你呀。」

「咔嚓。」屋企又再次得返一片寂寥。

為咗等自己唔好忍唔住走去搵星瑤，我匿咗喺房裡面打機麻醉自己，結果一打就係成個下晝。

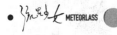
VIII　　　VII　　　VI　　　VII　　　VIII　　North

　　直到我行出間房嘅時候，窗外面早就泛起一片彩霞。「嗡嗡。」一股久違嘅手機震動聲突然喺我褲袋發出。

　　唔通係嘉琪打畀我，仲想勸我去星瑤度？我一邊喺度諗緊點樣拒絕嘉琪，一邊攞部電話出嚟。就喺我睇清楚來電顯示之後，我成個人都呆咗。糾結咗一陣之後，最後深呼吸咗一啖氣，撳咗接聽掣。

　　「喂……紫鈴？」我講。
　　「喂，家樹？你依家喺邊？」紫鈴嘅語氣非常平淡。
　　「我……喺屋企。」好耐冇聽過紫鈴把聲嘅我，成個人都非常緊張。

　　「哦……咁你一陣間得唔得閒？」紫鈴若有所思咁講。
　　「做咩？」我問。

　　千祈唔好約我出去呀……

　　「我想約你去觀塘海濱。」
　　「但係……」
　　「總之七點鐘喺噴水煙幕嗰到等啦，不見不散。」

　　講完之後佢就收咗線，我重新望向日落西山嘅夕陽，呢日終於都要嚟喇……不過都好嘅，與其我畀唔到紫鈴想要嘅嘢佢。分手，都係一件好事嚟。

　　『愛若為了永不失去　誰勉強娛樂過誰』
　　『愛若難以放進手裡　何不將這雙手放進心裡』

換過件衫之後，我志忑咁嚟到觀塘海濱。喺遠處望埋去，已經見到紫鈴挨咗喺欄杆邊靜靜望住海面。

我幾乎用盡全身力氣，終於行到嚟紫鈴嘅後面。

「紫鈴。」紫鈴窒咗一下，跟住先擰轉身望住我。
「Hello，仲以為你會唔嚟㗎。」紫鈴嘅目光同我互相接上，嫣然一笑。

咁耐冇見，紫鈴都仲係靚到令我不知所措。

「係呢，你搵我咩事？」我逃避開紫鈴嘅眼神。
「不如一邊行一邊講？」紫鈴未等我回應就率先向前行。

我跟隨住佢嘅步伐沿住海旁一直漫步。經過前兩晚普世歡騰嘅佳節過後，今日嘅海濱長廊相比之下顯得非常冷清，只有幾個人喺度做運動，仲有幾對意猶未盡嘅情侶喺度打情罵俏。

望住紫鈴嘅背影，我忽然覺得有一種似曾相識嘅感覺。嗯，我記得喇，就好似……我同星瑤最後一次見面時嘅情景。

海風伴隨住紫鈴嘅牛奶味迎面撲嚟，令我分唔清現實與回憶。突然間，紫鈴停低咗腳步轉身望住我，我分咗神反應唔切，搞到成個人撞咗落佢度！

「Sorry!」我驚紫鈴會因為咁而向後跌，潛意識之下直接抱住咗佢。

我同紫鈴對望，眼神之中依然充滿住熟悉嘅心動。幾秒之後，我先驚慌咁將手縮開。

「你冇事呀嘛？」我手震腳震咁講。
「我冇事呀。」紫鈴溫柔咁講：「有你喺我身邊，我點會有事呢。」

呢句說話好似一枝箭狠狠咁刺喺我心口上面。

「紫鈴……你唔好將我睇到咁好啦……」我內疚咁講:「其實我真係好自私,明明當初係我同你表白,仲實牙實齒咁話唔會對星瑤點,但最後就……我根本冇你覺得我咁好㗎。」

講講下,我對眼都開始濕潤起上嚟。點知紫鈴睇到我個反應之後先係呆咗一下,然後就「噗嗤」一聲笑咗出嚟。

佢望住我,感慨一聲:「果然……你同星瑤真係天生一對。」

吓?

紫鈴冇等我消化過嚟就坐低咗喺長凳上面,開始講嘢:「今日,我都有去探星瑤。」

紫鈴視角篇

「係你哋!?」星瑤打開門見到我哋即刻變得眼濕濕。

「星瑤!」嘉琪率先衝上前攬住星瑤:「我好掛住你呀……嗚……」佢哋兩個企咗喺門前面喊咗好耐。

「咳咳……」星瑤四圍望:「家樹唔喺度呀可?」
「係呀……佢話應承咗你唔嚟就唔嚟……」嘉琪回答。
「嗯,啱嘅。」星瑤笑咗一下。

呢個,係一個失望嘅笑容。

「咁點解……」星瑤望咗過嚟我身上。

「因為我有啲嘢想單獨同你傾。」我微微一笑:「上次家樹喺度,我都冇機會同你講呢啲嘢。」

「嗯。你哋入嚟先啦。」星瑤點咗一下頭。

於是我哋就上咗去星瑤間房度傾計,除咗講起彼此近況外,大概,就係由星瑤親身講多一次佢嘅故事。

大家聽完之後都非常心痛,只能夠哽咽咁同星瑤講一啲打氣嘅說話。為咗唔界場面咁慘情,我嘗試轉下話題。

「阿彥呢?」我問。
「佢出咗去搞移民啲嘢。」星瑤回答:「差唔多搞掂。」
「咁你哋幾時要走?」阿溢問。
「我諗……呢個假期完咗就走。大概一月二號。」星瑤一臉苦澀。
「放心,到時我哋一定會送你機!」嘉琪講。

之後我哋就開始傾返日常生活,大家嘅心情總算平和返好多。時間好快就去到四點幾,星瑤笑住咁話自己想休息一下,所以就叫我哋走先。

「我會好掛住你㗎……」嘉琪臨走嘅時候深情咁攬住咗星瑤:「一月二號再見喇……」

「嗯……再見喇……」星瑤同眾人揮手道別。

由於大家都知我有嘢想同星瑤單獨傾,所以見我冇離開嘅意思都唔意外。

「咔嚓。」星瑤將大門閂埋之後重新帶咗我上房。

「好啦。你想同我傾啲咩?」星瑤坐咗喺床上面望住我。

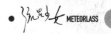

終於……都可以將呢件心事講出嚟。

「星瑤……」我堅定咁望住佢:「你仲好愛家樹㗎係咪?」

星瑤聽到之後先係一臉詫異,跟住逐漸變成微笑。

「仲係咪愛,其實都唔重要啦。反正我已經同阿彥結咗婚,家樹身邊又有你呢個咁好嘅女朋友……」

「錯呀!」我大喝咗一聲,令星瑤錯愕咁望住我。
「你唔應該咁諗㗎!」我將自己由幫家樹揾佢開始直到依家嘅所有諗法一次過講晒出嚟:「點解你淨係識得懶係為他人著想,自己承受晒所有痛苦,仲以為咁做就係最好嘅解決方法?」

「你知唔知道你咁樣做,反而會令到受你欣慰嘅人好難堪?」
「我……」星瑤一時反應唔到。

我繼續講:「你為咗向阿彥報恩,所以選擇放棄家樹;你覺得自己係一個絕症病人唔好喺度累人累物,所以選擇放棄家樹;你覺得繼續同家樹喺埋一齊會傷害到我,所以選擇放棄家樹……」

「你以為咁做係最好嘅解決辦法,但結果呢?受你欣慰嘅我哋,真係開心咩?」

「你估阿彥唔知道你最愛嘅人其實係家樹咩?你覺得佢會為咗得到你個人而開心咩?」

「你估家樹唔想陪住你咩?佢為咗成全你同阿彥而放手,你估佢會開心咩?」

「你估我唔知道家樹最愛嘅人係你咩……我留得住佢個人留唔住佢個心,我會開心咩……所以到頭嚟,冇人真係會開心㗎……」我嘅眼淚慢慢湧出。

「你想講……我所做嘅嘢只會令到大家更痛苦……？」星瑤早就泣不成聲。

「唔係。」我搖搖頭。

「令到大家痛苦嘅，係後悔。」

「其實我哋每個人都係一樣，都淨係識得自欺欺人。」
「我哋成日以為只要幫其他人去做一個自以為對佢哋好嘅決定，就算要自己受苦都冇咩所謂，咁樣做就可以皆大歡喜。」

「但事實係咁咩？唔係。」
「所有人去到最後只會因為『後悔』而『痛苦』。」
「你會因為後悔冇同家樹喺埋一齊而痛苦；家樹會因為後悔冇陪你走埋呢一段路而痛苦；阿彥會因為後悔冇放開你，等你去搵自己心中所愛而痛苦；而我，就會因為後悔冇放開到家樹，等佢可以搵你而痛苦。」

「然後我哋為咗減輕痛苦，又會開始幫其他人做決定，以為咁做就可以皆大歡喜，就好似係家樹知道自己仲好愛你但又冇得陪伴喺你身邊，所以為咗我好過啲，就決定默默同我拉開距離；但到頭嚟，我並唔會因為佢咁做而開心，只會因為後悔冇同佢喺埋一齊而痛苦。」

「呢個惡性循環最終只會不斷伸延落去。所以你唔係罪魁禍首，你……只係一個受害者。」

星瑤消化完我嘅說話，哽咽咁講出一句：「咁……點樣先可以令到身邊嘅人冇咁痛苦？」

「要令到身邊嘅人冇咁痛苦，好簡單。」我淚中帶笑。

「有時候，你自以為嘅諗法未必等於其他人真正嘅諗法，唔係話替人著想唔啱，但千祈唔好諗住將自以為嘅付出同覺悟強加喺人哋身

上，其實人哋未必想領你呢份情，唔單只唔會因為咁而覺得開心，甚至會因為呢份情嘅重量而錯過咗好多真正想去做嘅事，最後後悔一世。」

「所以我想講嘅係，凡事都試下跟隨住自己最真誠嘅想法去做啦！」

「自己覺得開心，再向身邊嘅人傳達呢份喜悅，咁就自然可以斬斷後悔嘅枷鎖。」

「呢一刻，你係咪有一樣嘢好想去做？」紫鈴緊握住我雙手：「如果係嘅話，試下跟隨住自己最真誠嘅想法去做啦！」

呢一刻，我先至真正明白到，原來自己一直以嚟都只不過喺度自欺欺人。從頭到尾，我最希望做嘅嘢都只有一樣。

「紫鈴！好多謝你……」我將紫鈴緊緊擁入懷。
「傻仔嚟嘅……」紫鈴拍拍我背脊。
「講明先呀，我唔會同你分手㗎。如果有機會再一齊嘅話，希望我哋可以感情好似最初咁啦。如果有機會再一齊嘅話，就等呢段感情沉入深海啦。無論結局係點都好，你都要記住……我愛你呀，家樹。」

「嗯！何紫鈴，我愛你！」我嘅眼淚早就浸滿雙眼。
「使唔使喊到咁呀傻瓜！」眼紅紅嘅紫鈴替我抹走眼淚。

我哋離開咗海濱，一齊行返去市中心。

「咁佢之後點答你？」我問紫鈴。

紫鈴諗咗一陣之後，將頭伸到我耳邊：「係，秘，密！」

「啤！」

當我送紫鈴去到地鐵站嘅時候，佢突然拍咗我一下膊頭：「記住一樣嘢呀。」

「有時候，傷心痛苦並唔緊要，係人之常情。」
「最緊要嘅係，唔好畀自己有機會後悔。」
「我走喇，唔使送，掰掰！」紫鈴轉身入咗閘，消失喺我嘅視線之中。

何紫鈴，多謝妳。

● ● ● ● ● ●

第二日朝早，我好早就起咗身梳洗，將自己打扮到靚靚仔仔。

「嘩！阿哥……你……」嘉琪一臉驚嚇。
「早晨！」我笑容滿面：「我出門口喇！」
「去邊？」
「長洲。」
「吓！？」

花咗一大輪時間同嘉琪解釋完噚晚嘅事之後，我就急急腳起程。

轉眼間，我嚟到白色大屋面前，真係估唔到……我會再次企喺呢個門口。

*「叮噹。」*我撳門鐘。過去重到好似石山嘅包袱，呢刻好似消失得無影無蹤。

「嚟緊！」一把甜美嘅聲音喺大屋裡面傳嚟。

我就嚟可以見返你喇。

「請問……」小美人打開門嘅一瞬間，嚇到連個口都定咗格。

我終於可以見到你喇。

「對唔住，我遲到。」我微微一笑：「大概……遲咗呢一世。」

如果可以嘅話，我真係想可以早少少遇到你。咁樣，我就可以有多啲同你相處嘅時間。

「原諒我吖，好冇呀？」我含住一泡眼淚。

流星少女嘅眼眶之中泛起咗晶瑩剔透嘅淚光，望住我莞爾一笑：「傻瓜。」

『心更暖　無懼歷過滄桑千遍』
『但最後抱著　你的溫暖』

　　星瑤帶咗我上去佢間房，我拉咗佢張電腦凳去床邊度坐，而佢就坐咗喺床上面。

　　「好啦！」星瑤扮到好嚴肅咁講：「你好乖乖地同我講，點解你會嚟咗呢度！」

　　「點解？」我諗都唔使諗：「因為我想見你囉！」
　　「但講好咗我哋唔准再見㗎喎！」星瑤拍我個頭：「唔守諾言！」

　　「呢啲會令到自己後悔嘅諾言，唔使守啦！」我堅定咁講：「我淨係知道，如果我再唔嚟呢度見你嘅話，我會痛苦一世！」

　　星瑤大概估到發生咩事，於是望住我單刀直入：「紫鈴噚晚係咪搵過你？」

　　「嗯。」我點點頭，再將噚晚發生嘅事講咗畀佢聽。

　　星瑤消化完之後露出一抹苦澀：「係喇家樹，萬一我最後真係醫得返嘅話，咁你同紫鈴……」

　　「睬過你把口咩，咩叫『萬一』，你係一定會好得返！」我斬釘截鐵咁講：「我諗紫鈴會咁講係為咗畀信心我搵返你啫。」

　　「或者對於我哋嚟講，咁樣嘅分開會係最好。」

　　「紫鈴……」星瑤感動咁講，我睇得出佢係出自真心。
　　「係喎，你哋噚日之後點？」我問。
　　「嗯？哈，好戲劇。」星瑤諗咗一諗。
　　「即係點？」我一臉唔明。
　　「你有冇覺得成個人好似唔同咗？」星瑤微笑：「我覺得我成個人都輕咗。」

　　「即係你瘦咗！？唔係啩，你有食嘢咩！？」我驚慌咁講。

「唔係呀死蠢！」星瑤用雙手摵我塊臉。

哎……好溫暖。

「我意思係，膊頭上面嘅重擔好似有咗。」星瑤重申。
「我都係呀！證明你諗通咗！」我笑住講。
「可能係啦。」星瑤苦笑咗一下：「但我覺得更多嘅，係阿彥諗通咗。」

「嗯？即係點？」我唔明星瑤講咩。
「講你都唔信。」
「原來嗰日……阿彥一直企喺出面。」

星瑤視角篇

「凡事都試下跟隨住自己最真誠嘅諗法去做啦！」紫鈴講。
「自己最真誠嘅諗法……」我沉思。

我最真誠嘅諗法？我、我好掛住家樹，我好想家樹留喺我身邊，我……

「我好愛，好愛佢……」我低頭痛哭：「馬家樹，我好愛你呀！嗚……」

「嗯，我明白㗎，喊出嚟會舒服啲㗎。」紫鈴攬住我輕拍我嘅背脊。

唔知過咗幾耐，我終於收到聲。

「好對唔住呀紫鈴，喺你面前講呢啲嘢……」我滿臉慚愧。
「使咩同我講對唔住！」紫鈴微笑：「係人都有感情㗎啦，將自己所想嘅嘢講出嚟有咩唔啱！」

「但係……」我不知所措。

唔通真係要家樹陪住我咩？我可能好快就死㗎喇……萬一家樹受唔住咁點算？而且仲有阿彥……

「唔好但係喇！」紫鈴一句喝埋嚟令我成身震咗一下：「記唔記得我講過啲咩？想做就去做，千祈唔好畀自己後悔！」

冇錯……如果我冇同家樹喺埋一齊嘅話，我一定會好後悔……

「嗯！」我抹去淚痕。

就喺我打開門諗住送返紫鈴出去嘅時候，我突然發現阿彥企咗喺門口！

「啪勒！」阿彥嚇到連眼都突埋。

「阿彥！?」我說：「你幾時喺度㗎！?」
「我……喺你第一次喊嘅時候開始。」阿彥移開咗視線。

「有時候，人生真係好似一場戲咁。」星瑤講：「噚日阿彥聽到我喊所以諗住上嚟睇下發生咩事，點知就聽到我同紫鈴嘅對話。」

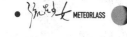

「佢企喺出面諗咗好耐，最後決定要畀我自己好好掌握返剩低嘅人生。」

「嗯……咁即係你哋會離婚？」我喺度思考。

「咁就梗係……」星瑤調皮咁講：「唔會啦！」

後來我先知道，原來係星瑤主動要求唔離婚，因為佢第二樣想做嘅事，就係報答阿彥。

最起碼，喺未知道星瑤嘅手術成功與否之前會保持呢個狀況。傾咗一陣，我開始問到星瑤嘅病情。

「你一月二號晚機？」

「嗯呀。」

「即係我哋只得返一個星期……又係一個星期……」我苦惱咁講：「咁你去到之後會做咩？」

「其實都冇咩可以做㗎喇，咪就係去嗰度休養直到夠期做手術，然後就……搏一搏單車變費托囉！」星瑤講笑咁講：「講起上嚟嗰度間屋真係好大，所以排期嗰陣你可以過嚟陪下我同阿彥玩捉伊人哈哈哈！」

「星瑤，點解你可以咁樂觀嘅……」講到生死我實在冇辦法笑出嚟。

點知星瑤嘅答案，令我會心笑咗出聲。

「嘩，我由小四開始就知道自己有呢個病喇喎，如果日日都喊住嗌生嗌死嘅話我咪好唔得閒？」星瑤上揚起嘴角：「萬一喊到出晒皺紋嘅話，係咪你娶我先！」

「我有得娶先算啦！」我笑住講。

不過星瑤講得好啱。如果係平日好人好姐點知突然有病嘅人，或者佢哋就會要生要死灰到貼地；但星瑤早就已經過咗呢段時間，所以佢先至可以咁開朗去面對「疾病」呢兩個字。

「其實當初我知道自己有病嘅時候，我都試過好抗拒，覺得好難面對。」星瑤向我剖白：「但好好彩，我有阿彥同埋兩家人嘅支持，終於令我慢慢接受到呢個事實。」

「但最重要嘅……」星瑤一臉溫柔咁望住我，令我心跳加速：「但最重要嘅，係識到你。」

「自從識咗你，然後同你喺埋一齊之後，我重新認識咗呢個世界，重新認識咗自己。」

「原來劉星瑤存在喺呢個世界上唔單只淨係為咗報恩。」
「原來佢都可以試下溜冰、唱通宵K、做義工、見家長、去旅行、拖手、擁抱、接吻……」星瑤哄到我臉前：「試下愛上……你。」

「馬家樹。」

我諗都冇諗，直接咀咗落去。星瑤嘅嘴唇，依舊好似綿花糖咁柔軟而帶啲甜味。正當我哋錫到入神嘅時候，一把男聲喺門外面傳嚟。

「星瑤？」阿彥敲門。

咩呀！你估阻人打茄輪唔使燒春袋呀！？好啦我講笑啫。

我拖住星瑤，直接打開咗房門。

「星……」阿彥見到我哋嘅一瞬間瞪大咗對眼。
「Hello！」我打招呼。
「喂！」星瑤一嘢踩落我腳面：「你唔准蝦阿彥㗎，如果唔係我同你分手！」

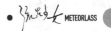

「吓！?」我同阿彥一齊叫咗出嚟:「分手！?」

「係呀！」星瑤笑咗一下:「阿彥係我老公,家樹係我男朋友,冇衝突㗎!」

諗返轉頭,我同星瑤一開始有正式講過喺埋一齊,之後又冇正式分手,之後我同紫鈴正式講咗拍拖,但又冇正式分手,跟住星瑤同阿彥結咗婚,咁我哋四個嘅關係即係……好L亂呀師父!!!

我跟住星瑤同阿彥落到飯廳食早餐,終於第一次見到星瑤嘅爹地媽咪。望到佢哋出眾嘅外貌,唔怪得會誕生星瑤呢個完美結晶。

我同佢哋一家人一齊食嘢,大家喺度傾計閒談。雖然星瑤嘅爹地媽咪一開頭都好似審犯咁問我嘢,好彩最後都叫做信任我。咁係咪即係代表過咗第一關?Yes!

之後我喺全場嘅批准之下帶咗星瑤出去海旁散步。

「Sorry呀啱先爹地媽咪咁樣對你……」星瑤蹺著我手臂。
「傻妹嚟嘅,佢哋唔問清楚嘅話又點知我係真心對你!」我搣一搣佢個鼻。

「講到好似要將我嫁畀你咁!」星瑤鼓起泡腮個樣超級可愛:「我係人妻嚟㗎喇!」

「但你係我女朋友喎!」我笑咗一下。

我哋再一次嚟到白色帳篷下。每一次嚟呢度,感覺都唔一樣。

「呢幾個月經歷咗好多嘢呀可?」我慨嘆:「多到我都未消化到。」

一切都好似嚟得太快,令我對腳好似永遠都踩唔實地面。

「嗯，我都係咁覺得。好似仲未欣賞夠眼前嘅風景，就已經要啟程去下個地點咁。」星瑤挨咗喺我嘅肩膊上。

「不過好好彩嘅係。」我用手跨到星瑤膊頭上面，一嘢將佢拉過嚟面向我。

「喂你啱先個動作好Smooth！」星瑤笑得好開心：「做多次呀不如！」

「唔准笑呀我認真緊！破壞晒啲氣氛！」我冇好氣咁講。
「好啦好啦。」星瑤安靜咗落嚟任我魚肉，塊臉開始泛紅咁同我對望住。

「不過好好彩嘅係，」我輕摸住星瑤塊臉：「兜咗咁大個圈，你始終都係屬於我嘅。」

「啤……」星瑤怕醜咁望住我：「口花花啦你……」

我將個頭慢慢哄近星瑤，近到可以聽到佢嘅呼吸聲。

「做咩啫你……」星瑤咬咗一下嘴唇。
「冇……有啲嘢想同你講啫。」我微笑。
「嗯？」

「我愛你呀，劉星瑤。」

「嘻嘻。」
「笑咩啫。」
「冇……因為我都有啲嘢想同你講啫。」
「嗯？」

「我都愛你呀，馬家樹。」

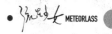

　　我同星瑤擁吻住對方，陶醉喺呢個咁美麗時光，希望呢一切都唔好流得太快。

　　然而，流星雖然燦爛美麗，卻一閃即逝。為咗珍惜同星瑤僅餘嘅相處時光，我直程執埋行李去長洲同星瑤一齊住。

　　「阿哥。」我返嚟執嘢嘅時候嘉琪講：「見到你同星瑤可以喺返埋一齊我真係好開心。」

　　「我都好開心。」我攬住嘉琪個頭：「但之前就難為咗我可愛嘅妹妹為我操心，真係好對唔住。」

　　「傻啦，我先冇咁小氣！」嘉琪甜甜咁笑咗一笑：「請我食返餐飯就得㗎喇！」

　　「咁都係算啦，唔講對唔住喇。」
　　「哼！」

　　我打電話將呢件事同咗阿溢講，點知佢一句塞埋嚟：「妖，食兩家茶禮！」

　　呃……

　　「講笑咋。」阿溢笑住講：「呢兩個女仔都對你咁好，記得唔好再傷害佢哋喇。」

　　「嗯，我知㗎喇。」

　　之後我就返到嚟長洲嘅白色大屋。

　　星瑤父母落咗命令，星瑤除咗星期六覆診可以去市區之外，其餘時間都要留喺長洲，要喺有人陪嘅情況下先可以喺島上面周圍行。阿彥為咗界多啲時間我同星瑤獨處，就襯住移民前嘅呢幾日約朋友出街餞行。

唔知⋯⋯佢有冇約紫鈴呢？

結果喺大家都返工同出街嘅情況下，間屋就淨係得返我同星瑤。

「咁我走喇！」阿彥講完之後就出咗門口。

星瑤拖起我隻手：「我哋又出去行下啦！」

「OK!」我一臉廿四孝男朋友嘅樣。

如果唔係有星瑤呢個地膽帶路嘅話，我諗喺長洲有好多地方我呢一世都未必有機會踏足一次。

我哋沿住山徑嚟到白鱔灣，一個喺張保仔洞再南啲，完全冇人嘅沙灘。

「嘩⋯⋯」我俾眼前嘅景色吸引住。
「係咪好正先！我好鍾意呢度㗎！」星瑤笑咗一下。
「真係好正！」我拖住星瑤行落沙灘。
「夜晚仲正呀！」星瑤滿臉期待：「嗰晚同爹地媽咪經過呢度，發現可以望到好多星星！」

「可惜過埋呢排，我應該冇乜機會再嚟⋯⋯」聽到星瑤咁遺憾嘅語氣，我都有啲心痛。

「係呢，假設手術成功咗而你都休養好之後，你哋成家人仲會唔會返嚟香港？」我問。

「嗯⋯⋯我諗就唔會喇。」星瑤變得臉有難色。
「搞一次移民已經好麻煩，我實在唔想再麻煩阿彥屋企人多一次⋯⋯」

「明白嘅。」我淡淡然咁講。

「你唔會因為我哋Long D而唔要我㗎可?」星瑤捉實我隻手。

「傻妹嚟嘅!」我笑起上嚟:「話你聽吖,我已經諗到自己將來嘅目標。」

「係咩?」星瑤一臉好奇。
「就係……唔話你知!哈哈!」我賣關子。
「咦,衰人!講啦!」星瑤拍打我嘅手臂。
「唔講~」

我嘅目標?我嘅目標咪就係妳。

同星瑤相處嘅時光就好似漏斗裡面啲細沙咁一點一滴瞬間流走,當我回神嘅時候已經係十二月三十一日晚上。

星瑤仲有兩日就要離開香港喇……

「唔好咁頹啦!」星瑤對住我講:「我仲喺地球上面㗎,要搵我嘅話點都搵到!」

「但係我哋唔可以好似依家咁日見夜見……」我失落咁講:「我要繼續返學,最近都要農曆新年先至嚟到探你……」

「世界上仲有Skype同WhatsApp㗎馬先生!」星瑤彈咗我額頭一下:「想見嘅話,幾時都可以見到!」

哈哈……竟然要星瑤安慰返我轉頭……

「嗯!」我攬住星瑤:「唔好嘥咗最後呢幾日,要好好地享受埋佢!」

「好!」星瑤變得興奮:「但係有啲咩好做?又唔出得長洲,呢度又行到悶晒……」

「悶同唔悶，只係視乎你喺度點樣玩喋啫，嘻嘻！」我奸笑咗一下。

我一早向星瑤嘅爹地媽咪申請咗除夕深宵批准，畀我同星瑤可以第二朝先返屋企。為咗送新年禮物畀星瑤，我之前仲趁佢瞓咗嘅時候偷偷地去咗買材料㗎。

食完晚飯之後我以出去買嘢為名，出咗去佈置場景，搞到成十一點幾終於搞完返到白色大屋。

「你買咩買咁耐呀？」星瑤不滿咁講：「今日假期喎，出面啲舖頭唔係收早咩？」

「呃……」我靈機一觸：「冇，我去七仔買嘢飲嘛！」
「咁你罐嘢飲呢？」
「飲完好耐啦！」
「嘩，古古怪怪咁！」星瑤打量住我。
「出去吹下風？」我扮晒平時咁講。
「又好！」星瑤即刻活潑起嚟：「難得今日有得夜返，冇理由唔用盡佢㗎嘛！」於是我哋兩個就拖住手出咗門口。

「你做咩揹住個背囊嘅？」星瑤問我。
「怕你凍呀，咪帶多咗件褸！」我笑住講。
「都唔知係咪真嘅！」星瑤笑咗一笑：「不過見你咁體貼……信住你先啦！」

我望望錶，咦？就嚟十二點？

「預錯時間喺！」我一臉驚訝：「跟我嚟！」

講完之後我就拖住星瑤狂跑。

「哎！?」星瑤俾我拉住：「去邊呀！?」
「去到你就知！」

跑到就斷氣，終於趕得切喺十二點前嚟到白鱔灣！！！

當正我想同星瑤講嘢，就發現佢好專心咁望住眼前沙灘上——我花咗成晚時間用燭光喺沙上面砌好多粒星星。

「家樹……」星瑤轉過頭嚟望住我：「你啱先出去咁耐就係去咗整呢堆星星？」

「係呀。唔鍾意？」我走上前攬住星瑤。
「唔鍾意！」星瑤甜甜嘅笑容已經出賣緊佢：「好老土呀你！」

「老土？」我奸笑咗一下：「再老土啲都仲有！」

我一嘢將星瑤公主抱咗起身，然後跑去最大粒星星中間不斷轉圈。

「投降未！」我扮惡咁講。
「哈哈哈，投降喇投降喇！」星瑤喺我懷中笑得非常燦爛。
「好！」我將星瑤放喺沙上面，自己就大字形咁攤咗喺佢隔籬：「唔得喇，好劫～」

呢一刻，我哋又好似去返第一次接吻嗰日咁。突然之間，星瑤成個人轉身壓咗上我度，同我幾乎臉貼臉！

除咗身體嘅溫度同觸感之外，呢個動作更加令星瑤嘅頭髮垂咗喺我兩邊臉側邊，令到我眼前淨係得返星瑤個樣。

喺燭光嘅照射之下，星瑤嘅輪廓顯得更加迷人，加上我哋急速嘅呼吸聲，令我不由得臉紅起上嚟。

「做、做咩呀……」我難為情咁講。
「做咩？」星瑤將個頭哄前，令佢每講一隻字都會將啲氣噴喺我塊臉上：「我想……望下你囉。」

我同星瑤互相對望，個鼻聞住佢身上嘅白蘭花香。

「你好靚。」唔知點解我竟然直接講咗呢句出嚟。

「嘻嘻。」星瑤甜甜笑咗一下：「多謝你為我準備呢啲星星，我好鍾意。」

星瑤稍為哄前，然後我哋就親吻起上嚟。錫錫下，我居然唔記得咗同星瑤倒數呢件事。當我哋分返開嘅時候，頂，已經十二點一。

「過晒鐘咻，哈哈！」我遞隻錶畀星瑤睇。

「鬼叫你咀得咁入神！」星瑤塊臉越嚟越紅。

我哋拖住手攤喺燭光星星之間，靜心望住滿天繁星。

「估唔到喺香港都可以睇到咁多星星⋯⋯」我講。

「話你知吖家樹，英國嗰邊夜晚冇咁多星星睇㗎⋯⋯」星瑤暗暗慨嘆：「所以唯有喺度睇飽佢啦。」

「星瑤。」我坐咗起身望住攤喺度嘅星瑤：「不如⋯⋯我摘啲星星畀你帶去英國啦！」

「吓？」星瑤坐咗起身笑我：「你唔係諗住摺一兜紙星星畀我下話！」

「你又知嘅⋯⋯」我扮晒失望咁拉開背囊拉：「仲等我摺咗成樽畀你㗎⋯⋯」

「真係㗎!?」星瑤嘅表情即刻變得非常尷尬：「Sorry呀家樹，我唔係想笑你㗎！我玩下㗎咋！你送咩畀我我都咁鍾意！」

哼，中計喇劉星瑤！

「咁好啦，我送畀你啦⋯⋯」我伸手入去背囊裡面，抽出一個都幾大下嘅透明樽。

　　呢個唔係一般嘅透明樽，而係會發光嘅⋯⋯星空瓶。當星瑤望到呢個星空瓶嘅時候，露出咗一個夢寐以求嘅笑容。

　　「好靚呀！」星瑤眼甘甘咁望住個樽。
　　「呢個，係我為你摘下嘅星空。」我將個樽遞咗畀星瑤：「去到英國嗰陣如果掛住我，就攞呢個樽出嚟啦。」

　　「多謝你⋯⋯」星瑤接過星空瓶，攬到佢好實：「我一定會好好保管佢！」

　　「記唔記得我之前同你講過，我有一個目標？」我微笑。
　　「嗯嗯。」星瑤仔細聽住我嘅說話。

　　「其實我嘅目標好簡單，」我滿臉期待：「我會努力儲好一筆錢，然後喺墾丁買一間大屋，等我同你可以移民過去住。」

　　「點解係墾丁？」星瑤問。
　　「因為我同你之間最深刻嘅回憶，都喺台灣發生。」我抬頭望向夜空：「我聽其他人講，墾丁嘅星空好靚，一抬起頭就可以睇到漫天星宿。」

　　「其實呢個樽，就係我嘅第一步。」我低頭望住星瑤手中嘅星空瓶：「雖然呢個樽啲星係假嘅，但我相信⋯⋯」

　　「終有一日，我一定會將真嘅星空送畀你。」

　　星瑤聽完之後望住我，水汪汪嘅眼睛早就湧出感動嘅淚水。

　　「嘩，你喊到成隻花面貓咁喇！」我一路取笑星瑤，一路幫佢抹去淚痕。

　　「嗚⋯⋯」星瑤更用力咁攬住個樽。
　　「傻妹嚟嘅。」我坐前一步，一手攬住星瑤。

「為咗可以睇到你送畀我嘅星空，我一定會努力生存落去！」星瑤哽咽。

「加油呀，星瑤！」我微笑。

我哋挨住對方，直到燭火全部熄滅，太陽喺我哋嘅背後慢慢升起。

「最衰呢度係西堤，冇得睇日出！」星瑤失望咁講。
「乞嗤！」
「噚晚著埋我件衫都唔夠暖呀？」
「有少少凍，個頭有少少重咁囉！」星瑤笑笑：「可能凍親，嘻嘻！」

「咁我哋返去啦！」
「嗯！」

我將蠟燭扰咗入垃圾桶之後就孭起背囊，同星瑤一齊返屋企。一路上星瑤都好開心咁攬實我送畀佢嘅星空瓶，就連我隻手都唔肯拖。

去到海旁嘅時候我扮到冇好氣咁問佢：「有冇咁鍾意呀？」

「咁佢真係好靚吖嘛！」星瑤展露出窩心嘅笑容：「但個樽咁大，都唔知上唔上到機……」

「噗！」突然之間，星瑤喺我面前暈低咗，「砰！」星空瓶嘅碎片散滿一地。

「星、星瑤！！！」我雙眼變得空洞。

流星，一閃……即逝。

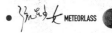
VIII　　VII　　VI　　VII　　VIII　North

「叮噹叮噹……」放學鐘聲響起，有啲同學仲趴咗喺枱面上瞓覺，有啲就執緊書包準備去自修室溫書，成個環境都非常和諧。

除咗，一個唔協調嘅身影。

未等到鐘聲打完，呢個身影已經匆匆忙忙起書包跑出班房門口。就喺呢個時候，一隻熟悉嘅手由後面搭向身影嘅膊頭上。

「家樹！」原來係阿溢。
「嗯？搵我做咩事？」我淡淡然咁問。
「冇、冇事……你又去返Part time？」阿溢一臉憂心咁望住我。

我窒咗一窒，微微一笑：「嗯呀。」

「家樹……」阿溢輕輕放低手：「雖然我知道你好緊張星瑤，但都要記住唔好畀太大壓力自己，多啲休息，咁先可以好好照顧星瑤㗎。」

「嗯，得㗎喇。」我表情依舊：「冇咩事嘅話我走先喇，掰掰。」講完之後我就轉身走入去樓梯嘅黑暗之中。

「等等！」阿溢突然追咗上嚟喺後面大叫。

我停低咗步伐，靜靜咁望住前面。

「家樹，其實成件事根本就唔關你事！」阿溢講：「信我啦，真係唔關你事㗎……」

呢一秒，空氣凍到就嚟凝結成冰，任何人都打破唔到呢個僵局。

「星瑤會搞成咁……根本就唔係你嘅錯……」阿溢苦澀咁講。
「所以……唔好再咁自責啦好冇？」
「仲有冇咩想講？冇嘅話，聽日見啦。」我重新踏出起步離開學校。

「星瑤會搞成咁⋯⋯根本就唔係你嘅錯⋯⋯」

　　阿溢啱啱嘅說話，不斷喺我個腦度響起。我喃喃自語，握實拳頭：「唔係我錯？點會唔係我錯⋯⋯」

「星瑤會搞成依家咁⋯⋯都係因為我。」

★ ★ ★ ★ ★ ★ ★ ★ ★ ★ ★

「係突發性嘅細胞瘤病變增生。」
　　「咩、咩話⋯⋯」我呆咗咁望住喺病床上昏迷緊嘅星瑤。

　　「由於病人腦裡面嘅腫瘤突然變大積水，觸及到神經線，所以令到病人因為未能承受劇烈痛楚而暈低。」醫生望住手上面份報告：「不過由於病人顱內壓力太高，所以我哋冇辦法幫佢進行手術排走多餘水份。」

　　「咁即係點？！即係你哋想任由星瑤自生自滅？！」我焦躁咁捉住醫生嘅衫袖：「你係醫生嚟㗎，點解可以見死不救？！」

　　只見醫生繼續目無表情咁望住我，慢慢咁講：「如果我哋依家幫佢進行手術嘅話，佢好大機會會因為壓力急降而發生腦部衰竭，之後⋯⋯**死亡**。」

　　我絕望咁垂低雙手，個腦即時變得一片空白。

　　「我哋已經幫病人打咗降腦脊液嘅類固醇，只要等到佢腦壓回復正常水平先會醒返。」醫生補充。

　　「咁要等幾耐？」我問。
　　「雖然未必有一個確實時間，不過以病人目前情況開始穩定嚟睇，

應該好快就會醒。」醫生講:「但我哋唔可以保證病人醒返之後仲可唔可以回復到以前嘅身體狀態。」

「因為病人發病之後擔誤咗太多時間先送到嚟醫院,所以腦裡面嘅壓力已經足夠損害佢嘅神經線,令到佢有機會產生後遺症。」

「即係話如果可以早啲送到星瑤嚟嘅話⋯⋯佢可能就會冇事?」我個心好似俾刀插咗一下。

「嗯⋯⋯」醫生諗咗一陣:「都可以咁講嘅。」
「不過依照事發地點喺長洲嚟睇,其實坐直升機送嚟瑪麗醫院已經係最快嘅路線,所以對於送院時間呢樣嘢就唔需要太過在意嘅。」

真係唔需要在意咩?

等到醫生離開咗之後,我慢慢行到去星瑤嘅床邊。我望住星瑤因為失去咗意識而閉起嘅雙眼,成個人軟弱無力咁瞓咗喺床上面,眼眶入面嘅眼淚好似缺堤咁一湧而下。

「星瑤⋯⋯你千祈唔好有事呀⋯⋯」我坐喺床邊緊握住佢隻手痛哭:「你有事嘅話⋯⋯叫我喺邊度搵個人返嚟陪我去墾丁睇星空⋯⋯」

「唔准你抌低我一個人㗎⋯⋯」
「星瑤!」呢個時候一把男聲伴隨住一群急速嘅步腳聲喺後面傳過嚟。

「星瑤唔使驚,我哋喺度呀!」阿彥跑到嚟我身邊捉起星瑤隻手,而佢嘅屋企人同埋星瑤爹地媽咪就苦澀咁企喺側邊望住星瑤:「星瑤!」

當阿彥發覺星瑤冇反應之後,立即將我拉咗出病房門口。

「我哋一收到你電話已經即刻趕過嚟㗎喇⋯⋯」阿彥淚流不止:

「究竟星瑤佢發生咩事呀⋯⋯快啲講畀我聽呀！」

當我諗返起啱先星瑤喺我面前暈低嘅畫面，我嘅內心就痛得好似就嚟要撕裂咁。

「星瑤佢⋯⋯」我傷心欲絕咁向阿彥講返個情況。
「點解會咁㗎⋯⋯」阿彥雙眼變得空洞無神，成個人挨咗喺牆邊：「明明星瑤佢噚晚都仲相安無事㗎⋯⋯」

我耳邊又再響起醫生嘅說話：**「如果可以早啲送到病人嚟嘅話，或者佢就會冇事。」**

「都係因為我⋯⋯星瑤先會搞成咁⋯⋯」我哽咽。

當初星瑤暈低嘅時候，我就好似個傻仔咁淨係識得跪咗喺地下攬住佢喊。

如果我有冷靜處理嘅話，或者一早就諗到要報警⋯⋯直升機就會早啲嚟⋯⋯星瑤就可以快啲去到醫院診治，或者⋯⋯

或者佢就唔會有事。

等到我同阿彥嘅心情稍為平服之後，我哋重新返到去星瑤嘅床邊。望住星瑤嘅媽咪攬住星瑤嘅爸地痛哭，其他人全部都露出一臉憂愁，實在令我覺得非常難堪。

我擰轉頭望向床上嘅星瑤，內心不斷祈求：「為咗屋企人又好，為咗我又好，為咗自己都好，妳都一定要加油，快啲醒返呀⋯⋯」

「星瑤。」

結果呢一晚，星瑤都仲係冇醒返。移民嘅計劃，亦因為星瑤嘅昏迷而擱置。

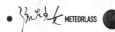

到咗一月二號嘅朝早，我先返到屋企同嘉琪講明咗一切，再向學校請咗一日病假，等我可以返去星瑤屋企幫佢執拾日用品。

中午左右我就揹住背囊出發，喺醫院樓下求其買咗個包之後就再次嚟到星瑤嘅身邊。

佢仍然好似個睡公主咁瞓喺床上面，等緊真命天子送佢一個真愛嘅吻。我哄低咗個身，輕輕錫咗佢一啖。

但童話故事裡面嘅奇蹟，冇如願出現。

我重新坐返喺星瑤床邊嘅凳度，捉住佢隻手，望住佢嘅臉，唔覺意諗嘢諗到出晒神。直到我回神望一望手錶，原來已經五點幾。

「阿哥。」一把熟悉嘅聲音傳嚟。

原來係嘉琪帶埋阿溢佢哋嚟探星瑤。當中包括⋯⋯紫鈴。我同紫鈴對望咗一下，然後我成個人都變得不知所措。

「Hello，」我強行微笑：「你哋睇下星瑤先啦，我去個洗手間。」

依家嘅我，實在唔知道應該用咩身份去對待紫鈴，又或者係，我實在唔知喺呢段咁艱難嘅時刻裡面，紫鈴對我嚟講應該係一個點樣嘅身份。

知心密友？俾我依靠嘅女仔？

我相信咁樣做最後只會將紫鈴當咗做一個「水泡」。所以唯一嘅方法，就係盡量減少我哋之間嘅交流。但世事又點會盡如人意。當我喺洗手間行出嚟嘅時候，就發現紫鈴挨咗喺幅牆度等緊我。

「家樹。」紫鈴見到我之後立即走咗埋嚟一臉關心咁講：「你見點呀？」

望住紫鈴，我係幾咁想即刻攬住佢喺度喊，同佢講我依家真係好痛苦。但係……

「我冇事呀放心。」我強忍住衝動。

「記得要飲水食嘢，咁先有力照顧星瑤㗎。」紫鈴咬咗一下嘴唇：「如果有啲咩事嘅話，記得同我講……」

我冇確切咁回應佢，只係微微笑咗一下。

「我哋返去啦。」我講。

「嗯。」紫鈴點點頭。

我行喺紫鈴前面，一齊返到病房，轉眼間已經到咗夜晚。

「都夜喇，你哋返去啦，有我喺度得㗎喇。」我講。

「你仲諗住請病假？」阿溢擔憂咁講：「咁樣落去唔係辦法㗎……」

「放心啦，我聽日會返學。」我專注咁望住星瑤：「只係……我想陪多佢一陣。」

「咁好啦。」阿溢語重心長咁拍咗我膊頭一下：「早啲休息。」

就喺大家都行出病房嘅時候，紫鈴仲企咗喺我身邊。

「仲唔走嘅？」我問。

「家樹……」紫鈴同我互相對望：「我講真㗎，如果有啲咩事，記得同我講。」

「知道喇。」我忐忑咁講。

「我呢……」紫鈴摸一摸我個頭：「一定會支持你，同你分擔㗎。」

聽到呢句說話，我嘅眼淚差啲就喺佢面前流咗出嚟。

「多謝你。」我扭過頭嚟逃避佢嘅眼神:「佢哋喺出面等緊你呀,快啲行啦。」

「嗯⋯⋯」紫鈴窒咗一窒:「咁我走喇,掰掰。」

腳步聲越行越遠,最後消失喺我聽覺之中,我即刻擰轉身望,發現所有人都走咗。

「我真係失敗⋯⋯」我伏咗喺星瑤嘅床邊喊:「我可以點做、我可以點做呀⋯⋯」

「你可以去追佢㗎。」
「唔得,我已經有星瑤⋯⋯」我痛苦咁講。

咪住。我驚訝咁抬起頭,臉上露出久違嘅笑容。

「算啦你,仲記得有我。」星瑤瞓喺床上面望住我微笑。
「星瑤!」我捉住星瑤隻手:「你醒返喇!我去叫醫生!」

講完之後我就準備跑出走廊。

「等等!」星瑤嘅說話打斷咗我嘅步伐。
「做咩事?」我急忙走返去星瑤身邊。
「如果⋯⋯」星瑤嘅眼神閃過一刻沉重:「如果我陪唔到你去墾丁,你會唔會好失望㗎?」

「傻妹嚟嘅,點會陪唔到!」我再次捉住星瑤雙手:「你有事㗎喇,你遲下就可以去英國做手術,做完好返之後我哋就可以一齊搬去墾丁睇星空!」

星瑤望住我眨一眨眼,把口始終冇答我。

「做、做咩呀?」我一臉焦急:「信我啦,你有事㗎喇!」

「對唔住呀⋯⋯我諗我真係陪唔到你喇。」星瑤嘅眼眶入面滲出咗眼淚。

「因為我對腳已經⋯⋯」
「冇晒知覺。」

『仍祈望那重傷或會有轉向　這是妄想怎也說不上』
『無力軟弱總不免變得倔強　無奈生於死角只得一個下場』

●　　●　　●　　●　　●

經醫生診斷之後，證實星瑤下半身「半永久癱瘓」，腫瘤壓住咗部分神經線，令信息唔能夠經由大腦發出，繼而控制唔到身體。

如果唔可以完全切除到腫瘤嘅話，星瑤就會冇辦法重新行到路，而呢個情況⋯⋯只會越嚟越嚴重。隨住腫瘤變大，星瑤會由下身開始逐步喪失活動能力，最後⋯⋯變成植物人。

但最差嘅情況都唔係咁。

星瑤變成植物人之後，佢嘅身體機能其實仲可以正常運作，佢仍然可以睇到嘢、聽到嘢、有味覺、有嗅覺，內藏亦會保持健康。

不過喺呢個情況下，佢嘅腦腫瘤會因為涉及太多條神經線而冇辦法完全切除。星瑤只可以永遠停喺呢個狀態之下生存。

即係話，佢會生不如死。

而一切都係我搞到星瑤變成咁⋯⋯

第二日，我都係請咗病假去醫院。

為咗等星瑤可以盡快做到手術，阿彥一家人同星瑤嘅爹地媽咪喺度同英國嗰邊商量，所以抽唔到時間嚟探星瑤。

我將星瑤抱到落輪椅上，徐徐推到外面嘅草地。

「好好陽光呀今日！」我瘜喺星瑤身邊。
「你都仲未答我，你今日做咩唔返學！」星瑤一拳打落我手臂。

「咁我想多啲時間陪你呀嘛。」我一手捉住星瑤隻手：「唔通你唔想見到我？」

「點會唔想！」星瑤笑起上嚟：「不過你都可以放咗學先嚟探我㗎嘛！」

妳嘅微笑，總係咁令人感到溫暖。

「好啦好啦，咁我聽日開始返學啦！」我投降：「但你要應承我，一定要聽醫生話準時食類固醇，如果唔係你又會因為腦壓上升而暈低！」

「唉……」星瑤鼓起泡腮，「但啲類固醇會食到我變包包臉㗎喎……嗚……」

「樣緊要啲定條命仔緊要啲呀劉小姐！」我冇好氣咁講。
「樣！」星瑤諗都唔諗就答我。
「因為我唔靚嘅話……」星瑤將上身哄向我：「你就會唔要我！」
「傻妹。」我將隻手撺咗喺佢個頭上面：「我唔會扰低你㗎。」

「無論你變成點，你都係我最愛嘅女人。」

「我愛你，劉星瑤。」我將個頭伸向前，同星瑤接上一吻。

突然間我感覺到有啲濕濕地嘅嘢落咗喺我塊臉度。我擘大眼一睇，就發現星瑤喊得好犀利。

「嘩你喊到！」我笑住幫星瑤抹走淚水。
「家樹……」星瑤雙眼變得水汪汪：「你真係唔會後悔咩？」
「我就死㗎喇……就算唔死都會係植物人……」
「你甘心同一個咁嘅人承諾啱先所講過嘅嘢咩？」

我望住星瑤堅定咁講：「能夠喺呢一世遇到你，係我今世最大嘅福氣。我唔奢望我哋可以好似其他人咁一齊跑步、一齊溜冰、一齊游水、一齊去尖沙咀迫倒數。」

「但我仍然希望，我可以陪喺你身邊，一齊睇每一個日出日落，一齊笑，一齊喊，一齊記低屬於我哋天空有幾多粒星星。」

「所以我可以好有信心咁同你講，」我捉住星瑤對手撳喺佢大髀上面，望住佢溫柔一笑。

「我馬家樹絕對唔會後悔，而且甘心願意從此以後都守喺你身邊，好好照顧你，劉星瑤。」

「傻瓜……」星瑤淚中帶笑：「傻瓜傻瓜傻瓜！」
「嘻嘻！」我錫咗星瑤嘅額頭一下：「傻妹！」

冇錯，為咗你，我一定要快啲賺到錢，然後帶妳去墾丁欣賞嗰一片星空。

★ ★ ★ ★ ★ ★ ★ ★ ★ ★

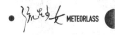

「砰啪！」一個唔留神，我手上嘅碗碟完美咁跌咗落地下化成碎片。

「喂，你喺度做嘢定拆樓呀！」樓面經理一臉憤怒咁走埋嚟：「係咪唔想撈呀？！」

「唔係唔係！」我即刻瘃低身執手尾，點知又一個唔小心刮傷咗手指。

「唉！」經理將我抽返起身：「做咗成個月㗎喇，都仲可以咁失魂嘅！」

「Sorry⋯⋯」我檢查自己嘅傷勢。
「你近排做咩落晒形咁呀，一開始嗰陣唔係好有幹勁㗎咩？」經理擔心我：「係咪發生咗啲咩事呀？」

「冇事呀。」我笑咗一笑：「太攰啫。」
「咁你唔好執喇，快啲洗個手返屋企休息下啦！」經理拍拍我嘅膊頭：「聽日見啦！」

講完之後佢就轉身繼續幫人落單。我去到員工休息室將黑色呔同白恤衫塞入儲物櫃，然後換返今朝著嘅校服。執好晒嘢同啲同事道別之後，我好似之前咁坐地鐵由九龍灣出發去堅尼地城。

「二百零四蚊⋯⋯」我用緊手機嘅計數機：「加埋就有萬四⋯⋯」

喺堅尼地城出閘之後轉54M小巴，終於嚟到瑪麗醫院。

「佢去咗沖涼就返嚟喇，你坐喺度等陣先啦！」負責睇住呢一層嘅護士溫柔咁講。

「嗯，好呀唔該。」我坐咗喺星瑤床邊。
「你真係好有恆心嗰，自從星瑤入嚟之後你就日日都嚟！」護士

一臉欣賞:「星瑤每次見完你之後都會好開心㗎,咁樣對佢心境好有幫助!」

「係咩?」我微笑咗一下:「最緊要係佢開心啫。」

「但我反而覺得你瘦咗又憔悴咗!係咪休息唔夠呢?」護士姑娘打量住我。

「唔係呀,我幾好。」我答。

「嗯,咁好啦。」姑娘擔心咁講:「總之記住唔好冧低呀,星瑤好需要你嘅支持!」

「知道喇。」我再次微笑。

「家樹!」一把甜美嘅聲音傳嚟,令我笑得更開心。

「今日咁早嘅!」星瑤坐住輪椅俾另一個護士推過嚟。

「係呀,見冇咩嘢做咪早啲放工囉!」我接住輪椅,然後抱起星瑤將佢放喺床上面靠住牆坐。

「又返工!?」星瑤一臉擔憂:「你真係日日都返工㗎喎!」

「咁我想快啲儲到錢同你去墾丁嘛!」我期待咁講:「你知唔知呀,計埋今日啲糧,加埋我以前啲積蓄,我已經儲咗萬四蚊喇!」

「就算係呀你都唔使咁搏㗎嘛傻瓜!」星瑤勉強將手拎起,輕輕彈咗我額頭一下:「睇下你成塊面都瘦晒喇……」

我望住眼前呢個情景,眼淚一忍唔住就湧晒出嚟。

「做咩無啦啦喊呀!」星瑤驚慌咁講。

「冇……」我哽咽咁答:「一諗到可以同你瞓喺沙灘上面睇星空,我就開心到喊啫……」

「傻瓜嚟嘅!」星瑤笑得好燦爛。

係,我真係一個傻瓜。

自從星瑤醒返嗰日開始，我就喺九龍灣一間高級西餐廳度做侍應。每天放學之後我都會去呢間餐廳度返工，希望快啲儲到一筆錢帶星瑤去睇星空。

至於幾時去……我有諗咁多。總之等星瑤個病好轉啲，我就會即刻帶佢去。

而喺我放工之後就嚟到醫院同星瑤傾計，風雨不改。深夜返到屋企，我就會繼續溫習，希望努力埋星瑤嗰份，為佢考入大學。

雖然每天淨係得瞓得三個鐘令我有啲攰，尤其喺放工之後我更加係成個身都就嚟散晒，但我個心，從來都冇覺得過疲倦，咁係因為星瑤。

每晚嚟到醫院見到星瑤嘅時候，我就會覺得非常溫暖，所有煩惱都會一下子消失晒，就算有幾艱辛，我都覺得自己可以捱得過。

星瑤甜蜜嘅笑容，就係支撐住我嘅原動力，之不過呢個笑容……可能就嚟要消失喺我嘅眼前。

英國嗰位腦科權威醫生嘅檔期已經滿晒，最快都要去到三月頭先可以為星瑤開刀。

為咗令星瑤可以捱到去三月，醫院方面持續畀佢食類固醇維持血壓。雖然咁樣嘅確令星瑤冇再因為腦壓過高而再次暈低，但佢塊臉就因為副作用而變得腫起上嚟。

但呢啲都唔係令笑容消失嘅原因。

真正令星瑤無法再展露笑容嘅係……佢個腦裡面逐漸變大嘅黃色星形細胞瘤。

呢個腫瘤不斷壓住星瑤嘅神經線，並且不斷向外伸展，令星瑤逐步喪失活動能力。由下身開始，到腰、背部、胸口、手、頸、頭，

最後……

　　雖然我一早就知道會有呢個結果，但我冇諗過原來成個過程會係咁快。短短一個月，星瑤就已經有辦法郁到手部以下嘅身體。

　　太快……真係太快喇……**快到……好似仲未欣賞夠眼前嘅風景，就已經要啟程去下一個地方。**

　　望住星瑤一日一日咁衰弱，我真係覺得好心痛，好心痛。

　　呢種痛令我冇辦法提起幹勁做嘢，亦都唔知可以點樣面對星瑤。

　　但路總係要行，我一定唔可以令星瑤覺得痛苦。我要做嘅，就是等佢感受到開心。只要可以令到佢開心……我就已經心滿意足……

　　同星瑤一路傾一路笑咗成晚，都差唔多要走喇。

　　「走喇？」星瑤鼓起泡腮。
　　「係呀，我一陣返去仲要溫書。」我幫星瑤瞓喺床上面再幫佢冚好被。

　　「嗚……」星瑤扁嘴。
　　「唔好唔開心啦！」我安慰星瑤：「最多我聽日帶個琴返嚟畀你玩！」

　　「真係㗎？」星瑤笑返：「你講㗎！」
　　「嗯，我應承你。」我扶起星瑤隻手，同佢勾手指尾。

　　離開咗醫院，我一個人行返屋企，行下行下，我啲眼淚又不自覺咁流咗落嚟。星瑤……你一定要撐落去……

　　第二日夜晚，我一收咗工就揹住自己屋企個電子琴嚟到醫院。

　　當我轉入病房嘅時候，就見到星瑤靠咗喺在床頭邊抬頭望向夜空。呢個畫面，就同以前喺佢屋企嘅時候一模一樣。

　　「星瑤？」我緩緩行咗過去。
　　「嚟咗喇？」星瑤擰轉頭嚟望住我。
　　「係呀。」我將琴袋拉開，再將裡面部電子琴放喺星瑤張枱上面：「我攞咗嚟畀你喇。」

　　「多謝你呀家樹。」星瑤繼續望向窗外。
　　「你喺度睇緊啲咩？」我坐咗喺星瑤身邊緊握住佢隻手，同佢一齊望住個天。

　　「呢度都有星星睇嘅。」星瑤雙眼掃視住：「同白鱲灣個度簡直冇得比。」

　　聽到呢句說話，我又諗返起嗰日嘅畫面。

　　「好對唔住呀家樹，你送畀我嘅星空瓶咁就俾我整爛咗……」星瑤望著我內疚咁講。

　　「傻妹，你想要嘅話我送幾多個畀你都得！」我更加內疚咁樣微笑：「放心啦，遲下我就會帶你去睇再靚啲嘅真星空，唔使再要嗰啲樽！」

　　「遲下……可能冇遲下㗎喇。」星瑤雙眼隱藏咗啲眼淚。

　　「點會冇遲下！」連日嚟嘅壓抑沖散咗我嘅情緒，令我一下子嬲起上嚟：「唔准你咁講！」

　　「家樹呀……」星瑤嘅眼角不斷滴出水珠：「你知道㗎……你根本就知道㗎！！！」

　　「我……」我呆咗咁望住星瑤。

「你根本就知道㗎……我就嚟變成植物人㗎喇……」星瑤哭不成聲:「我冇可能再陪你去睇星空㗎喇……嚟唔切㗎喇……」

「唔係㗎,可以㗎!!!」我嘅眼淚亦都喺度流緊:「我七號就出糧喇……即係聽日就出糧!!!冇錯喇,出咗糧之後我即刻帶你去墾丁睇星!」

「唔可以㗎……我都行唔到……」星瑤痛哭流涕:「我係廢人嚟㗎!連琴都彈唔到㗎喇!」

講完之後星瑤用盡力將電子琴一下子推落地。

「砰!」一聲巨響之下,電子琴上嘅琴鍵碎嘅碎,爛嘅爛,散滿喺地下每個角落。

「星瑤呀!」我將星瑤攬住,緊緊咁抱住佢痛哭:「唔好咁,求下你唔好咁……」

「嗚呀……」星瑤無力咁依偎喺我胸前。

星瑤,原來你一直都收埋咗咁多壓力,但從來都只係將最燦爛嘅笑容放喺我哋眼前……一直以嚟,我以為係自己幫你撐起半邊天;但到頭來,原來係你幫我照顧住成個世界。

「對唔住呀,我一直都唔知你係咁傷心……」唔知過咗幾耐,我先將喊聲慢慢收細。

「原諒我呀好冇?」
「我咪講過囉,我從來都冇嬲過你,」星瑤微微推開咗我,水汪汪嘅眼神同我對望住:「反而好想同你講……我真係好多謝你㗎,家樹。」

「星瑤……」我一臉感傷。
「其實好耐以前我就已經好想同你講呢番說話。」星瑤微笑:

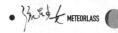

「依家總算有機會畀我講喇。」

「應該係話，我依家唔講，我怕冇時間講。」
「你唔會有事㗎！信我吖，你唔會有事！」我激動咁講。

星瑤搖咗一下頭：「有冇事，我最清楚。」

「我總係覺得差唔多喇。」
「唔會㗎、唔會㗎！」我奮力搖頭。
「點都好啦，我都好想喺依家講埋心裡面嘅說話出嚟。」星瑤莞爾一笑。

「真係好多謝你，馬家樹。」
「係你令我明白到，劉星瑤都可以擁有佢自己嘅人生；係你令我感受到，劉星瑤都可以嘗試俾人愛嘅滋味；係你令我清楚到，劉星瑤都可以有生存落去嘅目標。我好感激你對我嘅不離不棄，更加感激你勇於為我分擔一切嘅心。」

「雖然今世我實在係認識得你太唔合時，但我已經覺得好滿足，好足夠喇。」

「可以同你住埋一齊，同你做義工，同你拍拖，同你去台灣，同　你再次見面，同你走到嚟今時今日，已經係我最大嘅福氣。」

「希望⋯⋯」星瑤流住眼淚，用手指喺我心口位置畫咗一粒星星：「希望下一世，我可以早啲遇到你啦。」

「馬家樹，我愛你。」

呢一刻，我個心感到無比劇痛，既係身痛，亦係心痛，但更多嘅係愛佢嘅痛。

「星瑤⋯⋯」我抹去眼上嘅淚水，但佢又隨即湧出嚟：「我相信下一世，我一定可以再次遇到你。」

「你係我馬家樹，今世今生，下生下世，最愛嘅女仔。劉星瑤，我愛你。」

「嘻嘻，肉麻……」星瑤破涕為笑：「但你要應承我，如果我真係走咗嘅話，要代埋我嗰份好好對待身邊嘅人。」

「譬如係阿彥、我父母、高姨姨、Mandy、嘉琪、阿明、阿溢、詠琳……」

「最後，亦都係最重要。」星瑤將手指尾遞起：「好好對紫鈴，可以嘛？」

我冇思考咁多，直接將手同星瑤嘅手緊扣住：「可以，我應承你。」

「咁就好……」星瑤嘅笑容真係好靚，好靚。

我哋合埋雙眼，攬住對方將頭哄前，盡情享受呢一個吻。

「吖仲有！」
「仲有！?」
「我都係想要返個星空瓶！」
「唉得，聽日畀你啦！」
「好耶！」

返到屋企之後，我就花咗一個通宵嘅時間重新做好咗一個星空瓶。

不知道係咪因為噚晚同星瑤互相坦白咗一切嘅關係，今日我嘅心情總係好似變得開朗咗好多。

冇錯！話唔定星瑤可以捱到去做手術！吖唔係，係一定可以！

「嗱，你份糧！」差唔多放工嘅時候經理向我遞上一個滿滿嘅信封。

我打開一睇，發現好似比我應有嘅糧仲要嚟得多。

「點解好似多咗咁嘅？」我疑惑。

「哎Diu，嗰啲錢下話，」一向火爆嘅經理居然有少少怕醜咁講：「我私人醒你嘅！」

「點解！？」我更加困惑。

「後生仔，我見世面仲多過你食屎啦。」經理拍拍我膊頭：「你係咪等錢使呢，我一眼就睇得出。」

「攞去用啦，反正我又單身寡佬，唔使用咁多！」經理微笑：「最多咪下份糧先扣返畀我！」

「多、多謝你呀！」我實在無以感激，於是攬住咗佢。
「你唔係日日都趕收工㗎咩？快啲走啦！」經理推咗我背脊一下：「聽日見啦！」

「嗯！」我揹起放住星空瓶嘅書包，攞住信封飛奔去醫院。

雖然呢筆錢絕對唔夠喺墾丁買屋，但如果係同星瑤喺嗰度租屋住一段時間嘅話就絕對唔成問題！

估唔到上天有時候都幾好人嘅！「鈴鈴」手機突然響起，我拎嚟睇發現係未知來電。

「喂？」我直接撳咗接聽掣。

逐漸逐漸咁，我雙眼變得空白無神。

我拼命跑緊上醫院嘅樓梯，個腦早就已經急得缺乏氧氣。

「九點十五分。」唔得⋯⋯我唔可以冧低㗎！！！

「砰！」我將防煙門推開，向住手術室狂衝。三步、兩步，等我呀⋯⋯等我呀！！！

一步⋯⋯終於到喇！

「星瑤！」我望向手術室外嘅燈，發現佢早就已經熄咗。
「去咗邊、去咗邊呀？？？」我喺走廊度大叫：「星瑤！我喺度呀，你喺邊呀？？？」

就喺呢個時候，我見到護士嘅身影！於是我立即跑過去扯住佢嘅衫袖。

「姑娘，星瑤呢？星瑤係邊呀？」我成個人失去咗方寸。

姑娘冇回答我，只係默默咁讓開咗，出現喺我眼前嘅，係星瑤。靜靜咁瞓咗喺張床度，雙眼合上而且微笑住。我緩緩走到佢嘅身邊，輕輕握住佢隻手。星瑤瞓著嘅樣，真係好靚，好靚。

「星瑤⋯⋯我帶咗星空瓶畀你喇⋯⋯」我跪咗喺地下，眼淚早就淹沒咗成個眼圈：「話你聽吖⋯⋯我儲夠錢喇，可以同你一齊去墾丁睇星空喇⋯⋯」

冇錯，佢瞓著嘅樣真係好靚。靚到我好想幫佢影低，再叫佢起身睇下自己有幾靚。

「所以求下你⋯⋯你起身啦⋯⋯」只是我諗，再冇咁嘅機會喇。

星瑤佢⋯⋯冇再醒返。

上天，你好殘忍。

『雖則你我被每粒星唾棄　我們貧乏卻去到金禧』
『七百年隨年歲記憶老去　仍然有你的忠心愛侶』

二月七日晚上九時十二分，星瑤離開咗呢個世界，化為夜空中嘅一粒流星。

流星，雖然燦爛美麗，卻一閃即逝。

我記得紫鈴曾經講過，人會感到痛苦係正常嘅。或者係因為失戀，或者係因為失意，或者係因為失去至親。但無論如何，最緊要嘅係唔好畀機會自己後悔。

後悔冇同愛人表白，後悔冇做想做嘅事，後悔、後悔冇趕上星瑤離開嘅一刻。

因為後悔，係一個永遠唔能夠修補嘅傷口。呢個傷口只會一直喺你身上殘留，即使經過歲月嘅洗禮沉澱，佢依然會深深植根喺你心裡面嘅某一處，令你痛苦得嚟，又冇地方可以宣洩到。

所以千祈、千祈唔好畀自己有後悔嘅機會。一旦錯過咗，就冇可能返轉頭。

不過……我真係好後悔自己冇喺最後一刻陪伴住星瑤。

如果我早少少去到，或者就可以見到佢最後一面；如果我早少少去到，或者就可以親手送星空瓶畀佢；如果我早少少去到，或者就可以同佢講句最後嘅……「我愛你」。

可惜，可惜冇如果。

●　　●　　●　　●　　●　　●

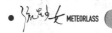

星瑤最後都係撐唔到去英國做手術。

根據醫生所講，星瑤係因為腦部再次積水而令到大量腦脊液穿越枕骨大孔損害延髓，導致死亡。

老實講，當時嘅我實在冇心機聽，亦都唔想聽得明。

雖然醫生極度懷疑，如果星瑤有定時服食類固醇嘅話應該冇咩機會誘發到呢個症狀，但我對呢種咁嘅猜測已經唔想理。

因為我知道，星瑤一定唔會做出任何傷害自己嘅事。佢係一個好堅強，好有個性，好溫柔嘅女仔。為咗屋企人、為咗我、為咗佢自己，佢一定唔會自尋短見。

不過我到依家都係唔想接受呢個事實，我幾咁希望一覺醒返之後，星瑤就會好似最初咁瞓喺我身邊。

咁樣我就可以撫摸佢嘅頭髮，聞住佢嘅白蘭花香，緊緊咁攬住佢，輕輕錫佢一啖……

有時候我仲會喺度諗，如果星瑤當日能夠早啲被送到醫院嘅話，佢嘅命運會不會因為咁而改寫？

我好後悔……好後悔。

幾日之後，我返咗去醫院幫星瑤收拾遺物。我攞住啲遺物，重新嚟到長洲嘅白色大屋。

「咔嚓。」打開門嘅係星瑤媽咪。

「真係唔好意思呀家樹，因為阿彥佢哋要處理英國嗰邊嘅嘢，所以搞到要你幫手做呢啲嘢喺……」星瑤媽咪一臉痛心咁笑住講。

「舉手之勞啫。」我報以微笑：「始終你哋要忙星瑤嘅身後事，呢啲瑣碎嘢交畀我就得。」

「真係唔該晒你……」星瑤媽咪感到安慰。「星瑤呢個傻女，最好彩嘅就係遇到阿彥同埋你。」

「如果冇咗你哋，我哋一早就已經唔知點算。」
「唔好咁講啦Auntie，你同Uncle其實都付出咗好多。」我講：「我記得星瑤以前同我過講，佢好感激你哋對佢嘅愛，亦都好慶幸自己今世可以做到你哋個囡。」

「真係㗎？」星瑤媽咪聽到之後淚水一湧而下：「佢正一傻女㗎……」

入到屋之後，每一寸地方，每一樣事物，都好似仍然留住咗星瑤嘅身影。

「遲下我哋就會搬㗎喇。」星瑤媽咪講。
「搬！？」我窒咗一下。
「係呀。」星瑤媽咪繼續講：「始終星瑤又走咗……我哋都再冇咩理由繼續留喺呢度黐住阿彥一家人。」

我突然覺得記起星瑤嘅一句說話。

「你要應承我，如果我真係走咗嘅話，要代埋我嗰份好好對待身邊嘅人。」

「Auntie，」我堅定咁講：「不如唔好咁快就下決定？」

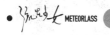

「始終我覺得……雖然星瑤已經走咗，但你同阿彥一家人生活嘅片段，一齊經歷過嘅嘢，已經足夠令你哋成為真正嘅親人。」

「話唔定，高姨姨都唔想你哋走呢。」

「親人呀，」星瑤媽咪聽完之後露出咗一個久違嘅真摯笑容：「好呀，我會再諗諗先。」

「咁就好，」我微笑：「咁就好。」

之後我嚟到星瑤嘅房門前。望住呢道閂埋咗嘅門，我幾咁希望一打開就可以見到星瑤。

「咔嚓。」門打開嘅一瞬間，突然有個身影向我衝過嚟！

「家樹！」星瑤成個人撲入我嘅懷中。
「傻妹。」我輕撫住佢嘅頭髮。

諗下諗下，我嘅眼淚又不自覺咁流咗落嚟。

「咔嚓。」我緩緩打開門。

熟悉嘅白蘭花香由房裡面湧出嚟，令我即刻喊到收唔到聲。我哽咽咁走入去，觀看住房間嘅一切。

我同星瑤喺呢度傾計，喺呢度擁吻，喺呢度嘅回憶……一切，都好似只係噚日發生嘅事。我抹去眼角嘅眼淚，開始為星瑤執拾物品。

星瑤嘅嘢唔多，之前為咗準備移民已經接近全部扚晒，剩低嘅就只有幾十件衫以及一啲隨身物品。

我大概將遺物分成棄置、火化、留念三類，不過總有啲嘢係分唔到類嘅，例如話係……手機。

我攞起手機打開螢幕，然後眼淚又忍唔住傾瀉出嚟。螢幕裡面嘅Wallpaper，正正係我同星瑤係吉吉家影嘅合照。

我即刻喺銀包裡面抽出相同嘅照片，心裡面嘅悸動瞬間令我痛到震。

「星瑤、星瑤……」我將頭壓咗喺地下痛哭：「我好掛住你呀……」

唔知喊咗幾耐，我先至慢慢平服到心情。

「我記得……」我喺密碼畫面輸入咗自己嘅生日數字。

果然，手機解開咗鎖，我撳咗入去相簿裡面，走入屬於星瑤嘅回憶。

當中除咗有我同星瑤嘅生活片段之外，仲有好多我冇見過，甚至冇參與過，只屬於星瑤同其他人嘅時光。就好似係星瑤同阿彥喺傢私舖食熱狗嗰陣自拍嘅合照，星瑤考到演奏級鋼琴嗰陣同Mandy影嘅合照，又或者係星瑤一家人喺聖誕節嗰陣影嘅合照。

雖然每張相都唔同，但存在住同一個共通點。每張相裡面嘅星瑤，都係笑得好燦爛，好美麗。

或者星瑤嘅病曾經為身邊嘅人帶嚟悲傷，痛苦。但星瑤呢個傻女，亦都成為咗大家歡樂嘅原因。佢不斷為身邊嘅人帶嚟活力，用自己嘅笑容感染親人、感染朋友、感染我。假如我從來冇認識過星瑤，或者依家嘅我只不過會係一個淨係識每日返屋企打機瞓覺，一無是處，冇目標，冇動力生活嘅廢人。

但自從遇到星瑤以後，一切都變得特別上嚟。佢嘅行為、天真、細心、溫柔……佢嘅一切，都令我開始識得努力做人，識得活在當下，識得愛同被愛。我好想、好想再次親口同佢講一聲多謝……

我退出相簿，打算熄咗手機之後放入紀念盒。但我隻手停住咗喺

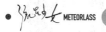

一個App嘅Icon前面。

講起上嚟喺我啱啱搬入長洲住嘅時候，我曾經咁樣問過星瑤。

我用自己嘅帳戶撳咗入Meteorlass嘅IG，發現自己仍然係Waiting for accept。

不過比較出奇嘅係，唔知由幾時開始，星瑤嘅 Followers嗰個位居然變咗做「0」，而Following就係「1」。

「星瑤！」我將手機遞上：「你個IG搞咩嘢，冇晒Followers同Following嘅！？」

「係呀，我諗住淨係畀自己睇！」星瑤笑咗一下。
「咁奇怪？」我一臉不解：「咁嗰個Following係邊個？」
「咪你囉死蠢！」星瑤鼓起泡腮。「乜我Follow咗你你都唔知㗎咩！」

「我好少Check呢啲嘢㗎嘛……」我講：「既然你都Follow得我，做咩又唔Accept我個Request！好唔公平！」

「我講咗啦，個IG係畀我自己睇㗎嘛！」星瑤彈咗我個額頭一下：「乜你想睇咩？」

「梗係想啦！」我即刻答。
「嗯……」星瑤扮晒考慮：「好啦，我決定咗！」
「嗯嗯！」我一臉期待。
「都係冇得傾，嘻嘻！」星瑤奸笑咗一下。
「哼！」我好唔滿意咁坐返喺梳化。
「唔好嬲啦！」星瑤攬住咗我：「你總會有機會睇到嘅。」
「總會有機會？即係幾時？」我疑問。
「遲下啦！嗯，遲下。」星瑤微笑。

喺好奇心驅使之下，我撳咗入IG。終於都可以知道星瑤喺IG裡面記錄咗啲咩⋯⋯不過眼前嘅畫面，就令我不能置信。

「請登入：帳戶：密碼：⋯⋯」

「居然登出咗⋯⋯」我嘗試將幾串有可能嘅數字輸入，但都係登入唔到：「星瑤⋯⋯你講嘅機會究竟去咗邊⋯⋯」

我好失望咁熄咗部手機，再將佢放入盒。睇嚟⋯⋯我呢一世都係冇辦法再知道裡面嘅事。

執拾過後，我道別過星瑤爹地媽咪就返自己屋企。

「阿哥，」嘉琪憔悴嘅樣明顯心情仲未穩定返：「星瑤啲嘢搞成點？」

「星瑤爹地媽咪幫佢搞緊死亡登記，之後大部分嘅程序都會交畀長生店處理。」我回答：「遲下我知道咗個憑弔時間就同你哋講啦。」

「嗯。」嘉琪點咗一下頭：「阿哥⋯⋯」
「做咩？」我淡然咁講。
「你⋯⋯冇事呀可？」嘉琪帶住擔憂嘅語氣講。
「傻嘅。」我撳住嘉琪個頭：「你阿哥唔會有事㗎。」

嘉琪誠懇咁望住我：「記住以後有咩事都好，都一定要同我講，畀我同你分擔呀！」

「家樹⋯⋯」紫鈴與我互相對望：「我講真㗎，如果有啲咩事，記得同我講。」

「知道喇。」我志忑咁講。
「我呢⋯⋯」紫鈴摸一摸我個頭：「一定會支持你，同你分擔㗎。」

紫鈴⋯⋯

「嗯，我知㗎喇。」我望住嘉琪微微一笑：「我等錢使嗰陣就會問你攞！」

「妖！」嘉琪作勢打咗我一下。

我走入房攤喺床上面，思考住星瑤嘅說話。

「最後，亦都係最重要。」星瑤將手指尾遞起：「好好對紫鈴，可以嘛？」

我冇思考咁多，直接將手與星瑤緊扣住。

「可以，我應承你。」
「咁就好⋯⋯」星瑤破涕為笑。

我緊握住星瑤送畀我嘅星形鏈咀，匿埋喺一個角落。好好對待紫鈴嘛⋯⋯但係依家嘅我，實在冇辦法再去容納多一份愛。

無論係我對紫鈴嘅愛，定係紫鈴對我嘅愛，我都冇辦法好好面對。只怕如果我強行順住星瑤嘅遺願去做嘅話，只會令紫鈴淪為我向星瑤遵守承諾嘅物品⋯⋯咁樣對紫鈴太唔公平。

所以⋯⋯都係暫時擱置住先啦。喺呢段時間裡面⋯⋯就等我靜靜咁喺遠處守護住紫鈴。

到咗第二日下晝，阿溢約咗我去九龍灣食下午茶。

「如果有啲咩需要我幫手就出聲啦。」阿溢咬住一啖香腸：「我一定會幫你。」

「得啦，我OK喎。」我回答。

「家樹……」阿溢擺低咗刀叉，認真咁望住我：「你仲覺得係自己嘅錯？」

「嗯？」我低頭食嘢：「我唔明你講緊啲咩。」

「你知我講咩㗎。」阿溢繼續講：「星瑤嘅事。」

呢句說話好似一把長刀插喉我身上。

「唔講呢樣嘢得唔得？」我抬起頭望住前方嘅阿溢。

「家樹呀……」阿溢著緊咁講：「你可以做嘅嘢一早做晒喇㗎喇，星瑤嘅死冇人想㗎，點解你要咁自責呢？」

「而且嗰一晚你都已經盡晒力跑去醫院啦，所以見唔到星瑤最後一面都唔係你嘅問題嚟㗎……」

「夠喇！！！」我大叫嘅聲音，震撼到成間餐廳嘅人都望咗過嚟。

「夠喇！我唔知呀……我真係唔知呀……」我個頭好痛，好痛。

「家樹……」阿溢成個人呆住咗：「對唔住，我唔係有心……」

食完嘢之後，我自己一個人喺街上面遊蕩。一直我諗返起阿溢嘅說話，或者……真係我太自責……？

但係我始終冇辦法說服自己，叫自己放低後悔，放低痛苦。睇嚟我都係要搵人傾訴下好啲……

最好就係搵一個識得星瑤，又有人生閱歷嘅人……係喇！乜唔係就有一個咁嘅人喺度咩！？佢一定可以畀到建議我！！！

「冇錯喇！一於去搵佢啦！」我突然笑返。

我即刻搭車去到觀塘，穿過大街小巷，嚟到一幢唐樓面前。

「呼……」我望住眼前嘅樓梯，諗返起當日嘅情景。

「十樓……」我望住張地址，真係標晒冷汗。

「嚟啦！我哋要行快啲！」星瑤喺後面推住我：「唔可以要婆婆等㗎！」

唉……死就死啦！

於是我哋一鼓作氣就行上去。

唔知道葉婆婆知道咗星瑤嘅事之後會有咩反應呢……我深呼吸咗一啖氣，一鼓作氣嚟到葉婆婆屋企門口。

「叮噹。」冇人應門。
「叮噹。」都係冇人回應。

「去咗邊呢……」我疑惑咁講。

我記得喇，葉婆婆曾經講過佢間唔中會落街買餸！一於就喺度等佢返嚟啦！

我隨便坐喺牆邊下面，等待婆婆返嚟。一個鐘、兩個鐘、三個鐘……葉婆婆都係未返。

呢個時候住喺隔壁屋嘅姨姨行咗出嚟抌垃圾，咁啱見到我：「喂你邊到嚟㗎！呢度私人哋方嚟㗎喎，邊個畀你坐喺度？」

「唔係呀姨姨！我係嚟搵葉婆婆㗎。」我解釋。

「葉婆婆？你係佢邊個？」姨姨諗咗一陣。

「我係以前探過佢嘅義工。」我微笑回應。

「原來係咁……婆婆佢行咗喇。」姨姨一臉苦澀。

「行？佢去咗邊度行呀？」我唔明白。

姨姨嘆咗一口氣：「佢……過咗身喇。」

我一個人嚟到觀塘海濱，喺海旁邊抱膝而坐，呆望住眼前嘅夕陽。

就喺幾個月之前，葉婆婆離開咗。佢既冇遺言，亦冇遺產，就咁樣消失喺世界之中。值得慶幸嘅係，佢係安詳咁喺屋企瞓覺嘅時候走嘅。

聽個姨姨講，婆婆俾人發現嘅時候仲係面露笑容。或者……葉婆婆一直都喺度等緊同老公喺天國團聚。

咁我呢？我都喺度等待緊同星瑤嘅團聚嘛……？諗下諗下，我不知不覺瞓著咗。迷迷糊糊咁擘大眼，我嚟到一個白色嘅世界。

「又係呢度……」我望住周圍似曾相識嘅環境：「即係我又發夢啦……」

咪住。也有人會知道自己發緊夢㗎咩！？

「！！！」我千萬個唔明白咁注視住眼前白茫茫一片。

我要點樣先返到去現實呀？我不斷喺呢個世界奔跑大叫，但我發現自己根本認唔清啲方向，亦都睇唔到盡頭。

「呼赤、呼赤……」我終於迏到成個人攤咗喺地下。

唔通我要死喇？定係我已經死咗喇？如果係咁嘅話，就好喇。

「咁快就想死？」

嗯。咁樣我就可以見得返星瑤。咪住，咪住先。

「星瑤！！」我即刻企起身，發晒瘋咁周圍望。

頭先嗰把聲⋯⋯一定唔會有錯！！！

「星瑤呀！！」我聲嘶力竭咁喉度大叫：「係咪你呀星瑤！你喺邊呀星瑤！出嚟啦！！」

「我咪喺度囉。」一把甜美嘅聲音，喺我背後傳嚟。

唔會啩⋯⋯我立即擰轉頭。企喺我面前嘅，係一個著住白色連身裙，棕啡及肩短髮，星眸皓齒嘅美少女。

我個心臟好似停咗咁。

「搵我呀？」少女莞爾一笑。

冇、冇可能㗎⋯⋯

「星⋯⋯瑤⋯⋯」我震晒咁伸出手，輕輕撫摸住少女塊臉。

仲係咁雪白，仲係咁有彈性。呢個、呢個真係星瑤、星瑤！

「星瑤呀！！我好掛住你我好掛住你我好掛住你呀⋯⋯嗚⋯⋯」我崩潰咁喊，將星瑤攬住。

係熟悉嘅白蘭花香⋯⋯

「家樹⋯⋯」星瑤緊緊咁攬住我：「我都好掛住你呀⋯⋯」

星瑤嘅體溫不斷傳緊過嚟，令我感受到久違嘅溫暖。呢種溫暖溶

IX 20 40 VIII 20 40 VI 20 V 40 IV 20

140 135 130 125 120 115 110 105 95 90 85

化咗我見唔到星瑤最後一面嘅遺憾,令我更加放聲咁喊。

我將佢攬得好實好實,好驚一個唔留神佢又會偷偷離開我。呢一刻,我只係好想珍惜眼前嘅星瑤。唔知過咗幾耐,直到我哋兩個都真係喊到好劫,我哋就瞓咗喺地下挨住對方。

「我唔明、我唔明點解我仲可以見返你⋯⋯」我望住星瑤。
「乜你唔想見到我咩?」星瑤扮到不滿咁講。
「梗係唔係啦!我好想好想,真係好想!!!」我連忙解釋。
「嘻嘻!」星瑤笑起上嚟:「睇下你,緊張到連個樣都變埋!」

星瑤嘅笑容⋯⋯竟然會再次出現喺我眼前⋯⋯

「見得返你,我真係好開心。」我一邊喊一邊笑:「見唔到你最後一面,係我呢一世最後悔嘅事。」

「咁依家咪畀你見返囉!」星瑤彈咗我額頭一下:「無悔啦!」
「嗯!」我錫咗星瑤個額頭一下:「但我都仲係唔明,點解你會喺度嘅?」

「吖唔係,應該係話,點解我哋會喺度嘅!?」
「有啲難同你解釋⋯⋯」星瑤思考緊。
「講啦講啦!」我焦急咁講。
「好啦!呢度⋯⋯其實係你個心。」星瑤嘗試組織起上嚟。

「吓?我個心?」我坐咗起身。
「嗯。」星瑤坐返直個人繼續講:「不過再正確啲嚟講,呢度其實係我個心,哈哈!」

「即係點⋯⋯」我一頭霧水。
「好蠢呀你!」星瑤取笑我之後突然掠過一臉苦澀:「不過點都好啦,其實都已經冇咩所謂。」

「因為我諗⋯⋯今次會係我哋最後一次見面。」

我呆望住星瑤,一句聲都出唔到。

「做咩咁嘅樣呀!」星瑤笑住講:「依家已經有得畀你額外見多我一次喇喎,仲有啲咩唔開心!」

「有⋯⋯我真係好唔開心⋯⋯」我流住眼淚:「我最唔開心嘅係⋯⋯我只可以見埋你最後呢一次⋯⋯」

「我好唔捨得你呀⋯⋯星瑤⋯⋯」
「家樹⋯⋯」星瑤嘅眼淚又再次落下:「我都好唔捨得你⋯⋯」

「話你知吖,我整咗個星空瓶畀你喇!」我輕撫住星瑤個頭:「我仲儲夠錢同你去墾丁睇星空喇!」

「只係⋯⋯你再有機會睇到喇⋯⋯」
「點會呢。」星瑤笑咗一下:「所有嘢我都知得一清二楚。」
「你整畀我嘅星空瓶,你幫我執房,你內心嘅糾結,你有幾掛住我⋯⋯」星瑤一路喊一路講:「我全部都睇得到,聽得到,感受得到。」

「所以家樹,唔好再咁自責喇。」星瑤輕撫住我塊臉。
「但係我⋯⋯」我緊捉住星瑤隻手,望住佢痛哭:「如果我有早啲送到你去醫院嘅話⋯⋯」

「邊關你事呢。」星瑤微笑:「我諗有啲畫面你自己已經唔記得咗。」

「嗯?」我哽咽咁講。
「直到我死咗之後,我先得知返呢一段回憶。」星瑤說:「一段令我無言感激嘅回憶。」

「嗰一日我喺你面前暈低咗,雖然你真係好驚好驚,但你好快就

打咗電話去報警。」

「當佢哋話要用直升機去接我嘅時候,你即刻將我抱咗起身。」

「你一路抱住我跑去直升機坪,一路大叫住『冇事㗎星瑤,撐落去呀星瑤』。」

「你溫暖嘅眼淚不斷咁滴喺我塊臉上面,令我感受到無比嘅窩心。」

「試問一個咁盡力救我,由頭到尾都咁愛我嘅男仔,佢又點會有錯呢?」星瑤用另一隻手輕撫住我個頭:「所以夠㗎喇,呢個包袱係時候放低㗎喇。」

「你做得好好呀,家樹。」

呢句說話好似個開關掣咁,直接將我內心最黑暗的地方解放開去。我攬住星瑤嚎哭,直到佢膊頭上嘅衫都濕透。

「你有冇咁誇張!」星瑤望住自己個膊頭。
「對唔住,嘻嘻……」我抹去眼淚。
「睇你個樣,即係好返晒啦?」星瑤笑咗一下。
「嗯嗯。」我滿足咁點點頭。
「既然係咁……」星瑤企咗起身,眼眶裡面充斥住眼淚:「我都差唔多走喇。」

我個心即時抽搐咗一下。

「點解呀!」我撐起自己,望住星瑤痛苦咁講:「唔好走住得唔得呀!」

星瑤搖咗一下頭。

「唔得㗎,我一定要走。」星瑤泛起淚光:「再唔走嘅話,你會好

大件事。」

「我唔明呀我唔知呀!」我緊緊咁攬住星瑤:「我淨係知道,我唔想你走呀!」

我個心又再抽搐咗一下,而且仲感到非常劇烈嘅痛楚。

「嗚……」我用手抓住胸口。
「真係要走喇。」星瑤同我對望住:「好多謝你一直以嚟嘅照顧呀,家樹。」

「唔好呀!」我忍住痛講:「我仲頂得順㗎!」

突然我個心就好似裂開咗一樣,令我痛苦到跪咗喺地下。

「接受佢啦家樹,我已經死咗㗎喇!」星瑤喊住咁講:「希望……下一世我哋可以再次相愛啦。」

「星瑤!!!」我強行企咗起身攬住星瑤:「好多謝你,真係好多謝你……」

「我知呀,我收到呀,多謝你。」星瑤攬返住我:「我走咗之後,唔好再留戀喺回憶裡面喇,更加美好嘅事喺前面等緊你!」

「知道喇,我知道喇……」我回答:「我識點做㗎喇……」
「咁就好……」星瑤笑住講:「我會代你問候葉婆婆㗎喇!至於IG嗰邊……放心啦,答案就喺你身上。」

星瑤嘅身體逐漸變得透明。

「星瑤、星瑤呀……」我已經不能自拔咁喺度喊。
「唔好咁啦家樹,我哋應該開開心心先係㗎嘛!」星瑤望住我,雙眼散發出無限愛意:「笑下啦,好冇?」

「嗯！」我奮力一笑：「開開心心！」

「咁就啱喇……」星瑤上揚起嘴角：「有冇啲咩想同我講？」

「有、有呀……」我撫摸住星瑤塊臉：「我想同你講，我愛你呀！」

「嗯！」星瑤笑住回應：「我都愛你呀！」

「我愛你馬家樹！」

「我愛你劉星瑤！」

「愛你愛你愛死你！」

「對你愛愛愛不完！」

「哈哈，白痴……」星瑤幫我抹去眼淚。

「記住呀，遊玩時開心一點不必掛念我，來好好給我活著就似最初，知唔知道？」

「嗯。」我堅定咁講：「我知道㗎喇，我應承你。」

「咁就好……」星瑤欣慰一笑。

我哋彼此嘅眼眸裡只係剩低對方，我緩緩將頭哄前，星瑤合埋雙眼，我哋嘅嘴唇，緊緊咁貼埋一齊。

「多謝你。」

「再見喇。」

● ● ● ● ● ●

「星瑤！」我猛然大叫，但發現喺我面前嘅係平靜嘅海旁。

「星瑤……再見喇……」我緊握住頸鏈上面嘅星形鏈咀痛哭。

「家樹……？」就喺呢個時候，一把聲音喺我側邊傳嚟。

我將目光一轉，雙眼頓時瞪大。

「紫、紫鈴！？」

「家樹！！！」紫鈴望到我喊，即刻衝埋嚟攬住我一齊喊，佢嘅眼淚不斷滴係鏈咀上面：「你要振作呀……」

紫鈴嘅關心令我感受到無比溫暖。

「我冇事呀，放心。點解你會知我喺度嘅？」我淚中帶笑。

「我先唔係特登嚟搵你㗎囉好冇！」紫鈴扮到好冇氣咁講：「我係因為有啲嘢諗唔通所以先自己嚟咗呢度吹風，點知吹吹下就聽到有個人喺度一邊喊一邊大叫！」

「哈哈……」我唔好意思咁講。

竟然咁樣都會畀我哋遇到？

「你就真係笑得出喇！」紫鈴一拳拳打喺我胸前：「難為我就喺度日日夜夜咁擔心你！」

「哎！？」紫鈴突然驚慌咁縮開手。

「搞咩！？」我問。

「乜粒星星有字㗎咩……」紫鈴指住我胸口。

「有字！？」我攞起頸鏈一睇，發現喺啞黑色嘅星星上面，居然因為掂到水而浮現出一串數字。

呢一個，係我同星瑤第一次相遇嘅日期。

唔通！？我即刻攞咗部手機出嚟喺IG帳號位置度輸入「Meteorlass」，密碼位置輸入鏈咀嘅數字。

紫鈴靠咗埋嚟同我一齊望住個螢幕。

「求下你，一定要入到……」我一邊祈求，一邊撳登入掣。

出現喺我面前嘅，係星瑤個IG嘅版面，我成功咗⋯⋯

撳咗入星瑤嘅Pofile，見到好多以前冇見過嘅Post，我拉到最底，開始逐張逐張相睇返上嚟。

「出售D.I.Y.飾物，$100@1，175@2⋯⋯」
「讓我有個美滿旅程！」
「出售流星少女一名⋯⋯」

一路碌上去，我終於見到自己俾佢Block咗之後嘅相。當中除咗有好多係星瑤將自己內心嘅情緒化為歌詞Post出嚟之外，更多嘅係我同星瑤拍拖之後嘅相處時刻。

望住呢啲點點滴滴，我內心嘅悸動又再次令我忍唔住喊。然後⋯⋯我睇到呢一張喺平溪影嘅相，相入面嘅就係嗰個天燈。

嗰個，我不曾見過，屬於星瑤嘅心願：「**我希望上天可以將原本屬於我嘅人生分享畀我身邊嘅人，令佢哋可以長命百歲，做個開心快活人。**」

「傻妹⋯⋯」我哽咽。

當我再睇返上去嘅時候，雙眼已被淚珠淹沒。

八月十三日：「**對唔住呀家樹，我要離開你喇。我今晚送畀你嘅頸鏈，希望有朝一日你可以發現到當中嘅特別啦。我在此宣佈，從今日起呢個IG將會成為我向家樹講出心底話嘅記事簿！**」

八月十四日：「**家樹⋯⋯我今日同咗阿彥去交婚姻通知書喇。你唔會嬲我㗎可？我其實真係好掛住你，只係⋯⋯我冇得選擇。我爭阿彥嘅實在太多喇。**」

八月二十三日：「**我飛去英國喇家樹。雖然我會飛返嚟，但我相信**

唔會再見到你㗎喇。保重啦。」

十二月十七日：「家樹，估唔到⋯⋯我會再見返你。對唔住呀，我實在唔可以要你陪住一個就死嘅人，咁樣對你好唔公平。不過⋯⋯我真係好愛你，好愛你㗎⋯⋯」

十二月二十四日：「平安夜快樂。你幾好吖嘛？你今日係咪同紫鈴一齊過？如果係嘅話，我會衷心祝福你哋！⋯⋯講笑咋，我會好唔開心。我好想見你，好想俾你攬，好想俾你錫⋯⋯點解、點解喺你身邊嘅唔係我⋯⋯」

十二月二十六日：「今日紫鈴同我講咗好多好多嘢。佢講得好啱，我一定要勇敢啲面對自己，唔可以畀自己後悔！講樣開心嘅你知吖，阿彥佢諗通咗喇！所以我更加有信心去搵返你！等我呀，傻瓜！」

跟住⋯⋯就係星瑤喺醫院裡面拍嘅短片。

一月三日：「我就嚟變植物人喇⋯⋯」星瑤坐喺床上面喊：「好對唔住呀家樹，我陪唔到你去睇星星喇⋯⋯」

一月十六日：「家樹，辛苦晒你喇！」星瑤錫咗鏡頭一下：「見到你日日都為咗我咁頻撲，我個心真係好痛⋯⋯所以，希望我下一世可以還返畀你啦。」

一月二十八日：「我胸口對下已經完全冇晒知覺⋯⋯」星瑤淚中帶笑：「仲等我以前有時候喺度諗，自己第時會唔會有機會幫你生返個肥肥白白嘅BB喎⋯⋯」

終於⋯⋯我嚟到最後一段片，係星瑤離開嗰一日拍低嘅。

「家樹⋯⋯噚晚可以同到你講心底裡面嘅說話，我真係好開心。」星瑤嫣然一笑。

「唔知點解⋯⋯我真係覺得夠鐘喇。」

「我希望你真係有機會睇到呢段片啦。我知道一定有機會嘅。」
星瑤嘅眼淚漸漸流下。

「好多謝你曾經為我呢粒流星劃下過美麗嘅光彩。」
「嗯，多謝你，家樹。」

「嗚哇⋯⋯」我緊緊握住手機，跪喺地下度喊。

喺我身邊嘅紫鈴同樣泛起眼淚，攬住我一直守候喺側邊。就係咁，我哋兩個一直喊一直喊，直至夜晚嘅來臨。

我同紫鈴嘅心情慢慢平服咗之後，就攤咗喺地下仰望星空，今晚嘅星空，好靚好靚。

星瑤，你係咪喺天上面望緊我？如果係嘅話，相信你依家見到我同紫鈴喺埋一齊，一定好開心啦。

「一切都好巧合呀可？」紫鈴注視住夜空：「如果我冇嚟到，就唔會遇到你。」

「如果冇遇到你，我就唔會喊落你度。」
「如果冇喊落你度，啲數字就唔會出現。」
「一切一切就好似係上天整定咁。」
「上天？」我微笑咗一下：「唔係。」
「咁係咩？」紫鈴望住我。

我轉過頭同紫鈴互相對望。

「係流星。」

呢一晚，我就好似以前咁送咗紫鈴返屋企。不過我諗暫時都未係時候再同紫鈴喺返埋一齊喇。

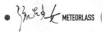

因為我想好好咁，慢慢咁，重新認識，重新珍惜身邊嘅人。到時候，我一定會全心全意咁去愛你，何紫鈴。

返到屋企，嘉琪一早已經瞓咗，我打開咗佢嘅房門，輕輕錫咗佢額頭一下。

「辛苦晒喇。」我微笑：「晚安，阿妹。」

返到房打開電腦，我發現阿溢仍然On緊Skype，於是我打咗個電話過去。

「喂？」

「溢，多謝你。」我講。

「你、你發燒？」阿溢窒咗一下。

「妖。同你講都晒氣！」我當堂冇晒Mood。

「講笑啫！我多謝你就真啦，兄弟。」阿溢笑咗一下。

收咗線之後，我攤喺床上面，鬆開咗條頸鏈，將星形鏈咀遞高。

「傻妹……」眼角流緊一串串嘅眼淚。

不過，呢個係微笑嘅眼淚。

由今日起，就等我好好咁將以前同星瑤嘅曾經，放入去「回憶」嘅寶箱啦。但係喺咁做之前，我重新打開電腦，創建咗一個文件檔，將呢一份回憶記錄起嚟。

我緊握住手中嘅星星，喺回憶嘅第一頁寫上屬於我同星瑤嘅第一句：

「我在IG Shop買了一個流星少女。」

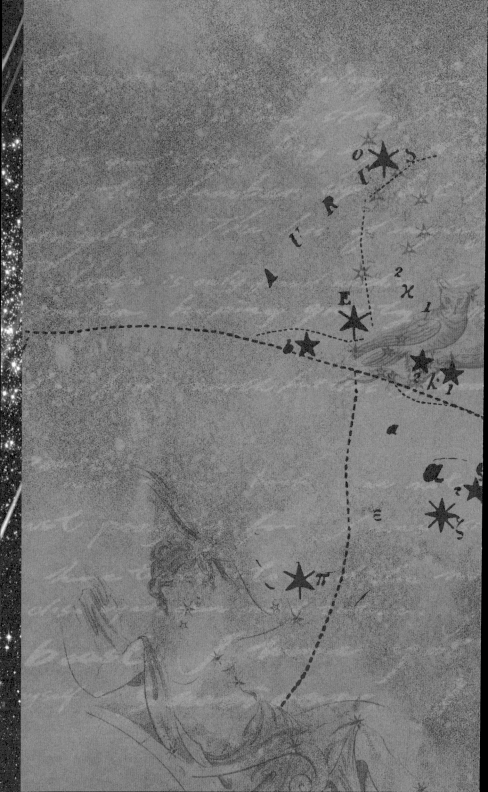

● 外傳．念念不忘

☒ ⊘ ⊗ ♨ ♡ ●

Every youth. Have a "Meteor" love story ......
Although beautiful. But it is fleeting

IX   VIII   VI   V   IV

我喺白色帳篷下挨住欄杆眺望遠方海面。

「阿哥！」一把熟悉嘅聲音喺後面傳嚟。
「Hello，」我轉過身微微一笑：「好耐冇見喇。」

「唔好意思呀，因為醫院嗰邊有啲手尾要搞，所以遲咗少少嚟……」嘉琪一臉抱歉咁望住我。

「唔緊要啦，反正等你嗰陣吹下海風都唔錯。快啲行啦，太陽就快落山。」我繼續微笑回應。

「你同以前一樣，都仲係咁溫柔。」嘉琪莞爾一笑。
「哈哈，有啲咁嘅事？」我諗咗一下：「或者係變咗但你唔知呢。」

我哋兩個行去長洲墳場方向。

「越渴望見面然後發現　中間隔著那十年」

距離流星少女嘅故事，轉眼間已經過咗十年喇。

「青春」、「青澀」呢啲年輕嘅詞語，大概早就套用唔到喺我身上。呀，應該係話：大概早就套用唔到喺我哋身上。

喺故事結束之後，每個人都行上咗唔同嘅道路。

嘉琪做咗護士，同阿明住埋一齊，但就因為工作時差問題令佢哋嘅關係變得疏離；詠琳去咗外國讀書，所以成日同阿溢喺Long D嘅問題上面鬧交，關係處喺邊緣；我喺大學畢業之後，去咗某間出版社做助理編輯兼網上作家，為自己嘅生活而拼搏。

我哋……再冇辦法返到去以前咁親密。

「靈氣大概早被污染　誰為了生活不變」

隨住大家都有咗自己嘅生活圈子、奮鬥目標、亦都有自己嘅難關，我哋已經唔可以好似以前咁成日見面，時刻保持聯絡。

以往每日糖黐豆嘅返學生活，每日吵吵鬧鬧嘅對話對罵，甚至……喺以往每一日都陪伴喺自己身邊嘅佢，早已經喺年華裡面消失得無影無蹤。

即使我點樣努力去維持大家嘅關係，都係敵唔過歲月嘅洗禮。剩低嘅，就只有嗰個燦爛而美麗嘅曾經。

「我想見的笑臉　只有懷念」

跨越山嶺，我同嘉琪行入石碑群之中。

然後，我哋嚟到佢嘅墓前面。喺陽光嘅映照之下，相入面嫣然一笑嘅佢顯得更迷人。我攞起濕紙巾，輕輕抹去墓上面嘅粉塵。

「我哋嚟咗探你喇。」我微笑：「今日係中秋節呀，所以……」

「中秋節快樂，星瑤。」

仲記得喺星瑤嘅喪禮裡面，佢著咗一件好靚嘅衫，靜靜咁瞓喺床上面，好似一個發住美夢嘅天使。

嗰一次，係我最後一次見到佢。之後我冇再發以前嗰啲夢，亦冇再去過嗰個白色嘅世界。

遺體火化之後，星瑤嘅骨灰由佢父母帶咗返嚟長洲，然後安葬咗喺呢度。

雖然有時候我會喺度諗，星瑤生前已經被困喺長洲，死咗之後都仲要喺度渡過都真係有啲痛苦。不過既然係佢父母嘅決定，我當然尊

● 外傳·念念不忘

⊠ ♡ 𝕏 ㋡ ●

● Every youth. Have a "Meteor" love story .....
Although beautiful. But it is fleeting

重,而且亦都有咩可以爭論。

喺星瑤落葬之後,起初我每逢星期六就會嚟到佢嘅墓前。然後,就係每半個月、每一個月、每一季、每半年、每到大時大節……但呢種轉變絕對唔係因為我變咗一個忘情嘅負心漢。

之所以逐漸減少掃墓嘅次數,除咗因為生活逼人,冇辦法好似以前咁多時間之外,亦係因為我喺成長嘅過程之中明白咗一個道理。

就好似品酒咁,比起乾杯,淺嚐往往更嚟得細味香醇;又好似聽歌咁,既然不斷重播總會有厭倦嘅一日,不如間唔中先拎出嚟聽,咁會嚟得更加感動;**所以有時候,與其將某啲人、某啲事、某啲回憶耿耿於懷,不如偶爾先回味會嚟得更圓滿、更深刻。**

而且我相信星瑤一定好希望可以見到我好好放低咗佢,重新做人。

「星瑤!!!」我強行企起身攬住星瑤:「好多謝你,真係好多謝你……」

「我知呀,我收到呀,多謝你。」星瑤攬返住我:「我走咗之後,唔好再留戀喺回憶裡面喇,更加美好嘅事喺前面等緊你!」

「知道喇,我知道喇……」我回答:「我識點做喫喇……」
「咁就好、咁就好……」星瑤笑住講。

星瑤呢個要求,我做到喇,只係佢另外嘅心願……

星瑤破涕為笑:「但你要應承我,如果我真係走咗嘅話,要代埋我嗰份好好對待身邊嘅人。」

「譬如係阿彥、我父母、高姨姨、**Mandy**、嘉琪、阿明、阿溢、詠琳……」

「最後，亦都係最重要。」星瑤將手指尾遞起：「好好對紫鈴，可以嘛？」

我冇思考咁多，直接將手與星瑤緊扣住：「可以，我應承你。」

對唔住呀，我⋯⋯冇好好咁照顧紫鈴。

我同嘉琪將近況講咗畀星瑤聽之後，天色已經變得夕紅，我哋就開始準備離開。

「星瑤，我哋走喇。」我摸一摸相中星瑤塊臉：「下次再嚟探你呀。」

喺落山嘅中途，嘉琪忽然問我。

「阿哥。」嘉琪若有所思：「十年喇，好快呀可？」
「嗯。」我望住天空：「快到好似仲未欣賞夠眼前嘅風景，就已經要啟程去下個地方。」

「你仲係好掛住星瑤？」嘉琪繼續問。
「掛就一定掛嘅。不過唔會再因為掛住佢而荒廢生活囉。」我微笑。

「嗯⋯⋯」嘉琪諗咗一陣：「咁點解你一直都唔肯搵過個女朋友？」

「唔係唔搵，係未搵到啫。都唔夾。」我回答。
「既然係咁，紫鈴呢？」嘉琪望住我。

聽到呢句說話，我頓時呆咗。

「點解唔試下搵返紫鈴？」嘉琪堅定咁講。
「我、我冇資格搵佢。」我咬咗一下嘴唇。

● 外傳·念念不忘

● Every youth. Have a "Meteor" love story ......
Although beautiful. But it is fleeting

嗯，我冇資格。

當初，我以為只要放低咗同星瑤嘅一切，我就可以重新去愛紫鈴。但原來現實往往比想像之中嚟得複雜。或者應該係，感情，往往比想像之中嚟得複雜。

星瑤過咗身幾年之後，我同紫鈴開始去返以前嘅親密，繼而曖昧，最後成為咗情侶。咁唔係一件值得開心嘅事嚟咩？

唔係。拍拖之後，我竟然開始無意識咁將星瑤嘅影子投放喺紫鈴身上，仲希望將星瑤完成唔到嘅事由紫鈴去做，結果唔覺意之下畀咗極大壓力紫鈴。

終於有一日。

「我唔係劉星瑤，我係何紫鈴呀家樹！」紫鈴絕望咁講。
「對唔住，我哋分手啦。」

紫鈴嘅離開就好似一盤冷水咁潑喺我身上，令我清醒咁發覺到一直以嚟所犯嘅錯誤，一切都係我嘅錯。我內疚之餘亦好後悔，可惜大錯已鑄成，一切都冇辦法挽回。

嗰日開始，我再冇同紫鈴聯絡。為咗麻醉自己，我開始將大部分時間放喺工作上面。時間耐咗，我冇再好似以前咁緊愛情，甚至……唔記得咗愛情。

不過對於紫鈴嘅近況，我都可以喺IG略知一二，有時候我會見到佢同啲我唔識嘅男仔食飯，又或者見到佢同啲同事一齊出Trip去玩。

明明紫鈴依家嘅生活過得咁開心，我應該要為佢高興先啱。但係點解我每一次見到佢笑得咁燦爛嘅時候，心裡面硬係會唔舒服？

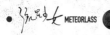

係因為⋯⋯呢個笑容唔屬於我？唔得，我唔可以咁自私嘅。紫鈴生活美滿就好。嗯，妳活得好就可以喇。

●　　●　　●　　●　　●　　●

返到中環之後我同嘉琪道別，然後就一個人嚟到附近嘅海濱長廊。我攤咗喺草地上面，仰望特別圓嘅月亮，以及漫天星宿嘅夜空。呢個星空⋯⋯同嗰一日都幾似呀可？

「嗚哇⋯⋯」我緊緊握住手機，跪喺地下痛哭。

喺我身邊嘅紫鈴同樣泛起眼淚，攬住我一直守候側邊。就係咁，我哋兩個一直喊一直喊，直至夜幕嘅來臨。

我同紫鈴嘅心情慢慢平伏咗之後，就攤咗喺地下仰望星空。

唔知道⋯⋯你係咪仲喺天上面望住我呢，星瑤。如果係嘅話，睇怕你依家一定好想鬧爆呢個咁頹廢嘅我啦。

我合埋雙眼，感受微風吹嚟嘅安靜。點知呢個時候有一把女聲，卻將我喺一片空白之中夾硬抽返出嚟。

「算啦！」坐喺我附近一個女生對住手機另一邊嘅人大喝：「算啦⋯⋯我諗我要冷靜下。」

佢狠狠咁收咗線，然後抱住頭開始喊起上嚟。本身我就唔想干涉其他人嘅私事，費事俾人當做乞啦！不過呢個女生嘅喊聲實在太大喇，煩到我咩雅興都冇晒。於是我行到去女生身邊，遞上一張紙巾。

「咳咳……」我引起佢注意:「呢度有紙巾,要唔要?」

女生聽完之後睄咗我一眼,然後一嘢搶走咗張紙巾。使唔使咁有禮貌呀,抵你同男朋友嘈交!算,都係唔好咁惡毒。

佢喊多陣之後,喊聲終於開始收細。眼見嘈音消失咗,我就梗係準備返去自己原本個位。

「你哋啲男人真係好自私。」女生突然彈出呢一句。
「吓?」我一臉莫名其妙:「你同緊我講嘢?」
「咁你係咪男人?」女生睄住我。
「OK。」我直程坐咗喺佢隔籬:「但你男朋友自私唔代表所有男人都係自私,更加唔代表我係自私嘅。」

「咪又係一樣。」女生嗤之以鼻。
「咁你點解會覺得你男朋友自私呢?」我問。
「點解?」女生望住我:「因為你哋係唔識企喺女朋友嘅諗法去睇嘢,永遠淨係識得攞個屁股坐住個腦!」

「咁你又唔好地圖炮,我都係問緊你男朋友個情況啫……」我苦笑:「如果你係覺得你男朋友做得唔好嘅,點解唔直接同佢講?」

「咁係因為……」女生又激動咁喊起上嚟:「咁係因為我知道佢係為咗我先咁做……」

吓!?呢條女冇病下話?呢頭話男朋友唔明佢點諗,轉個頭又話男朋友咁做係對佢好???

未等到我講嘢,女生就哽咽咁開始講故事:「我本來就嚟同我男朋友結婚,點知有次俾我發現到原來佢曾經同過身邊一個一直用『知己』相稱嘅女仔有過一段情,而且仲要去到談婚論嫁嘅地步。」

「當然啦,我係清楚咁知道佢哋依家真係冇嘢,而且我男朋友真

係好愛我，佢驚我知道咗之後會唔安心，所以一開始先會隱瞞呢件事，唔想我哋之間有條刺。」

「其實我本身真係唔介意呢件事，只要佢肯誠實咁講畀我聽，我一定會接受；但令我最介意嘅係，點解佢淨係識得懶係為我著想，仲以為咁做就係最好嘅解決方法？」

「佢到底知唔知道我最想要嘅係咩……？」

「我最想要嘅唔係呢啲自以為對我好嘅『欣慰』，而係真正企喺我嘅立場去諗，點樣先係真係愛我……」

我發咗呆咁望住呢位女生，成個腦都重播住紫鈴痛哭嘅畫面。我記起……紫鈴曾經對我，對星瑤講過嘅一番說話。

「有時候，你自以為嘅諗法未必等於其他人真正嘅諗法，唔係話替人著想唔啱，但千祈唔好諗住將自以為嘅付出同覺悟強加喺人哋身上，其實人哋未必想領你呢份情，唔單只唔會因為咁而覺得開心，甚至會因為呢份情嘅重量而錯過咗好多真正想去做嘅事，最後後悔一世。」

想當初紫鈴同我分手嘅時候，我真係覺得自己好錯，錯到一個地步係我覺得自己冇資格再去搵佢，以為自己嘅離開就係對佢最好嘅結局。

但我咁做究竟係啱定唔啱？或者……紫鈴佢一直都仲等緊我去到佢面前。

我匆忙咁跑咗出去車站，截咗架的士：「司機，藍田唔該！」

轉眼間我嚟到紫鈴嘅屋企門口。

「叮噹。」我㩒咗一下門鐘，不過冇人應門。

　　我行出去紫鈴返屋企必經嘅公園，一直等到十一點幾。我冇打畀紫鈴，因為我想親口話畀佢聽我依家嘅諗法。好可惜嘅係……我居然撞唔到佢。

　　呢個時候我又再次諗返起以往同星瑤、紫鈴經歷過嘅一切，或者，可以遇到你哋，已經用盡晒我成世人嘅福氣；或者，我哋注定……

　　「鈴鈴」手機響起。我接通電話，對面即刻傳嚟一陣嘈音。

　　「@#%$快啲同我搞掂份稿佢，聽朝之前Send畀我，係咁！」然後就收咗線。

　　「唉。」我拍拍大髀企咗起身：「緣份。」

　　我離開咗公園，準備由藍田行去觀塘，再搭小巴返屋企。

　　行到半路，我見到一個女仔半痀咗喺地下輕撫自己嘅腳踭。我慢慢咁行咗過去，開口問：「冇事呀嘛？」

　　佢抬起頭望住我窒咗一下，然後又咬咗一下嘴唇：「冇事，新鞋刮腳啫。」

　　「係咪好痛？」我講：「仲行唔行到？」

　　佢笑咗一下，重新企返起身：「痛都要繼續行㗎。」

　　「又係嘅。我哋都大個喇。」我望住眼前呢個依然咁靚嘅女生。
　　「係㗎。所以你可以走㗎喇。」女生忍住痛走到嚟我面前淡淡然咁講。

　　我冇理佢所講嘅嘢，只係背向住佢單腳跪喺地下。

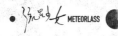

「做咩？」女生問。

「你話呢？上嚟呀，我孭你。」我擰轉頭望住佢。

「點解要我上嚟？」女生反問：「你仲當我係細路女呀？」

「點會呢。」我望向前方：「只係……我好想試下用你嘅角度睇下嘢啫。」

女仔再次窒咗一下，然後用雙手拎起對鞋，然後成個人挨咗落我背脊度。

「一，二，三！」我一鼓作氣孭起咗佢。

我哋一直向佢屋企嘅方向行，偶爾嘅微風吹向佢嘅頭髮，令我聞到一陣陣嘅牛奶香味。

「你啱先嗰句咩意思？」女生打側個頭問我。

「嗯？」我一步步向前行：「咪就係呢個意思。」

「以前嘅我，曾經因為唔識企喺一個女仔嘅角度諗嘢，不斷將自己嘅諗法強加喺佢身上，令佢好大壓力，最後仲離我而去。」

「所以當佢走咗之後，我好後悔，好後悔。」

「我覺得呢個女仔一定好嬲我，所以我唔知自己仲有咩資格可以見返佢，結果我就選擇逃避佢，自以為咁樣做就係對佢最好嘅結局。」

「但原來，我都仲係冇變過。我都仲係唔識企喺呢個女仔嘅角度諗嘢。」

「佢真係想我就咁走咗去咩？呢個真係佢嘅諗法嚟咩？」

「或者，呢個只係我一廂情願嘅諗法。或者……其實佢一直都喺度等緊我返嚟。」

「直到今時今日，我先明白呢個道理。或者依家咁講已經太遲，但係我都嚟咗佢屋企門口，希望可以親口將心入面嘅說話講晒畀佢聽。」

「我一直等一直等，點知等到就嚟十二點我都仲係等唔到，最後仲要因為俾老總催交稿而被迫放棄。」

「本來我好沮喪，但都諗住由今日開始每一日都會嚟到佢屋企門口等佢。」

「點知，緣份真係好識得整蠱人，當我以為今晚再冇希望嘅時候，佢就畀我遇返呢個我以前一直深愛，直到呢一刻都仲係咁愛嘅女仔。」我笑咗一笑：「所以我真係好想真真正正咁學識用佢嘅角度睇嘢，理解佢嘅諗法，體諒佢，繼續照顧佢。」

女生忍住笑容，扮到好冷淡咁講：「所以你就係想同佢講呢啲？」

「唔係㗎！」我即刻答：「我仲有一句說話想同佢講。」
「咁係咩？」女生問。

呢一刻，我將佢成個人拋咗去我前面。

「哇……你好似重咗。」我望住佢。
「去死啦你！」女生忍唔住笑咗出嚟：「你唔係就係諗住同我講呢樣嘢下話？」

街燈映照之下，早已面紅嘅女生更加動人。

「梗係唔係啦。」我凝視住佢嘅雙眼：「我想同佢講嘅係……」

「焉知非福。」

紫鈴同我互相對望，莞爾一笑：「傻瓜。」

星瑤，就等我由今日開始，重新履行我哋之間嘅約定啦。

VIII   40   20   VII   40   20   VI   40   VII   20   VIII   40   North

60   75   70   65   60   55   50   45   40   35   30

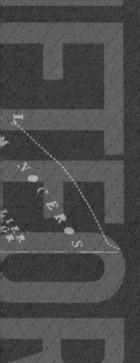

首先多謝各位一直以來的支持，然後……完了。

好吧我是說笑的。如果我這樣寫的話，相信一定會被讀者唾罵我，說我騙了你們珍貴的眼淚。

我所說的「完了」有另一個意思，我的心願，終於都完了。

不知道大家是否還記得，我寫這個故事的目的？如果不記得，讓我提提你。

我是為了紀念一個人，一個……已經離世的女孩。

對，大家想得沒錯，這個女孩就是故事中的女主角劉星瑤。

還記得中五的某天，她突然在班上發癲癇，整塊臉變成了紫色，情況相當嚴峻。她被緊急送到醫院，然後證實患上了「黃色星形細胞瘤」。

相信大家對這名字不會陌生，因為星瑤正正就是受這個病困擾折磨。

自此以後，她經常進出醫院，身體一天比一天差，最後更休學一年。終於，在一年後的二月，她敵不了病魔的攻勢，因併發症去世了。

想必說到這裡，你們一定會覺得我和她的關係非比尋常，不是戀人未滿，也一定是友達以上吧。

不、不是。我們只是一對碰面才會打招呼的朋友，甚至……算不上是「朋友」。

那我是智障麼，竟然為了一個毫無關係的人寫故事？！

你這個木鎢紫枱快點跟我說，到底有甚麼企圖？

嗯……的而且確我有一個企圖。

這個企圖甚至大得令我無論再艱辛，也一定要完成這個故事，因為……我希望幫這個女孩在另一個平行時空中改寫她的命運。

改甚麼寫命運？！星瑤最後也是死了啊人渣！！！

對，星瑤的確死了，但在這之前，她卻能夠與家樹一起，走了一段相愛且無憾的路。

這是現實中，女孩未能實現的願望。

從別人的口中聽過來，當初女孩在還未生病的時候有一個男朋友。誰知就在男孩跟女孩提出分手不久之後，女孩就患上了絕症。

女孩一方面仍然很喜歡男孩，希望男孩能夠陪伴自己走過最後一段路；但另一方面又害怕男孩會因此而患有心結，一輩子也會放不下自己，所以在迫於無奈之下，女孩放開了男孩的手，獨自一人與病魔對抗。

縱使身體如何疼痛，心靈如何空虛，女孩也從未找過男孩乞求一點溫暖，女孩總是用笑容面對一切，令她身邊的親友們都通通把傷心悲痛抹掉。

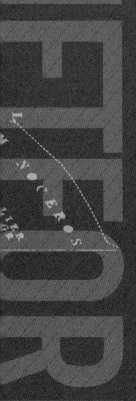

但是……死神沒有因此而憐憫女孩。

女孩的身體每況愈下，終於躺臥在病床上動彈不得。此刻女孩別無他想，只是希望見男孩一面。

可惜……由女孩瀕死直到去世的一刻，男孩也從未出現過在女孩面前，一次也沒有。

究竟男孩為何要如此決絕，相信只有男孩自己才知道，但這個舉動，卻成為了女孩畢生的遺憾。

聽完這個故事之後，我立即萌生了一個想法。

我要改寫她的命運，不是要令她生存下來，而是令她能完成遺憾。

為此，我廣泛地收集資料，由星形細胞瘤數據，到編排故事架構，每一項細節我都希望做到最好。

經過三個月的努力，還有讀者們的支持，我終於都達到了心願，圓滿了她的遺憾，完成了《流星少女》。

趁還有少許時間，跟大家說說故事中的細節吧。

整個故事……算是半真實半虛構吧。

星瑤和絕大部份女孩一樣，很美很溫柔；家樹是一個虛構人物，但他的人物設定則是參考普遍男生來訂定的；阿溢是以我的一個好朋友作原形，他的義氣和性格設定確實與真人無異；至於紫鈴……情況比較特殊，容後再說吧。

最後，感謝讀者對我的支持，特別鳴謝「挽歌之聲」撰寫的主題曲，歌詞真的很優美。

然後就是衷心多謝點子出版對我的欣賞，把這個故事輯印成書，完了我當初的願望，就是在故事成書之時燒一本給女孩。

關於家樹和紫鈴的結局⋯⋯放心，我們很快會與他們再會的。

各位後會有期。謝謝你，再見。

木鎢紫柃

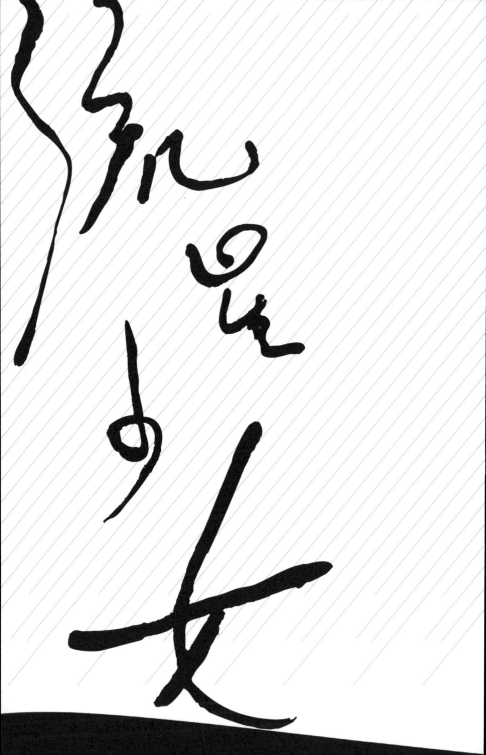

Every youth, Have a "Meteor" love story ......
Although beautiful, But it is fleeting

作　　者： 木鶋紫柃
出版總監： Jim YU
責任編輯： Cherry CHAN
美術設計： #rickyleungdesign
製　　作： 點子出版
出　　版： 點子出版
地　　址： 荃灣海盛路11號 One Mid Town 13號20室
查　　詢： info@idea-publication.com

印　　刷： 美雅印刷製本有限公司
地　　址： 香港九龍觀塘榮業街6號海濱工業大廈4樓A室
查　　詢： 2342 0109
發　　行： 泛華發行代理有限公司
址　　址： 將軍澳工業邨駿昌街7號2樓
查　　詢： gccd@singtaonewscorp.com
出版日期： 2019年7月17日
國際書碼： 978-988-79276-4-8
定　　價： $98

Printed in Hong Kong

點子出版
IDEA PUBLICATION